I0535159

LEO QUIERE A ARIES

Signos de amor #1

ANYTA SUNDAY

Traducido por
VIRGINIA CAVANILLAS

Primera publicación en 2016 por Anyta Sunday.
Contacto: Bürogemeinschaft ATP24, Am Treptower Park 24, 12435 Berlin, Alemania.

Una publicación de Anyta Sunday
http://www.anytasunday.com

Segunda Edición

Copyright 2023 Anyta Sunday

ISBN 978-3-947909-07-0

Traducción: Virginia Cavanillas

Diseño de portada: Natasha Snow
Dibujos de Leo y Aries: Maria Gandolfo (Renflowergrapx)

Todos los derechos reservados. Esta publicación no puede ser reproducida sin previo permiso del propietario del *copyright* de este libro.

Todos los personajes de este libro son ficticios y cualquier parecido con otras personas, vivas o muertas, es una mera coincidencia.

Este libro contiene escenas de sexo explícito.

«Theo, deja de intentar limpiar el pasado y céntrate en ir barriendo un camino hacia el futuro.»

Leone a Theo en Fin de Año.

1

Capítulo Uno

Theo Wallace se encontraba frente a su buzón con una tarjeta de ribetes dorados entre las manos. Un sentimiento de traición parecía ahogarlo mientras la lluvia desdibujaba el nombre de Samantha sobre la cartulina, dando la sensación de que las letras lloraban.

El enero pasado, hacía ahora un año, Sam y él habían estado en ese mismo lugar haciendo ángeles en la nieve. Su hermana Leone y el novio de esta, Derek, se les habían unido y se habían reído tanto que la sensación de euforia le había durado todo el día.

La verdad con la que le había abofeteado Sam unos días después lo había pillado desprevenido: quería pasar su vida con otra persona, con alguien menos complicado que él. Con Derek.

Cerró los ojos, apartó ese recuerdo de su mente y se concentró en las gotas de lluvia que resbalaban por su capucha, en lugar de en el vacío que sentía en su interior. Mierda. Se había convertido en un auténtico llorón.

Se dirigió al cubo de basura que había en la acera y levantó la húmeda y fría tapa solo para volverla a cerrar al instante con la invitación aún en las manos.

Parecía que no podía deshacerse de la puñetera tarjeta

2

porque…, bueno…, pues porque no era solo para él, también iba dirigida a Leone.

Sí, seguro que era por eso.

Cuadró los hombros, cogió las otras dos cosas que había en el buzón y emprendió la vuelta a casa, chapoteando por el camino de piedra blanco hasta la puerta principal.

—¡Leone! —gritó una vez dentro para hacerse oír sobre la estridente música electro pop que inundaba la casa a través del sistema de sonido.

Se quitó los zapatos, los metió en el mueblecito de la entrada y se aseguró de que los cordones no quedaran fuera.

—Ya verás cuando oigas esto —dijo mientras colgaba su chaqueta.

—Estoy en el salón.

Theo giró hacia la habitación principal. Vivían de alquiler en una casa victoriana de dos pisos. Los anteriores inquilinos habían tirado varias paredes dejando un salón enorme con cocina integrada.

Encontró a su hermana en pantalones de yoga y camiseta de tirantes, haciendo estiramientos contra una de las columnas de madera. La música se desvaneció cuando Leone, para hacerse oír, quitó el teléfono de su base y, balanceando su coleta color coca cola, se giró hacia él y olfateó el aire.

—Hueles a lluvia, hermanito.

—Es que estoy calado, ¿no has oído cómo cae ahí fuera?

—Me pareció que oscurecía un poco —dijo ella—, pero no estaba segura.

Palpando el sofá azul marino, Leone se dirigió a la cocina.

No parecía que estuviera contando cada paso ni que sacar una de las tazas negras de los armarios blancos y llenarla de agua le supusiera el más mínimo problema.

Y es que no parecía, para nada, que Leone estuviera prácticamente ciega.

Cuando se bebió el agua, se acomodó en la butaca, y dijo:

—Entonces, ¿qué es eso que tengo que oír?

Theo dejó caer el correo que tenía bajo el brazo en la

3

mesita de café y se tiró en el sofá, apoyando la cabeza en el reposabrazos mientras se apretaba el puente de la nariz.

—Ya ha llegado.

—¿Qué es lo que ha llegado?

La voz de Leone estaba teñida de confusión hasta que, de repente, contuvo el aliento.

—Vale… —Y, tras un silencio tenso, añadió—: ¿Y cuándo es?

—Está en la esquina más cercana a ti. La cartulina cuadrada. He estado a punto de tirarla.

Pero estaba claro que tenía ciertas tendencias masoquistas ya que, parte de él, se moría por leerla.

—¿Vas a hacer los honores o me vas a hacer sacar la lupa para poder leerla yo? —preguntó Leone.

Theo se giró en el sofá para poder coger la condenada tarjeta de la mesa.

En papel color crema y dorado, con unas enormes letras en cursiva —ahora desdibujadas por la lluvia— se encontraba el doloroso texto:

NOS CASAMOS.
SAMANTHA ROYCE & DEREK JOHNSON.

—A mediados de mayo. —Se le quebró la voz. La garganta le ardía como si acabara de tragar fuego.

Leone hizo un sonido ahogado, sus ojos verde claro llenándose de lágrimas. Theo arrojó la tarjeta a la mesa y se sentó con ella en la butaca. Se colocó la cabeza de su hermana en el hombro y le apartó un mechón de pelo, poniéndoselo detrás la oreja.

—Que les jodan.

—Sí, pero no nosotros.

—En eso tienes razón —contestó Theo soltando una carcajada carente de todo humor.

Derek y Leone habían estado juntos tres años; y Samantha —Sam, Sammy— y él, dos.

Una semana después de lo de los ángeles en la nieve descubrieron que se habían desenamorado *de* ellos y enamorado *entre* ellos.

Y Theo creía haberlo superado.

Verlos juntos el pasado Halloween, con ella portando un brillante pedrusco en su dedo anular, ya había sido lo bastante duro.

Y ahora esto…

Notó como se le revolvía el estómago.

—Ojalá pudiera odiarlos —dijo Leone.

—Ya. Y yo.

Pero no podía. Sammy y Derek no se habían visto a sus espaldas ni les habían engañado. Poco a poco, entre las noches que se quedaban a dormir con Leone y con él, los fines de semana y las vacaciones, se habían ido acercando y, mientras Theo se centraba en otras cosas como programar, entrenar para sus maratones y las clases, y Leone lo hacía en su tesis, Sam y Derek se habían enamorado.

Ambos lloraron cuando les confesaron cómo se sentían.

Y se disculparon una y otra vez.

Leone había estado sentada en esa misma butaca y Theo tumbado en el sofá lanzándose pasas cubiertas de yogur a la boca como si le diera igual lo que oía. Pero no le daba igual.

No había vuelto a probar las pasas desde entonces.

Y tampoco había encontrado otra novia.

Había tenido aventuras pasajeras, eso sí, porque le gustaba el sexo, pero no había alcanzado con nadie ese grado de confianza que te lleva a usar la palabra «novia». No creía que nadie fuera a quererlo tal y como era, defectos y todo.

Y Leone tampoco se había animado a tener ninguna cita.

—¿Qué te parece si pedimos algo? —sugirió Theo—. Podemos encargar esa *pizza* calzone de pollo y tomates resecos que tanto te gusta, poner música depresiva y lamentarnos hasta que amanezca.

Leone se rio.

—Tomates secos, Theo, no resecos.

Theo era consciente de su error, pero la verdad era que no lo había descubierto hasta el año pasado cuando prestó atención a lo que ponía en la etiqueta.

—Lo que tú digas. —Besó la frente de su hermana, se tiró de nuevo en el sofá y cogió el sobre que les había mandado su madre—, pero esos tomates han sido secados hasta dejarlos resecos así que llamarlos así tiene toda la lógica del mundo.

—Bueno, qué, ¿vas a leer el resto del correo? —preguntó Leone con una risita.

—Sí, y prepárate, porque mamá nos ha mandado nuestro horóscopo anual.

Horóscopo, en singular, porque Leone y él eran gemelos.

Theo desdobló la página de la revista de astrología favorita de su madre y empezó a leer en voz alta:

—«Empieza un nuevo año, Leo. Prepárate para hacer grandes cambios en tu vida y usa tu orgullo y cabezonería para sacarlos adelante».

Theo sabía que los horóscopos eran gilipolleces inventadas para hacerte creer que la vida tenía un propósito, pero, aun así, se le erizó el vello de la nuca.

Era fácil aplicar lo que leía a su situación. Y a la de Leone, claro.

Se aclaró la garganta y siguió leyendo:

—«Alguien nuevo entrará en tu vida a principios de año, Leo. Puede que te sientas frustrado, pero tendrás que ser positivo y reírte, porque este podría ser el comienzo de una próspera amistad».

—¿Podría referirse a un compañero de piso? —dijo Leone sentándose encima de una pierna—. Por cierto, nuestra primera entrevista es el lunes por la mañana antes de clase.

—¿Antes de clase? Pero si a esas horas no soy persona.

—Eso no es verdad —dijo su hermana—. Y deja de ponerme esa cara.

—¿Cómo sabes qué cara te estoy poniendo?

—Pues porque no fui ciega los primeros quince años de mi vida, y te conozco. —Sonrió y le hizo un gesto con la mano para que continuara—. Venga, sigue.

—«Si a principios de primavera te sientes agobiado, respira hondo y apóyate en alguien cercano a ti. Las relaciones de amistad evolucionarán a finales de la estación de las flores y puede que recibas cierta información que te descoloque, pero, no te preocupes, porque podrían ser las noticias que necesitabas oír. Puede que tu cabeza y tu corazón estén en desacuerdo durante la primera mitad del año, Leo, y tienes todas las papeletas para obviar lo obvio, pero escucha atentamente a tu voz interior y, si te sientes confundido, háblalo con algún ser querido. No tengas miedo al rechazo, Leo. Levanta la cabeza, sé tú mismo, saca a tu yo resplandeciente y apasionado, y las personas correctas gravitarán a tu alrededor; puede que incluso, tu alma gemela».

A petición de Leone, Theo leyó de nuevo el último párrafo.

Su hermana canturreó pensativa, tanteó la mesa y cogió la tarjeta.

Theo frunció el ceño mientras miraba como Leone se dirigía con cuidado al frigorífico y pegaba la cartulina en la puerta.

—¿Qué estás haciendo?

—Puede que nuestro horóscopo esté en lo cierto y que haya llegado la hora.

Theo fingió una carcajada y dijo:

—Pues el horóscopo no nos avisó de cómo nos iban a joder la vida el año pasado, así que no te hagas muchas ilusiones. —Resopló—. Alma gemela, sí, claro.

—Lo del alma gemela es lo de menos. —Leone cuadró los hombros y, alzando la cabeza, añadió—: Es lo de no tener miedo al rechazo. Tenemos que seguir adelante.

—¿Hablas de ir a la boda? ¿Reír y bailar como si no nos afectara? —contestó Theo mientras se aferraba con fuerza a los bordes de la revista.

—Eso es —dijo Leone—. E iremos con pareja. Será estupendo.

La mirada de Theo vagó entre la tarjeta y la botella de Zinfandel que tenían encima del frigorífico.

—Necesito una copa.

7

≈

—PASO DE ESTO —dijo THEO.

Tras una botella de Zifandel, dos *pizzas* calzone y cinco canciones depresivas, Theo cogió su teléfono para cambiar la música.

Leone se rio.

—Me parece bien.

Pero cuando fue a quitar la canción que empezaba, Leone cogió su propio teléfono y apagó la música.

—Pero de lo que de verdad hay que pasar es de ellos.

—¿Y no es eso lo que estamos haciendo?

—No, pero lo haremos; y vamos a buscarnos pareja el uno al otro.

—¿Y por qué no se busca cada uno su propia pareja?

Leone le dedicó una risa de lo más siniestra.

—Porque se nos da fatal. Si no, no estaríamos aquí un viernes por la noche ahogando nuestras penas, mano a mano.

Ahí tenía que darle la razón a su hermana.

Theo cogió su ordenador e inició sesión en Facebook.

—¿A quién conoces que pueda encajar conmigo? —dijo Leone tras un hipo, sus piernas colgando de uno de los brazos de la butaca y los hombros apoyados en el otro.

Theo tenía cientos de *amigos*, gente que había conocido de pasada. Hacía amigos muy fácilmente, el problema parecía ser mantenerlos.

Echó un vistazo a los perfiles de las personas que conocía de forma más estrecha e hizo una mueca cuando comprobó que eran solo tres: Alex, Ben y Kyle.

Si eso no le hacía a uno recobrar la sobriedad…

— ¿Y bien? ¿Alguien?

—Sigo buscando —contestó Theo mordiéndose el labio.

Se quedó mirando las fotos que había publicado Ben en su muro. Ahí estaban las dos parejas todo sonrisas y mejillas sonrosadas. Ben y Kyle flanqueaban a Sammy y Derek frente a unos árboles nevados. En la entrada podía leerse que habían ido a pasar el fin de semana a Lake Erie.

Theo volvió la vista hacia la botella de vino vacía, pensando que posiblemente tuvieran vodka en el congelador.

—¿Qué tiene que tener un chico para gustarte? —le preguntó a su hermana mientras las fotos de Ben llamaban de nuevo su atención.

Y pensar que hace un año hubiera sido Theo quien estuviera en esas fotos al lado de Sam.

—¿Honestidad? Que sea comprensivo —dijo Leone—. Quiero encontrar a alguien que me haga sentir que no soy ciega. Alguien con quien me divierta, que me ponga el mundo del revés.

Lo peor de haberlo dejado era comprobar que sus amigos eran más amigos de ella que de él.

—También busco fuerza —continuó Leone —, tanto física como mental.

Theo hizo un ruidito de asentimiento.

—Fuerza, honestidad, que te entienda. Tomo nota.

Él solía pasar muchísimo tiempo con Ben, de bares o jugando a la consola.

—También quiero que sea compasivo. Y busco confianza ciega. —Leone se rio—. ¿Has visto lo que he dicho?

—Sí, sí, eres un genio con los dobles sentidos.

Su hermana fue palpando hasta encontrar un cojín y lanzarlo en su dirección. Theo lo esquivó, golpeándolo.

—Hay muchos chicos entre los que elegir —mintió—, necesitaré tiempo para reducir las opciones.

—Tenemos hasta mayo.

Entró en el perfil de Alex, un chico con el que iba a clase de Marketing y para el que estaba haciendo un diseño web. La última foto publicada había sido tomada hacía cinco minutos y era de Alex bailando con su novia en una discoteca.

Pues muy bien.

Ahí tampoco había nada que hacer.

La mera idea de decirle a Leone que no tenía a nadie le daba hasta vergüenza.

Puede que lo de la amistad se le diera fatal, pero eso iba a cambiar. Y no porque su horóscopo lo dijera, sino porque él haría algo para cambiarlo.

Encontrar a la pareja perfecta para su hermana se acababa de convertir en algo personal.

«¿Dónde se han metido todas esas serpientes? Se han llevado mi mantequilla de cacahuete».

Theo hablando en sueños en el sofá.

Capítulo Dos

Theo, sentado al fondo de su clase de Economía Aplicada, dormitaba y se lamentaba en silencio.

Este tutor no tenía nada que ver con el del semestre pasado.

Este iba divagando en un tono monocorde, mascullando conceptos sobre los ciclos en negocios de temporada y mirando fatal a cualquiera de los veinte alumnos que osara preguntarle algo.

Theo tomaba apuntes, pero las ganas de golpearse la cabeza contra la vieja mesa eran enormes.

En cualquier otro momento, ya habría interrumpido al profesor para que fuera un poco más despacio, pero el día que llevaba —la semana, más bien— lo habían agotado hasta convertirlo en un obediente sumiso.

O quizá se debía a lo pronto que se había levantado para, encima, estrellarse en la quinta entrevista de la semana. Ninguno de los candidatos a compañero de piso les cuadraba. Ni como compañero, ni como amigo. Tres de ellos venían de una fraternidad y eran los típicos juerguistas. Otro estaba metido en una secta religiosa que implicaba el uso constante de la cocina e incienso. A ese, Leone le había informado de los pasos que había hasta llegar a la acera y le había pedido que los comprobara por sí mismo.

La chica de esa mañana había estado bien. Pelo castaño, ojos grandes y un hoyuelo en la barbilla que le daba un aspecto dulce, divertido y follable; y ese era también el punto en contra. Theo no quería tirársela y si te he visto no me acuerdo; y sabía que involucrarse con una compañera de piso no era la más brillante de las ideas.

Le estaba empezando a doler la cabeza.

Así que añadir a su día esa enrevesada clase (en la única materia de su doble diplomatura en la que nunca había sacado un sobresaliente), hacía que quisiera hacerse un ovillo y reírse de forma nerviosa y desesperada.

—¿Cuáles serían las implicaciones? —preguntó el profesor.

«Las implicaciones de haber escogido esta clase serían, como mucho, un notable bajo y un gran dolor de cabeza».

Alguno de sus compañeros murmuró una respuesta que se ganó un firme asentimiento por parte del tutor y otra pregunta:

—¿Y qué habría que hacer al respecto?

Theo sonrió irónicamente mientras se echaba hacia atrás en su silla y enlazaba las manos tras su cabeza.

Eso, ¿qué podría hacer al respecto?

Pues podría ir al departamento de Economía e intentar matricularse en otro grupo y puede que, con suerte, se encontrara con su tutor del semestre pasado.

Allá voy, señor Jamie Cooper.

—JAMIE ESTÁ REUNIDO CON SU DIRECTOR DE MÁSTER —DIJO desde la máquina de café una chica muy mona con pestañas larguísimas y sonrisa tímida.

Mientras echaba azúcar a su café, la chica le señaló la pizarra donde estaban los datos de contacto del personal de la Universidad y, cuando Theo encontró un bolígrafo en su mochila, apuntó la dirección de correo electrónico de Jamie.

—O si quieres, puedes darme tu teléfono —dijo ella sonrojándose—, y yo te aviso cuando esté disponible.

13

Era guapa. Con el pelo dorado y ondulado, y mejillas rosadas. Y Theo se planteó dedicarle una sonrisa sugerente, rozarle el brazo al pasarle el teléfono y guiñarle el ojo mientras hacía el camino de vuelta a los ascensores andando hacia atrás.

Así de guapa era.

Pero es que también se parecía un montón a Sam.

Y él no podía presentarse en la boda con la doble de Sam. Creerían que todavía no lo había superado.

Así que, con muchísima educación, rechazó la oferta del bellezón y se fue. Estaba seguro de que Leone se ocuparía y haría bien su trabajo.

Esa tarde, cuando llegó a casa, llevó a cabo otra entrevista mediocre y después se encerró en su habitación para dejar que Leone ejerciera de anfitriona de su club de lectura mensual.

La habitación de Theo seguía la misma rigurosa línea de colores que el resto de la casa, facilitando así la movilidad de Leone. Las paredes eran blancas, su escritorio y las estanterías negros y, tanto la cómoda, como la cama, estaban hechas de una madera oscura que contrastaba con el suelo claro.

Aunque su cuarto era su espacio personal, lo tenía todo ordenado con cuidado: libros en la tercera balda, material de papelería a la izquierda del escritorio y el rebosante cesto de la ropa sucia en un rincón de la habitación.

Y, dado que él no era un tío ordenado, tenía que luchar cada día contra el impulso de tirar la ropa al suelo y dejar la cama sin hacer.

Pero quería que su hermana se sintiera bienvenida en su habitación.

Cogió su portátil, se tiró en la cama y se apoyó contra el cabecero. Su edredón rojo oscuro era suave y blandito, pero a juzgar por la mancha seca de kétchup que acababa de ver, iba a tener que lavarlo pronto.

Abrió el portátil y empezó a escribir un mail para Jamie, su antiguo tutor.

Presentarse era más duro de lo que había creído.

Sí, podría decirle que era ese alumno que le había hecho

rechinar los dientes de frustración, pero no creía que eso ayudara a su causa.

También podría empezar con que era el tío que participaba en las discusiones de clase con los pies encima de la mesa y los ojos cerrados, pero tampoco creía que eso le fuera a conseguir una plaza en las tutorías del señor Jamie Cooper.

Theo se acordó de ese día, el pasado semestre, cuando discutiendo sobre las ganancias y pérdidas fiscales, Jamie se había acercado tranquilamente a él y, sin interrumpir su explicación, le había agarrado las piernas y bajado los pies al suelo. El tipo le miró mientras lo hacía, levantando una ceja como retándole a tocarle los huevos otra vez.

Y Theo había esperado un total de cinco minutos antes de subir los pies de nuevo a la mesa.

La mirada que Jamie le había dirigido le había hecho sonreír, que mantuvo los pies en la mesa el resto de la tutoría. Pero, en la siguiente clase, Jamie apartó las mesas a un lado e hizo que sus doce alumnos se sentaran en un semicírculo a su alrededor.

A Theo se le dibujó una sonrisilla en los labios al mirar la ventana que había abierto para escribir un nuevo *mail*. Al señor Jamie Cooper sin duda le gustaba que las cosas se hicieran a su manera.

Así que evitando cualquier presentación que revelara su identidad, Theo empezó a escribir. No creía que su nombre le delatara ya que Jamie nunca se había dirigido a sus alumnos por su nombre.

Para: Jamie Cooper

De: Theo Wallace

Asunto: Me gustaría un sobresaliente.

El semestre pasado asistí a tus clases de Microeconomía y me preguntaba si habrías puesto en marcha tutorías de Economía Aplicada para

optar a matrícula de honor. ¿Cómo me inscribo? ¿Cuántos alumnos de Econ411 te han pedido el cambio? Es que, en serio, Dylan (¿Camaza?) sabe cómo dormir a una clase.

Theo le dio a «enviar» y, al comprobar su buzón de entrada, vio que tenía un mail de su madre.

Para: Theo Wallace, Leone Wallace

De: Crystal Wallace

Asunto: ¡Comed más verdura!

Queridos leos, solo quería recordaros que cuidéis vuestra salud durante la luna nueva. Dormid y comed bien. ¡Nada de comida para llevar! Leone, ¿cómo va la tesis? Theo, echo de menos tu voz dulce y descarada (igualita que la de tu padre). Llamadme algún día. ¡Os quiero!

Contestó a su madre diciéndole que había cenado *pizza* y que si eso contaba como verdura.

Un nuevo correo apareció en su buzón de entrada. Al lado del nombre de Jamie Cooper, un icono verde, indicándole que estaba en línea.

Theo leyó el *mail* con una sonrisa.

Para: Theo Wallace

De: Jamie Cooper

Asunto: Me gustaría un sobresaliente.

Eres el primer alumno de Econ411 que se pone en contacto conmigo y el último que esperaba que lo hiciera. Te sugiero que te quedes con Dylan

(¿Camada?) este semestre. Quizás las tutorías mejoren. Tampoco es que estuvieras encantado conmigo en nuestra primera clase y, sin embargo, ahora me estás escribiendo para apuntarte a mis tutorías. Me siento halagado, de verdad. Por desgracia (más para ti, que para mí) no doy clases de Economía Aplicada. Dale otra oportunidad a Dylan y, si me permites darte un consejo, menos cerrar los ojos y más participar en clase te llevarán al sobresaliente.

Theo le dio a «responder», debatiéndose entre la gracia que le hacía lo directo que era Jamie Cooper y la frustración de tener que seguir aguantando a Dylan (fuera cual fuera su apellido). De verdad que le preocupaban sus notas. Era un alumno de sobresalientes y quería que siguiera siendo así. Incluso con un buen tutor solo había conseguido un sobresaliente bajo en Microeconomía y no quería arruinar su expediente cuando estaba tan cerca de acabar la carrera.

Para: Jamie Cooper

De: Theo Wallace

Asunto: Me gustaría un sobresaliente.

Se me había olvidado esa primera clase y, seamos sinceros, fue pésima. ¿Qué cambió? Después de esa anomalía, tus tutorías fueron más concienzudas, interesantes y participativas. Deja de levantar la ceja porque sí que prestaba atención. Es solo que me concentro mejor con los ojos cerrados.

Así que, dime, ¿por qué no haces tutorías de Economía Aplicada? ¿No deberías intentar maximizar tus ingresos, para poder minimizar los préstamos universitarios? Que eres economista, hombre.

Le dio a «enviar» y siguió mirando la pantalla, esperando una respuesta.

Tras cinco minutos esperando, desistió y abrió su navegador web y el editor de textos para poder continuar con el diseño que le había encargado un autor de novela romántica. Llevaba varios años diseñando páginas web para escritores, artistas y empresarios y era lo suficientemente bueno para haber ido cubriendo con ello los gastos de los primeros años de carrera. Bueno, más o menos. Porque, al mirar hacia la bandeja de su escritorio, vio los papeles con los que sabía que iba a tener que lidiar en algún momento. Había pedido un pequeño préstamo a un interés de cinco años y, para conseguir el dinero, solo tenía que hacer algo tan simple como firmarlos.

Pero le estaba costando. No hacía más que darle vueltas a los números, esperando poder encontrar la manera de terminar el semestre sin endeudarse.

Pedir menos comida a domicilio ayudaría.

Un familiar ¡ding! hizo que Theo abriera de nuevo su bandeja de entrada. Jamie le había escrito vía chat.

Jamie: Alacama.

La respuesta de Theo fue inmediata.

Theo: Si no estuviera tan desesperado porque fueras mi tutor te mandaría a la mierda.

Jamie: Y no sería la primera vez. Pero *Alacama* es un apellido. Dylan Alacama (tu tutor de este semestre).

Theo: ¡Alacama! Vaaaaale. ¿Cómo podría conseguir que me explicaras todo lo que necesito saber para bordar Econ. Aplicada? Oye, y no voy a mentir, estoy muy sorprendido de que te acuerdes de mí.

A Jamie le llevó un minuto contestar. Theo dio por hecho que había escrito algo y luego lo había borrado, porque llevaba escribiendo un rato y, aun eso, cuando le llegó el mensaje, la respuesta fue muy corta.

Jamie: No eres fácil de olvidar.

Theo: No me hagas sonrojar…

Jamie: No me hagas reír. ¿Quién olvidaría al tío que en la primera tutoría que doy en mi vida, se echa para atrás en la silla, se cruza de brazos y en medio de la clase grita KISS?

Theo: Hombre, si lo pones así…

Jamie: Me quedé descolocado durante unos minutos, creyendo que le habías pedido un beso a alguien en inglés y me pareció una forma bastante lamentable de ligar, la verdad. No sabía que estabas usando KISS como acrónimo de *Keep It Simple, Stupid*[1].

Theo se empezó a reír; unos segundos después, Leone llamó a la puerta, su voz filtrándose en la habitación.

—¿De qué te ríes, hermanito?

—No es tanto de qué como «con quién» —contestó Theo.

—Ya, ¿y me vas a decir *quién* es tan gracioso?

Su hermana abrió la puerta, caminó hacia el borde de la cama y, mirando en su dirección, dijo:

—Venga, dime quién te está haciendo reír así.

—Jamie Cooper.

Leone palpó la cama y se sentó en ella.

—¿Un nuevo amigo?

— No, tutor.

—Pues me gusta oírte reír otra vez. Hacía ya mucho tiempo.

Theo se aclaró la garganta sin saber bien cómo responder.

—¿Qué tal tu club de lectura?

—Las chicas han escogido un libro que no está disponible en audio y, dado que no soy muy fan de la aplicación de voz,

creo que voy a pasar. Pero te he conseguido una cita. Es super-
lista y dice que te encuentra «atractivo que te mueres». Creo
que también ha dicho algo sobre tus intensos ojos verdes y tus
hoyuelos. Mira, no sé, pero la cosa es que es una tía que
merece la pena. Lo que pasa es que se va fuera un par de
semanas, así que dice que la cita tendrá que esperar hasta que
esté de vuelta.

—¿Y quién es esa joya?

—Cam. Camilla Perkins.

—No será a la que le tiré la cerveza encima el mes pasado,
¿no?

Theo se había tropezado con los pies de alguien y había
calado a una pelirroja monísima que estaba sentada en el sofá
con las piernas cruzadas. La camisa que llevaba pudo salvarse;
el libro, no tanto.

—Le dejaste huella.

Theo oyó otro ¡ding! y tuvo que hacer un esfuerzo para no
mirar la pantalla.

—Entonces, ¿le digo que sí? —preguntó Leone.

La verdad era que dudaba, preso de la misma sensación
que tuvo con el bellezón de la máquina de café. Pero, si era
verdad lo que decía Leone y ya nunca sonreía, algo tendría que
hacer al respecto.

—Confío en ti, hermanita —le dijo distraídamente mientras cedía al impulso de echar un ojo al chat.

Jamie: En cuanto a lo de bordar Economía Aplicada...
Tengo varios libros que podría prestarte. Y tienen anotaciones
en el margen y todo.

—¿Qué tal si tú sigues charlando con Jamie y ya lo
hablamos en el desayuno? —propuso Leone.

Theo levantó la vista hacia su hermana que ya estaba
saliendo de la habitación

—No tenemos ninguna entrevista mañana, ¿verdad?

—Gracias a Dios, no.

—Oye, Leone.

20

—¿Sí?

—Ya te leo yo el libro del mes que viene.

Leone ya no estaba a la vista cuando la oyó murmurar.

—La chica que se enamore de ti va a ser muy afortunada.

Pero Theo no creía que eso fuera a pasar en un futuro cercano.

Centró de nuevo su atención en el chat. Los libros no eran su opción favorita, pero tendría que valer.

Theo: ¿Nos vemos mañana a las diez frente a la máquina de café del departamento de Economía?

Jamie: No puedo. He quedado con un grupo de recién licenciados que está buscando compañero de piso.

Espera, ¿qué? ¿Jamie estaba buscando casa?

Theo se irguió, abrió una nueva pestaña y comprobó su horóscopo de hoy. ¿Podían haberse alineado las estrellas y estar diciéndole, en el mejor momento posible, que aquí tenía a su próximo compañero de piso?

«¿Las cosas no van como quieres, Leo? Puede que coger al toro por los cuernos sea tu única opción. Sé agradable, no gruñas y opta por decir «por favor» y «gracias» en su lugar».

Lo de encontrar a alguien con quien compartir casa no estaba saliendo bien. Quizá debería preguntar a Jamie si quería pasarse por ahí y echar un vistazo.

A lo mejor, después de todo, iba a tener que dar crédito a la astrología.

Movió los dedos como si estuviera calentando, soltó una risilla y empezó a teclear.

Theo: Es el destino.

Jamie: ¿Qué?

Theo: Lo nuestro.

21

Jamie: Perdona…, ¿qué?

Theo: Está escrito en las estrellas.

Jamie: ¿Es este otro de esos momentos KISS tuyos? Porque estoy perdido…

Theo: Mi hermana y yo llevamos buscando compañero de piso toda la semana, así que, claramente, tienes que cancelar lo de mañana y venir a ver nuestra casa.

Jamie: ¿Y vivir contigo?

Theo: ¿Es cosa mía o estás haciendo énfasis en «contigo»? ¿Sería tan duro?

Jamie: Tú lo has dicho.

Theo: Cabrón.

Jamie: ¿Cuándo quieres que me pase?

Theo sonrió.

Theo: ¿Qué te parece, ahora sí, mañana a las diez?

---

1. *el principio KISS es un acrónimo cuya traducción literal sería «¡Manténlo simple, tonto!» y viene a decir que la simplicidad y sencillez tiende a funcionar mejor que cualquier sistema o diseño más complejo. Se escribe y pronuncia igual que beso y de ahí la confusión.*

«Deberías ser atacado por conejos como le pasó a Napoleón».

Leone a Theo en medio de una pelea.

Capítulo Tres

A la mañana siguiente, después de salir a correr, Theo se afeitó, se duchó y se apresuró hacia su cuarto para vestirse.

Un vistazo al reloj que tenía en la mesilla de noche le dijo que Jamie estaba al llegar, así que empezó a buscar un bóxer a toda prisa.

¿Dónde leches estaba su ropa interior?

Miró el cesto de la ropa sucia con recelo e hizo otro registro por sus cajones. Lo único que encontró fueron unos calzoncillos blancos ajustados.

—Mierda —murmuró mientras se los ponía y hacía nota mental de hacer la colada.

El timbre sonó justo cuando el elástico se ajustaba en la parte baja de sus caderas.

—¿Puedes abrir, Leone?

—No, estoy medio desnuda —dijo con voz amortiguada.

Tampoco es que él estuviera muy vestido, pero, bueno, ambos eran tíos y más habían visto en los vestuarios. Así que, abandonando la búsqueda de vaqueros limpios, se dirigió a la puerta principal y la abrió.

Y, ahí, en el porche, estaba su extutor de Economía. Medio palmo más alto que él y con músculos marcados, iba vestido tal y como Theo recordaba: botas, vaqueros y un jersey de cachemir con una de las mangas levantada por encima de su reloj plateado. Su pelo marrón claro parecía más corto, pero le quedaba bien con esa barba de dos días que adornaba su fuerte mandíbula y resaltaba sus ojos grises.

Theo se dio cuenta de que Jamie trataba de reprimir una sonrisa y se inclinó sobre el marco de la puerta, cruzó la pierna a la altura del tobillo, y dijo:

—Vaya, vaya… pero si es el señor Jamie Cooper.

Jamie levantó una ceja e hizo tamborilear sus dedos en los libros que llevaba.

—¿Es así como recibes a todos tus candidatos a compañero de piso?

—No, solo a ti.

—Qué suerte la mía.

La respuesta hizo sonreír a Theo, que agarró a Jamie del jersey y lo atrajo hacia el interior de la casa.

—La culpa de esto la tiene el día de la colada… o el no saber cuándo es ese día. Zapatos en la balda del medio, junto a los míos, sin que sobresalgan los cordones. —Theo oyó a Leone moviéndose en la habitación de al lado—. Y, ahora, ven a conocer a la mujer más maravillosa que alguna vez hayas tenido el placer de conocer.

Leone debió de escucharlo porque, tras una risotada, dijo:

—La idea es no crear demasiadas expectativas, idiota.

Jamie soltó una agradable y cálida carcajada mientras colocaba sus zapatos. Sí. Encajaría con ellos a la perfección.

Theo le hizo señas para que pasara a la sala principal. Leone se encontraba ahí, en la cocina, echando agua en una tetera. Llevaba una camiseta, un jersey de ganchillo deshilachado y vaqueros. Vaqueros limpios como los que él necesitaba.

—Dadme dos segundos y me visto.

Leone giró su cuerpo en la dirección en la que Theo se encontraba.

—¿Cómo que te vistes? Ay Dios, ni pregunto, ¿no?

Jamie se rio mientras se dirigía hacia Leone y Theo corría a su habitación. Se pondría los pantalones marrones de ayer

25

para salir del paso. Al menos su camiseta de Capital Cities, con la imagen de su sencillo *Safe and Sound* estaba limpia y podía ser que, si se la ponía, hiciera sonreír al señor Jamie Cooper.

Theo sonrió con suficiencia al oír el murmullo de una conversación en la distancia, regada de vez en cuando con la risa fácil de Leone. Gracias a sus artimañas, al fin tenían un buen candidato para la habitación de arriba. Con suerte, las tortuosas entrevistas acabarían; pero antes se aseguraría de que Leone estuviera cómoda con Jamie a su alrededor.

La risa chillona que emitió Leone a continuación le confirmó que estaba de suerte.

Theo se unió a ellos en la cocina justo cuando la tetera empezaba a sisear.

Jamie miró la camiseta de Theo y, apoyándose en la isla de la cocina, cruzó los brazos y fijó sus ojos grises en él.

—Esa es la camiseta que llevabas el día que nos conocimos —dijo—. ¿Tratas de asustarme?

—¿Asustarte? Pero si lo que quiero es ponerte nostálgico.

Jamie miró entonces a Leone.

—Tu hermano creía que mi clase era su dormitorio.

—Ya te lo dije, las cosas se me quedan mejor con los ojos cerrados —dijo Theo a la vez que se subía a la encimera frente a Jamie y se sentaba sobre las manos.

—No era solo la forma despreocupada en que subías los pies a la mesa. Colgabas tu abrigo en mi silla y la bufanda en la mesa de algún compañero. Una vez incluso te quitaste las botas.

Sí. Eso era verdad.

—En mi defensa, he de decir que ese día llegué calado. Dime que lo de usar los radiadores de clase para secar los calcetines no fue buena idea.

—No. Eso solo se te ocurriría a ti. —Jamie negaba con la cabeza, pero el humor en sus ojos era evidente.

Leone giró su cuerpo hacia Jamie.

—Así es el vago de mi hermano. Es leo, así que también es protector, cabezota y determinado, pero todo lo que pueda hacer desde el sofá, mejor que mejor.

—¡Oye! —dijo Theo en tono indignado y dispuesto a defenderse, hasta que sopesó el esfuerzo que ello le supondría y se limitó a encogerse de hombros—. La verdad es que tienes razón.

Jamie lo miró por el rabillo del ojo.

—Tengo que reconocer que venía esperando que mis preguntas de «¿dónde está... lo que sea?» fueran todas contestadas con un «ahí... en el suelo».

Theo lo miró con ojos entrecerrados y le gruñó.

—Si no fuera por mí —dijo Leone con una enorme sonrisa que Theo hacía meses que no veía—, supongo que así sería. Pero Theo haría cualquier cosa por aquellos a los que quiere, le cueste lo que le cueste. Y en esa categoría incluyo el estar tres horas congelándose en un andén esperando a que mi tren llegue. ¿Quieres té?

—Claro —respondió Jamie mientras miraba a Theo de forma extraña, casi como con... ternura.

—¿Qué te apetece más? —continuó Leone sacando tres tazas—, ¿negro o afrutado?

—Afrutado —dijo Jamie mirándola—. Sin lugar a dudas.

—Igual que mi hermano, entonces. —Leone abrió el cajón más cercano a la pierna de Theo, rozándosela, y sacó dos bolsitas de té de frutos del bosque y manzana, y un *English Breakfast*.

—¿Sí? Bueno es saberlo.

Una vez les hubo pasado sus tés, Leone se reclinó sobre la encimera al lado de Theo, apoyando la taza contra su pecho.

—Voto que sí —dijo—. Hemos encontrado a nuestro nuevo compañero de piso.

—¿Estás segura? —preguntó Theo sonriendo—. No le has hecho demasiadas preguntas.

Jamie los miraba por encima de su taza.

—Preguntad.

Pero en vez de responder a Jamie, Leone dirigió su pregunta a Theo:

—¿Es con él con quien estabas escribiéndote anoche?

—Ajá.

27

—Pues entonces no necesito preguntar nada más. Encajará.

—¿Me aceptas así, sin más? —dijo Jamie.

Leone se encogió de hombros y se acercó un poco a Jamie.

—Dime, ¿cómo eres? Mi vista es como una instantánea. Puedo ver tu silueta y el color de tu ropa, pero los defectos pasan desapercibidos.

—¿Qué defectos? Soy rubio, alto y guapo.

Theo resopló.

—Y añade «humilde» a la lista. De eso tiene para aburrir.

—Entonces, ¿cómo lo describirías tú? —preguntó Leone.

Ante eso, Jamie arqueó una ceja, y dijo:

—Eso, Theo, ¿cómo me describirías?

Theo deslizó su mirada sobre Jamie. No podía negar que fuera alto o rubio. Ni que estuviera en forma. Vestía bien y en él se percibía una fuerza que podría resultar atractiva para algunas personas. Su seguridad en sí mismo también era atractiva y parecía que a Leone eso le gustaba...

Un momento...

¿Leone se sentía atraída por Jamie?

Miró a una sonriente Leone y después a Jamie, que seguía esperando una descripción por parte de Theo. ¿Se sentían atraídos el uno por el otro?

Pues qué oportuno.

Jamie parecía un tío legal. Inteligente, amable, encantador. Quizá fuera la pareja perfecta para Leone.

Cogió aliento, inclinó la cabeza hacia un lado y echó otro vistazo a Jamie. Y sí, Leone tenía razón. Haría (o, en este caso, diría) lo que fuera por sus seres queridos.

—Tiene unos ojos grises increíbles y un culo que haría babear a tu club de lectura —dijo Theo mientras se bajaba de la encimera—. Así que, ¿cuándo te mudas?

Jamie se quedó mirándolo. El humor antes perceptible en sus ojos había mutado y ahora había algo en ellos que tenía a Theo casi con piel de gallina.

De forma abrupta, Jamie se dirigió a los libros que había dejado en la isla de la cocina y se los pasó Theo.

—Estaría bien que antes me enseñarais la habitación.

Leone casi se atraganta con su té.

—Por Dios, que ni le hemos enseñado la casa. Y tú hablando de humildad.

Theo se puso los libros bajo el brazo e indicó a Jamie con el dedo que lo siguiera.

—Confía en mí, Leone, esto es exactamente lo que Jamie está buscando.

Jamie carraspeó mientras seguía a Theo escaleras arriba y atravesaban el mirador enmoquetado desde donde se veía toda la parte de abajo.

Desde ahí se accedía a un dormitorio con baño incorporado.

Le fue diciendo a Jamie todo lo que se le iba ocurriendo sobre la casa: que su habitación tenía mucha luz; que iban a la compra una vez por semana, en caso de que les diera por cocinar; dónde estaban las paradas de autobús; y dónde podía aparcar.

—Hasta tienes tu propia ducha —continuó Theo—. ¿Tenía razón, o qué?

—¿En lo de que esto es exactamente lo que estaba buscando? —Jamie se apoyó en el marco de la puerta de su futura habitación, mirándolo—. Pues sí, tenías razón.

Theo se acercó a él y también se inclinó contra el marco.

—¿Alguna pregunta?

—Tu hermana es ciega.

Theo se puso rígido. ¿A qué venía eso?

—Tiene una reducción de visión severa desde que teníamos quince años. El hecho de que casi no vea no supone ningún problema, porque hace lo que haga falta y nunca se escaquea. Lucha por cada cosa que quiere o necesita y…

Jamie se apartó de la puerta.

—No era una crítica. Me ha parecido lista y muy capaz.

—Es que lo es —dijo con los puños aún apretados—. La admiro muchísimo.

Jamie le dio una palmada y un pequeño apretón en el

hombro, deslizando su pulgar entre el cuello de la camiseta y su piel.

—A mí también me gusta.

Theo se dio cuenta de que Jamie estaba siendo sincero y se relajó bajo su toque.

—Entonces, nos llevaremos estupendamente.

«Tú sé sincero sobre cómo te sientes. O mejor aún, sigue perfeccionando esa actitud pasivo-agresiva».

Jamie a un Theo procrastinador de mirada amenazante.

Capítulo Cuatro

Pues no. No se llevaban estupendamente.

Jamie le ponía de los nervios.

Les hacía comer verduras. Verduras de verdad.

Se había mudado hacía dos días y, no solo se había apropiado de la cocina, sino que, además, había tenido los huevos de decirle que dejara de vaguear en el sofá y abriera el libro de Economía Aplicada si de verdad quería ese sobresaliente.

Y lo peor era que Leone lo apoyaba.

Theo murmuró en voz baja, cogió un cojín y se lo puso debajo de la cabeza.

—Creí que el hecho de que vivieras aquí haría más sencillo lo de estudiar Economía, que sería algo así como compartir casa con un manual para principiantes.

Jamie se acercó al sofá y le lanzó un libro sobre el pecho cortándole la respiración durante unos instantes.

—Léetelo, que luego te voy a preguntar.

Theo le dirigió una mirada asesina, pero Jamie permaneció imperturbable.

—¿Leone? —dijo sin apartar la mirada de él—. ¿Qué cenas podrían apetecerte esta semana? Voy a acercarme al supermercado.

—Te acompaño —dijo Theo tratando de librarse del libro y fracasando, porque Jamie lo presionaba con mano firme

32

manteniéndolo donde estaba sobre su pecho—. Pero ¿por qué? ¿nos hemos quedado sin *pizza* y mantequilla de cacahuete?

—No más comida precocinada. Necesitáis comer sano. Los dos.

¿Sería difícil colar alguna *pizza* en el carro cuando Jamie estuviera distraído?

—Venga, pues vamos ahora entonces.

Jamie intentó no sonreír.

—Podrás venir cuando leas un capítulo.

—Ayudaría si tu letra no fuera tan espantosa —dijo Theo abriendo el dichoso libro.

—Siempre tienes que tener la última palabra, ¿no?

Theo lo miró y sonrió.

—¿Quién, yo?

Jamie se dirigió entonces a la cocina y empezó a abrir y cerrar armarios mientras iba haciendo la lista de la compra. Theo leyó la insulsa introducción y la mitad del primer capítulo, pero la presencia de Jamie hacía que fuera difícil concentrarse, porque sentía que lo observaba constantemente para comprobar que no se hubiera quedado frito.

Y él quería quedarse frito, pero claro, tenía su orgullo.

Por suerte, a Jamie le sonó el móvil y cogió la llamada con un alegre: «¡Sean! ¿Qué tal?». Se quitó el teléfono de la oreja, dirigió una mirada a Theo y le dijo:

—Tú, sigue leyendo.

Y reanudó su llamada mientras subía las escaleras hacia su habitación, su voz mitigándose a medida que se alejaba.

Theo esperó hasta que la puerta de Jamie estuvo cerrada para levantarse del sofá y convencer a Leone de que dejara un rato su tesis de Historia y llamaran a su madre.

—Venga, vale —dijo ella—, llamémosla.

Leone fue arrastrando su mano por la isla de la cocina, hasta que alcanzó el teléfono fijo que tenían allí y empezó a marcar. Theo cogió la hoja y el bolígrafo que Jamie había dejado en la encimera.

—De verdad que tiene una letra horrorosa —comentó Theo.

—Mientras podamos meter algo de chocolate en esa lista, me da igual. Y sabes que tiene razón. No comemos nada bien.

—Pues yo siempre me aseguro de comprar esa lasaña vegetal que se hace en el microondas en un minuto.

Leone conectó el altavoz y el tono de llamada inundó la cocina. Su madre descolgó y empezó su verborrea:

—Alguno de mis seres queridos me va a dar una noticia que podría cambiar a mi familia de forma radical y no seré yo quien asuma qué noticias son esas ya que, según parece, tiendo a meterme donde no me llaman impidiendo que las cosas sigan su curso natural. Pero es que mis leos me están llamando y estoy mordiéndome la lengua para no preguntar.

—Hola, mamá —dijeron ambos hermanos a la vez.

—Sí, sí, hola. Os mando besos, abrazos, y todo eso, pero venga, ¿qué noticias tenéis?

Desde el piso de arriba llegó la risa profunda de Jamie, algo amortiguada debido a que la puerta de su habitación estaba cerrada. ¿Quién sería ese tal Sean con el que estaba hablando?

—¿Qué noticias? No hay ninguna novedad.

—Theo, te quiero, pero la mitad del tiempo no te enteras de nada. Leone, tú que sueles ser más avispada, ¿se te ocurre algo que pudiera cambiar la dinámica de nuestra familia?

—Sí. Theo se está riendo más últimamente.

Theo se ruborizó.

—Y Leone también —dijo.

—Hemos decidido superar lo de Sam y Derek de una vez por todas —añadió su hermana.

El oír el nombre de Sam generó en Theo una pequeña punzada de dolor.

—Asuntos del corazón —dijo su madre—. Esas podrían ser las noticias. Está bien, quizá signifique que pronto conoceréis a alguien nuevo. De hecho… bueno no, da igual, no debería meterme. Aunque un empujoncito en la dirección adecuada… A ver, cielos, escuchad, vamos a hablar de la compatibilidad de Leo.

Su madre lo llevaba claro si creía que iba a salir con quién le dijeran los signos del Zodíaco.

34

—Samantha y Derek no eran compatibles con vosotros —continuó—, en especial, Samantha, Theo. Los Virgo son la peor pareja para un Leo. Tienen cero química sexual.

—Pues había muchísima química sexual, que lo sepas.

—Eso no era química. Eso era follar.

—¡Mamá!

—La verdadera química hace que el sexo sea algo divertido y sentido.

—Y cómo sabes que el sexo no era sentido, ¿eh?

No lo era, pero no sería él quien se lo dijera a su madre.

—¿Alguno de los dos alguna vez ha hecho el amor…?

—Llevamos hablando dos minutos y no veo el momento de que esta conversación acabe.

—¿Lo ves? Porque nunca lo habéis experimentado.

Theo estaba acostumbrado a este tipo de conversaciones con su madre, así que en vez de desear que la tierra lo tragara, lo aceptaba como la típica charla de sábado.

—Hacer el amor es un término inventado por Hollywood. Está justo entre Maglor y la Tierra Media en el diccionario de Tolkien.

—Lo único que digo, Theo, es que, si crees que Virgo está bien, te vas a volver loco cuando conozcas a un Aries. O a un Sagitario.

Leone, que había estado soltando risitas durante toda la incómoda conversación, ahora se reía con fuerza.

—Cuéntame más cosas de Aries y Sagitario.

Theo negó con la cabeza y añadió «crujiente» tras el «mantequilla de cacahuete» escrito en la lista de Jamie mientras su madre hablaba sobre confianza, comunicación e intimidad sexual entre Sagitario y Leo.

Theo utilizó la parte de abajo de la lista de la compra para dibujar un Leo y un Aries, a la vez que escuchaba cuáles eran sus parejas más compatibles.

—Aries y Leo son superapasionados juntos y la intimidad que alcanzan, impresionante. Tienen tendencia a los celos y a ponerse posesivos, pero eso se ve más que compensado con la absoluta lealtad que estos dos tienen el uno por el otro. De verdad que no podríais encontrar una pareja mejor. Aries alimenta vuestra necesidad de atención, pero, por su carácter, también sabe mantenerse firme. Vosotros necesitáis probar lo increíbles que sois y Aries sabe motivaros. En compensación, Leo quiere y valora a Aries. A pesar de la batalla por la dominancia, la relación fluye de forma cálida, apasionada y divertida.

—Theo —dijo Leone moviendo las cejas—, asegúrate de encontrarme un Aries.

—¡Pero si tú no crees en esto! —respondió él riéndose.

—No seas así —dijo su madre—. Podrías dejar pasar una gran oportunidad.

Cuando terminaba los cuernos del Aries, oyó un crujido en la madera del piso de arriba. Leone debió de oírlo también porque, dándose una palmadita en la cara, dijo:

—Por cierto, tenemos nuevo compañero de piso. El antiguo tutor de Economía de Theo.

Y hablando de Economía… Theo miró hacia el libro abandonado en la mesita de café. Quizá debería volver a su sitio y hacer como que había estado estudiando todo este tiempo, aunque solo fuera por no aguantar otro de los sermones de Jamie.

—Se llama Jamie —añadió Leone.

Theo quitó el altavoz y se puso el teléfono en la oreja.

—Así que, quizá, y te digo esto desde el más profundo cariño, la próxima vez que llames, ¿podrías asegurarte de que hablas con nosotros antes de entrar de lleno en desvelar los secretos del universo? Te quiero, adiós.

Puso el teléfono en la mano de Leone, la dirigió a su cuarto y, cogiendo su libro, saltó al sofá al mismo tiempo que Jamie bajaba las escaleras.

Jamie le pasó de largo en su camino hacia la cocina, dirigiendo solo una leve mirada en su dirección.

—Te resultaría más fácil, de cara a entender los principios de eficiencia y equidad en los intercambios comerciales, que el libro no estuviera al revés.

Mierda.

Theo lo miró por encima del libro.

—Infravaloras mi capacidad, Jamie. Resulta que soy un experto leyendo libros al revés. Y de atrás hacia delante, que lo sepas.

—Y, aun así, mi letra te supera.

Punto para el señor Jamie Cooper.

Theo le sonrió de esa forma suya en la que se le marcaban los hoyuelos.

Jamie guardó la lista de la compra y cogió las llaves de la repisa. Theo respondió al tintineo como si fuera una campana que anunciara las vacaciones de verano. Se levantó del sofá de un salto y se puso el impermeable y los zapatos.

Jamie llamó a la puerta de Leone para ver si quería unirse a ellos y su hermana salió trotando alegremente de su habitación. Una vez que se puso la cazadora, los tres salieron al aire gélido de fuera y se dirigieron al Honda verde azulado de Jamie, que estaba aparcado en la acera.

Cuando subieron al coche, Jamie le dio un tiempo a Leone para que se fuera familiarizando con el interior y se acomodara en la parte trasera. Después encendió el contacto y la calefacción.

—Por Dios, qué limpio está —dijo Theo echando un vistazo a la impoluta tapicería de cuero.

—Como debe ser.

Leone se rio.

—Entonces no dejes que Theo coma en tu coche. Dejará migas por todas partes.

Jamie apoyó el codo en el reposabrazos que había entre ellos y lo miró.

—No me digas.

Theo tocó con el dedo la condensación del parabrisas y empezó a escribir.

—Me gusta que mis coches tengan personalidad.

—Y eso significa que le encanta el olor a panecillos rancios.

—¡Leone!

Ella se rio.

—Oye, que a mí me gusta. En cuanto toco las miguitas, me siento como en casa.

Theo terminó de escribir su frase en el cristal: «Y, aun así, mi letra te supera».

Jamie la leyó, su expresión era algo intermedio entre el cabreo —porque sus dedos fueran a dejar marcas en el parabrisas— y la risa.

—Esa frase es mía.

—Cinco puntos para el equipo Cooper. —Theo firmó la frase con el nombre de Jamie.

Jamie medio sonrió y, tras negar con la cabeza, dijo:

—Poneos los cinturones, leos.

Así que Jamie había estado escuchando la conversación con su madre. Estupendo.

Una vez listos, cinturones puestos y todo, Jamie puso en marcha el coche e inició el camino hacia el supermercado. Mientras él y Leone iban hablando sobre Historia Social y el papel de las mujeres en el siglo diecinueve, Theo abría la guantera y echaba un vistazo dentro. Papeles del coche, dos botellas de agua y cinco chocolatinas Hershey's caducadas.

—¿Encuentras algo incriminatorio? —preguntó Jamie en voz baja mientras esperaban en un semáforo en rojo.

Theo le dirigió una mirada curiosa y contestó:

—¿A qué se debe el chocolate caducado?

—Es por si yendo de viaje, me viera retenido en algún atasco, ¿para qué, si no?

Por supuesto. A Jamie le gustaba tener todo bajo control.

—Pero creo que va siendo hora de que cambie esas. ¿Por qué sonríes? —Jamie reinició la marcha.

Theo sintió cómo sus hoyuelos se intensificaban.

—Eres tan organizado. Normal que te pusiera nervioso cuando nos conocimos.

Pasaron unos segundos antes de que Jamie respondiera.

—Qué mono.

—¿Qué es mono?

—Tú, construyendo esa frase en pasado.

Theo lo golpeó en el brazo.

—¿Por qué hemos elegido a este tío como compañero de piso?

—Porque es listo, considerado, cocina, separa la ropa blanca de la de color, tiene coche… —Leone siguió alabándole hasta que llegaron al aparcamiento del súper.

Theo se giró en su asiento para mirarla. ¿Estaba siendo testigo del nacimiento de una bonita amistad entre Jamie y su hermana? Tenían más o menos la misma edad y ambos eran muy determinados. Además, Leone admiraba esa incesante necesidad de Jamie de tener todo en orden.

Y, a pesar de todo lo que le frustraba, Jamie era…

A ver…, sería ese insufrible cuñado que siempre le estaría picando y Theo, sin duda, le devolvería cada pulla; porque le encantaba enervarlo, aunque la mirada gris de Jamie le pusiera un poco nervioso.

Pero podría manejarlo. Sin problema.

Volvió a cambiar de posición y enfrentó de nuevo el parabrisas. Por el rabillo del ojo vio como Jamie sonreía.

—Gracias, Leone —dijo Jamie—. Estás a punto de convertirte en mi chica favorita de todos los tiempos.

—Deja de alimentar su ego. —Theo empezó a salir del coche—. Es suficientemente grande tal y como está.

Entraron a la tienda y Theo ofreció a Leone un hombro para que se apoyara. Jamie, que llevaba el carro de la compra, los miraba mientras se apresuraban por los pasillos de fruta y verdura y se dirigían a la sección de congelados.

Theo no había dado ni tres pasos hacía su objetivo, cuando Jamie le agarró su otro hombro y la detuvo con suavidad.

—Buen intento. —Miró a Leone—. ¿Puedo ser yo quien te guíe hoy?

Ella cambió su mano de uno al otro.

—Ha ido directo a la *pizza*, ¿no?

Theo resopló, indignado. Jamie le dijo que llevara el carro mientras él dirigía a Leone de vuelta al brócoli y la coliflor.

Si el tío no fuera tan bueno para su hermana, lo ahogaría con las cebollas que habían aterrizado en su carro.

Con minucioso cuidado, fueron recorriendo los pasillos de

comida saludable, llenando su carro de berenjenas, ajos, zanahorias y demasiadas cosas verdes como para enumerarlas. No era suficiente coger arroz y pasta. No. Jamie también añadió lentejas, cuscús y quinoa (lo que quiera que fuera eso).

Al final resultó que sí podía coger *pizza* congelada por algo relacionado con… la moderación.

Pero la gota que colmó el vaso vino en el pasillo de la mantequilla de cacahuete.

Theo siempre la tomaba con trozos.

Parecía que Jamie la prefería «sin».

Theo estaba junto a Jamie, abrazando contra su pecho un bote de la de trocitos, de la extracrujiente, además.

Fue Leone quien tuvo la última palabra.

—Ir a la compra con vosotros es como escuchar culebrones de sobremesa —dijo—. Qué drama. A ver, me gustan los dos tipos, pero puede que la prefiera sin trozos de cacahuete. Lo siento, Theo.

Eso lo dejó boquiabierto.

—Tú y yo no llevamos la misma sangre. *¿Sin* trozos?

El temblor en los labios de Jamie dejaba traslucir su satisfacción. Estaba claro que la situación le divertía.

Así que, metiendo la mantequilla de cacahuete sin trozos en el carro, la traidora de su hermana y Jamie se alejaron.

Claro que podrían haber comprado ambos tipos, pero lo de «con» versus «sin» se había convertido en una especie de juego y Theo no era de los que jugaba en equipo. A él le gustaban los juegos que tenían un claro vencedor y, además, necesitaba ser él quien ganara.

Pero que fuera él quien llevara el carro hizo fácil su victoria. La mantequilla «sin» se cayó del carro y la «con» cayó dentro de él. *Ups.*

Pagaron, salieron de la tienda y, cuando ya estaban llegando al coche, el teléfono de Leone sonó. Jamie paró en la acera para que Leone pudiera contestar la llamada sin correr ningún riesgo.

—¿Derek? —la voz de su hermana sonaba entrecortada y Theo se paró de golpe con el carro. Sabía lo que estaba sintiendo Leone en esos momentos. Él sentía esas mariposas revolotear en su estómago cada vez que oía el tono de llamada de Sam y esperaba que su historia con Derek no hubiera funcionado y estuviera llamando para suplicarle otra oportunidad.

Jamie miró entre los dos, arqueó una ceja con curiosidad, e hizo gestos a Theo para intercambiar posiciones.

Así que Theo se puso al lado de su hermana mientras Jamie empujaba el carro hasta el coche y abría el maletero.

Leone le apretó la mano y dejó salir una carcajada llena de amargura que él conocía muy bien.

—Tu cumpleaños…, en tu nueva casa… Puedo llevar un acompañante.

Por un momento Theo creyó que su hermana colgaría a Derek, pero la vio enderezar los hombros y subir la cabeza.

—Allí estaré.

No le sorprendió que su teléfono cobrara vida segundos después.

—Hola, Theodore —dijo Sam tras el gruñido que Theo emitió al descolgar. Odiaba el ser aún capaz de reconocer la sonrisa en su voz—. Puede que ya sepas por qué te estoy llamando.

—Veamos, ¿has pinchado y me necesitas para que me desplace hasta las afueras y te cambie la rueda? ¿Necesitas que le dé un buen editado a tu trabajo de Filosofía? ¿Que te ayude a elegir un regalo de cumpleaños para tu novio… eh, prometido? —Theo cogió aire, cerró los ojos y soltó el dolor. Ya había tenido suficiente de esto—. Tengo que dejar de hacer cosas por ti, Sam —dijo con suavidad—. Tú tienes tu vida y yo tengo la mía.

—Lo sé —dijo ella bajito—, y lo siento. Si quieres pasarte un rato por la fiesta, eres bienvenido. Me gustaría que vinieras. Eres un chico estupendo, Theodore, y te quiero en mi vida.

Theo tragó mientras miraba cómo Jamie cerraba el maletero. Entonces levantó la vista, sus miradas se encontraron y Jamie pareció vacilante antes de ir hacia el asiento del conductor.

Theo colgó y, en silencio, condujo a Leone hacia la puerta del copiloto. Esta vez la dejaría a ella ir delante.

Jamie no dijo nada esperando a que se acomodaran en el coche, pero lo miró por el espejo retrovisor una, dos y hasta tres veces, antes de abandonar el *parking*.

Y, por fin, Jamie habló:

—¿Quién era?

Theo forzó una pequeña sonrisa.

—Mi ex.

Jamie asintió, sombrío.

—Qué mal rollo.

La forma triste en que lo dijo dejó entrever que sabía de lo que hablaba.

—Entonces... —dijo Theo de forma juguetona mientras tiraba del pelo a Leone por el hueco del reposacabezas—, ¿qué vamos a hacer de cena?

—¿*Vamos*? —Se rio Leone.

—Está bien, ¿qué *va* a preparar para cenar, señor Jamie Cooper?

—Pues mira —dijo Jamie mirándolo a través del espejo—, *vamos* a aprender a preparar lasaña. Y no, no me refiero a esa que está lista en un minuto en el microondas.

Una vez hubieron aparcado a la puerta de casa, Jamie sacó la lista de la compra y se la pasó a Theo.

—¿Para qué quiero yo esto? —preguntó Theo saliendo del coche y siguiendo a Jamie al maletero.

Jamie cogió seis bolsas sin ningún tipo de esfuerzo.

—Porque tiene el dibujito que hiciste.

El Leo y el Aries.

—Y seguro que sabes el motivo, cotilla.

—¿Podría haber sido tu necesidad inconsciente de encontrar esa química perfecta?

—Si yo sé mucho sobre química —dijo Theo subiendo y bajando las cejas de forma sugerente—. Se trata de hacer que las cosas ardan.

Leone, que estaba esperando al lado del coche, se rio. Theo

cogió las bolsas que quedaban, fue hacia ella y le ofreció el hombro.

—A mí no me importaría encontrar un Aries —susurró su hermana.

Theo creyó que Jamie no había oído el comentario, pero se equivocaba, porque, en cuanto Leone desapareció en la cocina, se acercó a él —que seguía en la entrada quitándose los zapatos— y, dirigiéndole una mirada pícara, le dijo:

—¿Sabías que yo soy aries?

«Me pregunto cuánta caca de mosca puede llegar a comer una persona en su vida».

Leone a Theo mientras este comía una manzana sin lavar.

Capítulo Cinco

Derek, que había parecido perfecto para su hermana, había terminado rompiéndole el corazón. Así que, ahora, tenía miedo de decirle a Leone que el hombre adecuado para ella estaba justo frente a sus narices.

Primero tendría que asegurarse de que Jamie era El Elegido.

Y eso significaba pasar tiempo con él. Mucho tiempo.

Un trabajo durísimo.

No, en serio. Theo tenía que levantarse a las siete de la mañana, cuatro días a la semana, para poder ir en coche con él al campus.

Leone fue con ellos un par de veces y eso le dio a Theo la oportunidad de ver cómo interactuaban entre ellos: de forma natural, amable, sugerente.

A Theo le gustaba el descaro de Jamie. Era lo único bueno de levantarse a esas horas intempestivas. Bueno, eso y lo de dejarle frases escritas en la nevera, en cristales empañados y, una vez, incluso en una servilleta. La última que le había dejado era su favorita: «Temer a los maniquís sin cabeza es superracional». Eso se lo había dicho Jamie una vez cuando pasaban frente a un escaparate y Theo le había pillado estremeciéndose.

Los jueves Theo solía ir al campus en autobús porque no

45

tenía clase hasta mediodía, pero hoy Jamie le había dicho que por qué no quedaban para tomar un café en Starbucks después de su clase de Economía Aplicada y Theo pretendía aprovechar para convencerlo de que le ayudara a descifrar los enrevesamientos de Dylan Alacama.

—Le he dado una oportunidad. Más de una. Y no está funcionando.

Era un día soleado y se habían sentado fuera con sus *lattes* en tazas de papel. Los suaves rayos de sol bañaban el rostro de Jamie que, con la cabeza apoyada en la pared de la cafetería y los ojos cerrados, asentía distraídamente ante las quejas de Theo.

Theo dibujó otro Aries en la hoja donde tenía el trabajo que Alacama les había encargado. Dibujaba muchos carneros últimamente, como si se le hubiera metido bajo la piel y tomado el control de varias partes de su cuerpo. Y sí, era consciente de que eso no sonaba apto para todos los públicos.

Gracias, horóscopo de mierda.

Terminó el carnero con una floritura en los cuernos y dijo:

—Es que no eres tú.

Jamie lo miró por el rabillo del ojo. Se quedó mirándolo durante unos segundos, pero no se oyó ninguna oferta de asistencia ilimitada, tal y como él había estado esperando.

Tenía la teoría de que Jamie no se ofrecía a ayudarlo porque disfrutaba torturándolo.

Y como para demostrar esa teoría, Jamie miró el trabajo de Theo y sonrió. Luego, el muy capullo volvió a tomar el solecito.

Pero la verdad era que de capullo no tenía nada. Le había invitado al café y eso había sido inesperado y... agradable. Tenía la impresión de que Jamie era así, de los que se aseguran de que los demás tengan todo lo que necesitan. Eso explicaría también los sándwiches vegetales que les hacía cada día. Era un capullo tocapelotas, terco y chulo; pero atento. Y a Theo le encantaba.

Pero si incluso le gustaba este juego al que Jamie estaba jugando con él.

Porque los juegos eran divertidos.

Y a Theo le encantaba ganar.

Cogió su café y le dio un sorbo mientras observaba la mandíbula fuerte de Jamie, su nariz recta y cómo el sol convertía en oros y cobrizos los mechones de su pelo. Ahí estaba él sentado: seguro, cómodo, relajado y con Theo comiendo de la palma de su mano.

El señor Jamie Cooper no lo sabía aún, pero iba a ofrecerle su ayuda y, además, lo haría con una dulce sonrisa.

—Me estás mirando fijamente —murmuró Jamie sin abrir los ojos.

—Es que me estaba preguntando cuál sería tu opinión sobre los dobles raseros.

Jamie levantó una ceja.

—Me da la impresión de que es una trampa, pero venga, picaré. No me gustan.

Theo le dio otro trago a su café, más que nada para ocultar su sonrisa maquiavélica.

—Así que yo no tenía permitido cerrar los ojos en nuestras interacciones, pero tú sí, ¿no?

Jamie abrió los ojos y lentamente fue girando en su silla hasta quedar cara a cara con Theo. La forma en que esos ojos grises lo miraban le puso nervioso y se lanzó a por su café a toda prisa, solo para descubrir que ya no le quedaba. Pero bueno, eso Jamie no lo sabía.

Así que siguió fingiendo que bebía.

—Es que no sabía que estuviera en clase. —Se acercó más a él—. Pero le aseguro, señor Theo Wallace, que estoy atento a cada detalle.

Jamie le miraba la boca como esperando una réplica, pero Theo solo consiguió atragantarse con su taza vacía.

Como si no estuviera afectado, pasó un brazo por el respaldo de su silla y, con su inexistente café en la mano, sonrió y dijo:

—¿Y qué piensas hasta ahora de la asignatura Theodore Wallace: nivel principiante?

Jamie le dio un buen repaso, deteniéndose en su garganta,

47

probablemente por cómo se había puesto el jersey de forma descuidada encima de un polo, sin ni siquiera colocarse el cuello bien. O, quizá, estaba fijándose en la de veces que Theo estaba tragando.

—Pues que podría estar interesado en un nivel más avanzado, si eso fuera posible.

Theo se rio.

—Veamos antes qué nota sacas en este primer curso.

—Pregúntame cuando quieras. Estaré listo.

—Ah, ¿sí?

Jamie se dio unos golpecitos en la sien.

—Es que tomo notas.

Theo le dio otro sorbo al aire. Necesitaba reconducir esta conversación de nuevo a su juego.

—¿Cómo te fue con tu director de máster?

Jamie se estaba currando muchísimo su tesis: «Keynes en las tiendas de discos. Cómo aplicar la teoría del juego para ajustar la incertidumbre e irracionalidad en el comportamiento del consumidor».

—La reunión fue bien —dijo Jamie—. Parece que podría tener mi tesis para finales del verano.

Y Theo no lo dudaba. Cada día, Jamie se sentaba frente al escritorio de su habitación y tecleaba sin parar, dejando que los tés afrutados que Theo le preparaba se quedaran fríos, antes de permitirse un descanso para tomarlos.

El fin de semana pasado, Theo se coló en su habitación cuando Jamie estaba ahí trabajando. Se hizo un ovillo en la butaca verde oliva con su libro de Economía Aplicada y mientras observaba la estantería repleta de libros y la cama de matrimonio perfectamente hecha, esperó a que Jamie se diera cuenta de su presencia.

¿Cuánto tardó? Cuarenta minutos.

Al descubrirlo allí, escupió el té frío que estaba bebiendo y la forma en que miró a Theo mientras se secaba los vaqueros fue hilarante.

Theo se sacudió el recuerdo al oír a Jamie retomar la conversación.

—Me han pedido que dé una clase sobre Economía keynesiana la semana que viene.

—¿En serio? Es una muy buena oportunidad.

Ya veía a los alumnos empapándose de su sabiduría y acosándolo a la salida para que les enseñara más.

Que se pusieran a la cola.

—Puedes venir, si quieres. Pero tendrás que prometerme que no habrá ningún KISS.

—Sin KISS no será lo mismo —dijo Theo—, pero me encantaría asistir.

Jamie asintió.

—Fenomenal. Creo que te podría venir bien.

Theo le lanzó el bolígrafo y Jamie lo cogió al vuelo sin ningún esfuerzo. Pero ¿es que hasta eso lo hacía bien?

Cuando recuperó su boli, Theo remató su juego cogiendo la taza de Jamie y escribiendo algo en ella.

Jamie lo leyó en voz baja, miró a Theo por encima de la taza, negó con la cabeza y dijo:

—Nadie ha dicho nunca eso.

—¿El qué? —preguntó Theo inocentemente.

—Lo que pone aquí.

—¿Y qué pone ahí?

Theo supo que había ganado cuando notó que Jamie trataba de contener la risa.

—¿Cómo podría ayudarte con Economía, Theo? —leyó en voz alta Jamie.

Theo puso el trabajo frente a Jamie.

—Creí que nunca lo preguntarías.

Jamie sonrió y observó como Theo, satisfecho, se llevaba la taza a los labios, pero, justo antes de que la tapa los rozara, Jamie se la apartó.

Theo se quedó helado unos instantes.

Jamie se levantó con toda la tranquilidad del mundo y dijo:

—Echaré un ojo al trabajo contigo, pero antes déjame que te invite a otro café, anda.

EL SÁBADO POR LA MAÑANA EMPEZÓ CON THEO YENDO A correr. Le encantaba inhalar el aire frío de febrero, el efecto de este en su garganta y cómo le escocía la piel por el esfuerzo de hacer ejercicio.

A la altura de una casa abandonada cubierta por tablones y una destartalada parada de autobús, se paró en seco. Sam venía corriendo hacia él. Iba en mallas, con una chaqueta fina de capucha y con unos cascos de color morado chillón sujetando su pelo rubio. Parecía que se lo había cortado. Uno de sus rizos se le había pegado a la mejilla, justo encima del lunar que Theo solía venerar con la lengua.

—Theodore —dijo quitándose los cascos. La luz del sol se reflejó en su anillo y eso trajo a Theo de vuelta a la realidad.

Metió las manos en los bolsillos de sus pantalones cortos y fingió indiferencia.

—Hola, Sam.

—Qué curioso que nos encontremos, porque justo ahora mismo estaba pensando en ti.

Hace un mes, esas palabras le hubieran llenado de esperanza, pero escucharlas ahora no supuso más que un leve aleteo en su interior. Quizá la última conversación que tuvieron le había servido para poder pasar página.

Dolía ver a la mujer con la que creyó que se despertaría cada día durante el resto de su vida, pero se había acostumbrado a despertarse solo. Y cada mañana era más fácil. Posiblemente por los rígidos horarios de Jamie.

No había lugar para la nostalgia.

—Me preguntaba si al final te animarías a venir a la fiesta del próximo fin de semana —dijo.

—Ya… eso. —Theo se quitó el sudor de la frente con el antebrazo. Se había olvidado de la fiesta, lo que indicaba el increíble paso adelante que había dado. ¿Arruinaría esta fiesta sus progresos? Podía ser, pero si Leone seguía insistiendo en ir, no podía dejarla sola. Su hermana sabía manejarse bien en ambientes desconocidos y no tenía problemas para pedir ayuda si la necesitaba, pero era la mierda emocional que este

50

cumpleaños traía consigo lo que podría ser demasiado para ella.

Y él no confiaba en Derek ni en Sam ni en ninguno de los amigos de la pareja para que se hicieran cargo de su hermana.

—Supongo que me pasaré —dijo.

La cara de Sam se iluminó al sonreír y, por un segundo, Theo creyó que le arrojaría los brazos al cuello y le daría un abrazo. Solo por si acaso, se echó un poco hacia atrás. No estaba listo para abrazos. Todavía no, al menos.

Con un incómodo movimiento de mano dieron el encuentro por concluido y Theo hizo el resto del camino andando. Lo único que quería era llegar a casa, ducharse, olvidarse de Sam.

Y casi lo consigue.

Pero falló en su propósito mientras se frotaba en la ducha. Y falló un poco más mientras su mano llegaba hasta su polla. Pero, por suerte, la imagen de ella chupándosela fue sustituida por una del libro que le estaba leyendo a Leone.

Theo estaba lejos de ser un mojigato, de hecho, era incluso un poco exhibicionista, pero ese no era un libro fácil de leer en voz alta. Y a su hermana, nada menos.

Una vez hubo terminado, se secó y buscó ropa limpia por sus cajones. Al no encontrar nada, salió de su habitación con la toalla en la cintura y gotas cayéndole por la espalda. Esperaba encontrar ropa limpia en el tendedero que tenían colocado en una esquina del salón.

Leone y Jamie estaban en la cocina. Jamie espolvoreaba harina sobre el bol negro en el que Leone amasaba y, cuando levantó la vista, sus ojos se encontraron con los de Theo.

—Estoy buscando ropa interior —dijo Theo, acercándose a la ropa húmeda del tendedero.

Leone fue a hablar, quizá para decirle a Jamie que ya había suficiente harina, cuando el teléfono sonó.

—Será mamá —dijeron los hermanos al mismo tiempo.

Jamie dejó caer el paquete de harina y salió disparado a coger el teléfono y, una vez descolgó, pasaron al menos veinte segundos antes de que pudiera articular palabra.

No había duda, entonces. Era su madre.

—Señora Wallace, encantado de saludarla.

Theo supuso que hubo un momento de indecisión por parte de su madre al escuchar la voz profunda y risueña de Jamie, pero enseguida volvió en sí y empezó a acribillarle a preguntas.

—Vale, te llamaré Crystal. ¿Tus leos? Pues…, sobreviviendo. —Jamie presionó un botón y puso el teléfono en la encimera, en manos libres—. Leone está bien. Es del otro del que tienes que preocuparte.

—¿No me digas? —La voz de su madre se extendió por la habitación, sonando amable y curiosa a partes iguales.

—Parece tener un problema con el día de la colada. —Jamie miró cómo Theo palpaba el tercer par de calzoncillos húmedos. Estaba perdiendo la esperanza de encontrar alguno seco—. No es la primera vez que ronda la casa en busca de ropa interior.

Leone y su madre se rieron.

Theo les enseñó el dedo corazón y eso hizo que la sonrisa de Jamie se ensanchara aún más.

—Pues será ese el motivo por el que las estrellas le están diciendo que tiene que organizarse —dijo su madre—. ¿Puede oírme?

—Sí puede, sí.

—Theo, cariño, dale la vuelta a los calzoncillos de ayer.

—Por Dios, mamá.

—¿Y por qué no? Solías hacerlo cuando eras adolescente.

Una ola de bochorno invadió a Theo desde el pecho hasta las mejillas, pasándole por el cuello.

—Solo lo hice una vez y tenía trece años.

—Ay, cariño, ¿te he avergonzado? Porque leí que era probable que hoy me llamaran la atención por algo así. Pero estate orgulloso, que hay historias mucho peores que contar. Como aquella vez que…

Theo tenía claro que Jamie iba a disfrutar viendo como su madre le bajaba un poco —o mucho— los humos.

Y fue por eso que se sorprendió tanto cuando Jamie, con

cara de estar haciendo la cosa más dura que jamás hubiera tenido que hacer en su vida, quitó el altavoz y le pasó el teléfono a Leone.

Su hermana cogió el teléfono, se apoyó contra la encimera y empezó a contarle a su madre cómo le había ido la semana mientras Jamie iba pasando la masa del bol a una bandeja.

Theo permaneció inmóvil durante unos momentos, analizando esa especie de gratitud que estaba sintiendo por dentro. No le hubiera molestado que Jamie se metiera con él al escuchar todas las tonterías que hizo de niño. Le hubiera dado vergüenza, claro que sí, pero no tanta como para no reírse él también de ello.

Una parte de él deseaba que Jamie le provocara tras oír las más bochornosas anécdotas de su pasado porque, sin duda, eso haría la venganza más dulce, pero le gustaba muchísimo más que no hubiera querido escucharlas. Y eso le enervaba.

—Los bollos estarán listos en diez minutos —dijo Jamie dándole un toquecito a Leone para que se apartara y poder meter la bandeja en el horno.

Theo salió de su ensimismamiento y fue a su habitación para vestirse con unos vaqueros, una camiseta y una chaqueta de capucha gris.

Al volver al salón, Leone le pasó el teléfono y Theo fue hablando con su madre mientras ayudaba a poner la mesa. Tras varios minutos de conversación, el olorcillo a queso fundido le hizo colgar y unirse a los otros para desayunar.

Dio un mordisco a un bollito y era tan suave y esponjoso que no pudo evitar gemir en voz alta.

—Están buenísimos, ¿o qué? —dijo Leone.

—Ya te digo —contestó Theo—. Tan buenos que mis papilas gustativas merecen una ovación.

Jamie se estaba llevando un bollito a la boca, pero, al escucharlo, lo volvió a dejar en el plato, y dijo:

—¿Y no sería más apropiado que te inclinaras ante mí y ante tu hermana y nos ovacionaras a nosotros que somos quienes los hemos hecho?

Theo hizo como que lo pensaba unos segundos, negó con la cabeza, sacó a relucir sus hoyuelos, y contestó:

—Da igual lo buen cocinero que seas, sin papilas gustativas no podría apreciar esta exquisitez.

—Eso es verdad —dijo Jamie mientras se echaba hacia delante dispuesto a empezar uno de sus calurosos debates. ¿Cómo era posible que una de cada dos comidas acabara así? —, pero sin nosotros no habría exquisitez que comer.

—Tú lo único que quieres es que me incline ante ti.

Jamie lo miró y le dijo con indiferencia:

—La verdad es que no me importaría tenerte arrodillado a mis pies, alabándome.

—Pues eso no va a pasar —contestó Theo—. Por mucho que me provoques con tus exquisiteces.

Al oír eso, Leone frunció el ceño, ladeando un poco la cabeza.

—¿Quién viene a la compra? —preguntó Jamie cuando terminaron de recoger los platos. Parecía que en esta ronda nadie se proclamaba ganador—. ¿Leone?

Leone, que estaba al lado de Jamie en el fregadero, se apretó la coleta que llevaba y dijo:

—Id hoy sin mí, que ya que tengo algo de tiempo me vendría bien hacer un poco de yoga.

Jamie asintió con la cabeza y le tocó el hombro, tal y como había empezado a hacer para que Leone supiera que se dirigía a ella.

—¿Quieres que te traigamos algo?

—Cualquier cosa que contenga leche, cacao y azúcar.

—Como desees —contestó Jamie.

Theo levantó la vista del lavavajillas, sin creer lo que oían sus oídos. ¿Jamie le acababa de decir a su hermana «como desees»? ¿De verdad acababa de citar a William Goldman en *La princesa prometida*? Era el libro favorito de Leone. Desde pequeña había querido que alguien le dijera ese «como desees». Seguro que ahora se estaba derritiendo por dentro. Él estaba a punto de derretirse en su nombre.

Sin tener ni idea del efecto de sus palabras, Jamie se giró hacia Theo.

—¿Y tú, estás listo?

Theo volvió en sí y cogió las llaves del gancho, haciéndolas tintinear.

Jamie fue tras él y le dio un toque en la mano consiguiendo que las llaves salieran despedidas y que su enorme puño las engullera. Theo abrió la puerta principal y salió de casa.

—Te crees tan hábil.

—No lo creo, lo soy.

Jamie lo alcanzó en dos zancadas y Theo se sorprendió al ver que le estaba mirando el culo disimuladamente.

—¿Al final encontraste ropa interior? —dijo Jamie, mientras abría el coche con el mando.

Theo sonrió mientras se dirigía al asiento del copiloto.

—*Nop.*

Jamie se paró a unos metros del coche y alzó la vista al cielo, murmurando algo.

—Está dura —dijo Theo mientras abría la puerta con cierta dificultad.

Con una expresión un tanto oscura que puso nervioso a Theo, Jamie se dirigió con paso firme al coche diciendo:

—Oh sí, está dura, ya lo creo que está *dura*.

«A veces lo único que quiero es emborracharme y ver si noto la diferencia entre el zumo de frambuesa y el de fresa».

Theo a Jamie en el supermercado

Capítulo Seis

El miércoles por la tarde Theo estaba tirado en el sofá con los pies encima de la mesita de café mientras trabajaba en la web que Alex le había encargado. Lo hacía gratis a cambio de que se corriera la voz. Alex le caía bien y codificar su página era bastante sencillo, pero es que, además, le gustaban las pegatinas para patinetes que diseñaba.

El salón olía a canela y manzana. Era como una cálida nube envolviéndolo todo. Leone se había ido hacía ya dos horas a su club de lectura, llevándose con ella la tarta de manzana que había hecho con Jamie. Este, sin embargo, se había quedado en casa y estaba con su portátil en la mesa del comedor.

Theo y Jamie llevaban una hora sin hablar y lo único que se oía era el sonido de sus teclados, que parecían estar teniendo una conversación por su cuenta.

Theo le dio a la tecla «enter» con fuerza, pero no consiguió llamar la atención de Jamie.

Así que, acomodándose más en el sofá con su portátil, observó la figura de Jamie enmarcada por la ventana. Estaba oscuro fuera y eso hacía que el cristal pareciera un espejo y que Theo pudiera ver incluso la pantalla del ordenador de Jamie. Por eso sabía cuándo estaba trabajando en un documento,

57

cuando comprobaba el correo, o cuando navegaba por Facebook. Como ahora, que parecía estar mirando las entradas en el muro de Theo, lo que hizo sonreír a este y preguntarse qué pensaría Jamie de la foto que había puesto de ellos tres en el campus: Theo y Jamie sonriéndose por encima de la cabeza de Leone.

Theo oyó como le llegaba un mensaje al móvil, pero era demasiado vago como para levantarse y acercarse a la isla de la cocina, donde lo había dejado, así que decidió comprobarlo desde el ordenador. Era de Leone, y al leerlo se dio cuenta de que la aplicación que usaba su hermana para dictar había cometido un error de transcripción. Pasaba a menudo.

Leone: Hola, hermanito. Camaleón ha vuelto. Por si te animas a tener esa cita.

Theo contestó, siendo consciente de que Camilla y las otras chicas podrían estar delante cuando la voz automatizada leyera en alto su mensaje.

Theo: Dile al camaleón que si quiere quedamos, pero que estoy un poco intimidado por la perspectiva de su larga lengua en mi garganta.

Leone: Mira que eres tonto. ¿Estás seguro de querer quedar?

Theo confiaba en el criterio de Leone y, además, ¿qué daño podría hacer quedar con Cam?

Theo: Solo si tiene la lengua azul. Si no, no tenemos futuro.

Jamie se había cruzado de brazos y estaba frunciendo el ceño a la pantalla de su ordenador. Refunfuñó, cerró los ojos y se apretó el puente de la nariz echándose para atrás en la silla. Parecía cansado y vulnerable.

Y, en ese momento tan extrañamente mundano, Theo lo

supo. Su hermana se merecía todo: amor, cariño, humor, ternura, afecto y diversión.

Y Jamie podría darle todo eso.

Darse cuenta de ello fue como recibir un golpe en el pecho y esa calidez tranquila que parecía envolverlo desapareció de repente, sacudiéndolo.

Estaba empezando a escribir a su hermana para decirle que había encontrado a su Aries, pero levantó los dedos del teclado.

Las palabras no le salían.

Porque…, bueno, pues porque era mejor dejar que las cosas fluyeran de forma natural.

Era solo cuestión de tiempo que Leone se percatara de lo que tenía ante sus ojos.

La manera en la que Jamie siempre halagaba sus intentos en la cocina; cómo le asesoraba en su tesis, dándole consejos; cómo la agarraba del hombro cuando creía que podía tropezarse, cómo se reían a la vez; cómo parecía hacerla sentir que no estaba ciega.

Se percibía entre ambos un respeto sincero y cómodo.

Y no le necesitaban a él arruinando algo tan bonito solo por querer soltárselo a Leone. Y por mensaje, nada menos. No. Se retiraría y disfrutaría del espectáculo desde atrás. Puede que les diera un empujoncito, en caso de que lo necesitaran.

Pero no había ninguna prisa. A su hermana le gustaban los amores que se cocían a fuego lento.

Theo abrió una nueva ventanita de chat y tecleó.

Theo: ¿Qué haces?

¡Ding! Theo vio por el reflejo del cristal cómo Jamie comprobaba su correo. Cuando lo hubo leído, levantó la vista para mirarlo por encima de su portátil.

El cansancio que cubría a Jamie hacía unos minutos pareció evaporarse para ser sustituido por una mirada divertida.

Eso siempre asombraba a Theo. La capacidad de Jamie de sonreír sin usar sus labios. Él no podía hacer eso. De hecho, para ser sinceros, sin sus hoyuelos estaba jodido.

Jamie: Preparándome para mi clase de mañana. No estoy seguro de los ejemplos que he elegido.

Había algo emocionante en comunicarse vía chat cuando se encontraban a menos de tres metros el uno del otro. Y cuando Jamie contestó, lo convirtió en un juego: ¿quién sería el primero en hablar?

Theo: Quizá le estás dando demasiadas vueltas. Llevas toda la noche mirando el documento.

Jamie: Entonces llevo casi el mismo tiempo que tú llevas mirándome a mí.

Theo se tragó la mala contestación y, en su lugar, mirando fijamente la pantalla, contestó:

Theo: Maquinaba un plan para distraerte y, según parece, lo estoy consiguiendo.

Jamie: La verdad es que sí.

Sus miradas se cruzaron y Theo sonrió. Luego sus dedos empezaron a volar por el teclado

Theo: Pero ahora en serio. Mañana lo harás bien. Lo sé.

Jamie: ¿Sigues queriendo venir?

Theo: No sé, ¿lo del KISS sigue estando prohibido?

Jamie: Disfrutas torturándome, ¿verdad?

Theo: *Sip*.

Jamie: Si no fueras mi compañero de piso te iba a dar yo KISS.

A Theo se le escapó una carcajada que lo sacudió de pies a cabeza.

Tenía muy claro que Jamie era capaz de desenvolverse con soltura en un aula llena de alumnos de Economía. De hecho, si Theo hubiera estado este año en su clase, seguro que ya se habría llevado alguna de sus rápidas contestaciones.

Aunque no tenía muy claro lo que había querido decir con lo de KISS y ser compañeros de piso. ¿Lo de vivir juntos le había hecho desarrollar algún tipo de lealtad que le impedía divertirse a su costa? ¿Ni aunque fuera para que ambos se echaran unas risas?

Se acordó de cómo Jamie había evitado que su madre lo humillara. Le había costado, pero lo había hecho.

¿Quizá lo de compartir casa había cambiado su dinámica?

Podía ser. Ahora Theo no gritaría en una de las clases de Jamie. Bueno, casi seguro que no lo haría.

Jamie le estaba levantando una ceja, así que Theo escribió, borró y escribió de nuevo, pulsando la tecla «enviar» antes de arrepentirse de lo que había escrito.

Theo: Mira, lo siento. No debería haber gritado de esa forma en tu primera tutoría. Es usted muy buen profesor, señor Jamie Cooper. El mejor. ¿Por qué crees, si no, que te estoy camelando para que me ayudes con Economía Aplicada? Y si quieres que te diga la verdad, llevo toda la noche mirándote porque tu concentración es acojonante. Vas a bordar la clase de mañana y yo voy a ser testigo de ello. No pienso perdérmelo.

Jamie leyó su respuesta y, aunque su expresión permaneció impasible, leyó el mensaje de nuevo. Esta vez se notó como tragaba con fuerza, su nuez elevándose de forma visible. Se frotó la mandíbula que ya empezaba a mostrar signos de barba y entreabrió los labios; parecía que iba a ser el primero en ceder y hablar.

Algo revoloteó dentro de Theo, que dijo:

—¿Qué tal si te tomas el resto de la noche libre? —Se aclaró la garganta y palmeó el sofá donde él se encontraba—. Ya sabes, podrías ponerte cómodo, relajarte y ver algún capítulo de *Community* conmigo.

Tras una mirada que duró más de lo habitual, Jamie cerró su portátil, se levantó y se dirigió hacia Theo, llevando consigo una ola de olor a canela. En su camiseta se apreciaban rastros de harina y especias. Al sentarse no se pegó a él, pero tampoco se puso en la otra punta del sofá. Se acomodó en el centro y se echó hacia atrás apoyándose en los cojines.

—Pues venga, sigue distrayéndome.

Así que, abriendo el navegador, Theo eligió su capítulo favorito de *Community* y colocó el ordenador entre ambos, en la mesita de café.

Solo habían pasado cinco minutos y Jamie ya se estaba riendo, medio tumbado y con la cabeza recostada hacia atrás, apoyada en sus manos.

Pero Theo no estaba tan cómodo. No estaba acostumbrado a compartir el sofá, así que no sabía qué hacer con sus piernas. Lo intentó poniendo los pies en la mesita de café, pero al estar el ordenador ahí los tenía que poner a un lado de este, con lo que el resto de su cuerpo se caía hacia Jamie. Al final optó por apoyarse en el reposabrazos y quedar en perpendicular a su extutor.

No habían pasado ni diez minutos cuando sus pies —y sus bonitos calcetines a rayas— descansaban en el regazo de Jamie.

Tan metido en el episodio como estaba, no se había dado ni cuenta. Hasta que Jamie le apretó el puente del pie derecho.

—Tienes algún tipo de fetichismo con tus pies, ¿verdad? —dijo Jamie afirmando más que preguntando.

Theo movió de forma divertida los dedos de los pies y, riéndose, fue deslizando sus talones por los muslos de Jamie. Este paró su avance ejerciendo un poquito más de presión en su agarre y, negando con la cabeza, le bajó los pies y se los colocó en un cojín a su lado.

—Sabes que en cinco minutos estarán de nuevo encima de ti, ¿no?

—Si es así, te haré cosquillas hasta que no puedas más.

Theo le metió los pies por debajo de las piernas y Jamie lo miró de reojo.

—¿Tienes algo que hacer el sábado por la noche?

—Sí, ¿por qué?

La respuesta desinfló un poco a Theo.

—Es que Leone y yo vamos a una fiesta y me preguntaba si querrías venir.

—Sean viene este fin de semana y tenemos planes, lo siento.

—¿Sean? —Theo reconoció el nombre. Era el tipo que solía llamar a Jamie varias veces a la semana. Parecían estar bastante unidos.

—Un amigo de Wisconsin —dijo Jamie—. Está pensando en venirse a vivir aquí y vamos a ir a ver apartamentos.

Theo se pasó una mano por el pelo y miró a todas partes menos a Jamie.

—¿Estás… pensando en mudarte? —Se cruzó de brazos y le miró a los ojos—. No estoy seguro de querer que te vayas.

Jamie parecía perplejo.

—No. Vamos a buscar un apartamento para él, no para mí.

Theo se relajó y deslizó todavía más los pies por debajo de los muslos de Jamie mientras decía:

—Joder, qué alivio.

—Me echarías de menos. —De nuevo, afirmando y no preguntando.

—Es que no quiero renunciar a mi sobresaliente en Economía Aplicada ahora que lo tengo bajo mi techo.

—¿Es eso lo que soy para ti? ¿Un sobresaliente?

—Puede que incluso un sobresaliente alto.

Jamie arqueó una ceja.

—¿Un sobresaliente alto con lo poco que estudias?

Theo le enseñó el dedo corazón.

—Si Sean encuentra piso —dijo Jamie—, puede que me vaya a casa en el puente del nueve de marzo para ayudarle con la mudanza. Minneapolis no está muy lejos de donde yo vivo en Wisconsin, así que os podría llevar a Leone y a ti a casa, si queréis.

—¿Harías eso? Son como cuatro horas más.

—Medio día más o menos. Sin problema.

—Medio día hasta Minneapolis y otro medio de vuelta. Eso hace un día entero de desvío.

Jamie se encogió de hombros.

—Bueno, una excursión.

—Podríamos coger un autobús desde donde tú vives.

—O podrías sonreír, dar las gracias y aceptar mi oferta.

Theo no sonrió; estaba demasiado conmovido por el gesto.

—Gracias, Jamie. —Y secándose las palmas de las manos en los vaqueros mientras apartaba la mirada de los ojos grises de Jamie, añadió—: será un placer para nosotros monopolizar la música y meter mano a tu alijo de Hershey's. Si quieres, nos podemos turnar para conducir.

—Veremos —dijo Jamie.

Empezaron otro capítulo de *Community*. Y después otro. Y otro.

A mitad del quinto episodio, Theo, sin pudor alguno, volvió a subir los pies al cálido regazo de Jamie. No pudo evitarlo. Le encantaba picarlo, probar sus límites. Y no creía que Jamie fuera en serio con lo de las cosquillas.

Así que no tenía nada que perder.

Sus talones no llevaban ni tres segundos en los muslos de Jamie cuando este, sin decir nada, cogió uno de sus pies y le quitó el calcetín. Theo, sorprendido, emitió un jadeo e intentó retirarse.

Una sonrisilla iluminaba la cara de Jamie mientras acariciaba el empeine de Theo, recorriendo las puntas de sus dedos y llegando a su sensible arco exterior.

Theo, de forma instintiva, trató de liberarse del agarre, pero las yemas de los dedos de Jamie se deslizaban con un toque diabólico desde su talón a la planta del pie, hasta que Theo no lo pudo soportar más y, echando la cabeza para atrás, emitió el grito que había estado conteniendo todo este tiempo.

—Para. Prometo no volver a hacerlo, pero para.

La verdad era que volvería a hacerlo sin dudarlo.

—Sabes que lo harás de nuevo —dijo Jamie dejando ir su pie.

Se sonrieron y parecía que Jamie iba a decir algo, lo que hizo a Theo contener el aliento a la espera de cualquier provocación que fuera a salir de su boca, pero en esos momentos la puerta delantera se abrió con brusquedad y Leone entró en casa, maldiciendo.

Theo y Jamie estuvieron a su lado en cuestión de segundos.

—¿Estás bien? —preguntó Theo mientras le quitaba la chaqueta y se la colgaba.

—El taxista era un imbécil. Conducía rapidísimo y cuando le dije que fuera más despacio, me contestó que muy ciega no sería si veía a qué velocidad iba, así que le dije que parara, que me quería bajar, y he terminado en medio de la nada, sin tener ni idea de dónde me encontraba.

Theo quería abrazarla, pero dado que Jamie ya tenía la mano en su hombro, le dejó a él ser quien la consolara esta vez.

—¿Por qué no nos llamaste? —dijo Jamie—. Te hubiéramos ido a recoger.

Leone se deshizo del agarre de Jamie y, tanteando alrededor de Theo, se dirigió al salón.

—Me hace sentir asquerosamente dependiente —contestó Leone entrando en la cocina, sin duda, para hacerse un té—. Pregunté al teléfono mi localización y llamé a otro taxi.

—¿Sabes el nombre del taxista? Voy a poner una queja —dijo Jamie mientras cogía su ordenador.

Y, aunque Leone le dijo que no pasaba nada, que ni se molestara, Theo miró a Jamie diciéndole sin palabras que más valía que consiguiera que echaran a ese taxista.

Jamie pasó la siguiente hora echando bronca tras bronca hasta que consiguió hablar con el gilipollas del taxista y le pidió, de forma firme pero educada, que se disculpara.

El cabronazo colgó sin pedir disculpas y soltando varios improperios.

No esperaban una disculpa, la verdad y, a pesar de ello, Jamie colgó sintiéndose más o menos satisfecho. La llamada había sido grabada y ahora la compañía de taxis tendría que gestionarlo.

Leone, sentada en la butaca, sujetaba entre sus manos una taza de té. Tenía la cabeza recostada en el hombro de su hermano, a quien murmuró bajito:

—Ahora entiendo por qué mamá quiere que acabemos con un aries. —Y, más alto, para que Jamie la oyera, continuó —: Gracias. Puede que seas mi persona favorita después de mi hermano.

—Puede que tú también seas la mía.

Theo puso los ojos en blanco y, liberándose de su hermana, les dio las buenas noches y se dirigió a su habitación.

Pero no pudo evitar sentirse un poco vacío dejándoles ahí a solas.

THEO SE ESTABA PORTANDO FENOMENAL.

Estaba sentado al final del Aula Roosevelt —la espalda recta, los pies en el suelo y los zapatos puestos— y dedicando toda su atención a Jamie, que se encontraba al frente de la clase.

Jamie estaba en su elemento.

Siempre tenía un gran ejemplo a mano para explicar números, proyecciones y teorías. Pero no era su conocimiento sobre Economía keynesiana lo que hacía que la clase fuera buena. Y tampoco la forma concisa en la que explicaba los hechos, poniendo imágenes ilustrativas.

Era su confianza.

La manera en la que iba andando de forma tranquila mientras se daba golpecitos en el muslo con el mando del proyector. La forma en la que llegaba su voz. Exudaba pasión y los alumnos lo escuchaban.

La clase —los trescientos alumnos que eran— rio al unísono cuando Jamie contó con entusiasmo que por mucho que admirara a Keynes, él no iba a enterrar dinero para luego contratar a gente para que lo encontrara. A Theo le gustaba verle brillar así. Y también le gustó que sus miradas se encontraran y compartir con él una sonrisa cómplice.

Los ojos de Jamie se deslizaron hacia la camiseta de *Safe and Sound* que Theo se había puesto debajo de la chaqueta esta mañana, para la ocasión.

Y por un momento, pareció descolocado. Volvió a mirar a Theo, pero algo en su expresión había cambiado. Había estado esperando una ceja alzada, o que pusiera los ojos en blanco, incluso esa cara tan estudiada que no revelaba nada, pero que siempre hacía que Theo se preguntara qué estaría pensando.

Pero la expresión de Jamie no era ninguna de esas.

Era una mezcla de diversión y ternura.

Theo no pudo concentrarse el resto de la clase. O, al menos, no en Economía keynesiana. Nunca se había sentido así. Como volando. Sintiendo una especie de cosquilleo en los pies. La sensación de ser llevado por el viento.

Así debía de ser cómo la verdadera amistad se sentía.

—... En otras facetas de nuestra vida —estaba diciendo Jamie.

Y entonces, se dirigió a él.

Theo volvió en sí y a la clase de Economía.

—¿Podrías aplicar el efecto multiplicador a otro aspecto de la vida, *Safe and Sound*? —le preguntó Jamie.

Theo no tenía claro si le estaba preguntando para ver si estaba atento, o porque confiaba en que fuera a darle una respuesta medianamente decente. Fuera como fuese, este era el motivo por el que la noche anterior Theo había estado hojeando en la cama un resumen bastante detallado de Economía keynesiana.

Echándose para atrás en su silla, Theo se cruzó de brazos y, regalando a su profesor su mejor sonrisa con hoyuelos, contestó:

—Al amor.

Jamie se irguió por la sorpresa, todo su interés sobre él. Parecía que incluso había crecido varios centímetros.

—¿Al amor? ¿Podrías explicarlo?

—Cuanto más invierta una persona en una relación que está empezando, sin tener en cuenta la inseguridad en la demanda, más beneficios podrán obtenerse de esa relación.

—Te refieres a que esa persona no sabe si los sentimientos serán recíprocos, ¿no?

—Y cuantos más dólares emocionales inviertas en una relación, más confianza inspirarás y alentarás a la otra persona a gastar sus propios dólares emocionales. El resultado, de ser positivo, es que todo lo gastado conduce a la riqueza emocional. O, como he dicho, al amor.

Jamie estaba ahí de pie. Mirándolo. Y si Theo no le conociera tan bien, hubiera jurado que lo había dejado sin habla.

—¿Alguna otra pregunta? —dijo Theo, retándolo.

—No —contestó Jamie bajito y, aclarándose la voz, continuó—: Gracias *Safe and Sound* por tu esperanzadora adaptación de la Teoría Multiplicadora.

«Esperanzadora adaptación de la Teoría Multiplicadora». Theo tendría que recordar la frase para usarla como cita del día.

—Bien —dijo Jamie dirigiéndose al resto de la clase—, ¿alguna pregunta sobre lo dicho hoy?

Jamie fue resolviendo las dudas de los alumnos y consiguió otra de esas risas colectivas. Cuando la clase acabó y la gente empezó a abandonar el aula, un grupo de alumnos devotos entretuvo a Jamie con más comentarios.

Theo se trasladó a la primera fila a esperar que Jamie acabara. Se puso cómodo, apoyando los codos en los respaldos, cruzando la pierna a la altura de la rodilla y cerrando los ojos.

Uno de los estudiantes dio las gracias a Jamie por la clase y le preguntó si daría alguna otra. Se podía oír la satisfacción en la voz de Jamie cuando contestó que esperaba que su tutor le organizara un par más.

Theo no lo había sabido hasta ahora, pero allí estaría.

La última de las voces se disolvió y la clase quedó en silencio.

Estaban solos.

Se oyeron pasos en la moqueta y Theo notó el momento en que Jamie se sentó a su lado.

Abrió un ojo y se lo encontró con los codos apoyados en las rodillas, mirando fijamente los papeles que sobresalían de su bolsa del ordenador.

—¿De verdad crees que un acercamiento keynesiano funcionaría?

Theo se lo pensó un momento. La economía no solía equivocarse a la hora de predecir resultados en el mundo financiero, ¿por qué iba a ser diferente en el plano emocional? Y si era honesto consigo mismo, ¿no era esa la ruta que había intentado con Sam? La había escuchado, compartido sus propias historias, pensamientos, fantasías y metas. La había ayudado cada vez que ella lo había necesitado, pero no había recibido la misma reciprocidad, o no al mismo nivel. Así que había acabado en bancarrota sentimental y con Leone como única prestamista de dólares emocionales.

Pero empezaba a sentir que quizá, podía ser, que Jamie también le estuviera prestando algunos.

—No sé —contestó al fin.

Jamie se echó para atrás alzando una ceja, tal y como Theo había estado esperando antes.

—Quizá deberíamos probar y descubrirlo.

Y a Theo le gustó esa respuesta llena de determinación. Podría convertirse incluso en el tema central del doctorado de Jamie.

—En cualquier caso, ha sido una gran respuesta.

—¿Te confieso algo? Que entienda este sinsentido que es la economía se lo debo a mi tutor.

—Pues parece que está haciendo un buen trabajo.

—Le diré lo contento que estás conmigo, así, a lo mejor, como recompensa, me da el sábado libre.

Jamie lo miró divertido, lo que no pintaba nada bien para Theo. Pero tenía que intentarlo.

—¿Estás libre ahora?

Tras un rápido vistazo a su reloj, Jamie asintió y dijo:

—Tengo una hora, más o menos.

Theo señaló en dirección a la puerta, diciendo:

—Pues venga, que es mi turno de invitarte a un café. O a dos.

«Deja de ser tan melodramático».

Jamie a Theo casi todos los días.

Capítulo Siete

La fiesta de Derek llegó.

Leone y Theo cogieron un autobús e hicieron la última parte trayecto hasta el nuevo hogar de Sam y Derek caminando. Se trataba de un chalé enorme, con vistas al río Allegheny.

El follón que suponía haber invitado a cuarenta personas, con sus respectivos acompañantes, permitió que pudieran entrar en la casa sin encontrarse con el cumpleañero ni con su prometida. Un amigo de la pareja les guio por varias y amplias estancias de la casa, hasta llegar a un mirador.

Había lucecitas brillando en el techo acristalado y velas en cada mesa. Theo estaba incómodo, el regalo que llevaba bajo el brazo le molestaba, mientras guiaba a Leone hacia una de esas mesas.

Su hermana le apretó el hombro con fuerza suficiente para partir una nuez y le dijo:

—¿Los has visto?

—Todavía no —contestó Theo mientras la ayudaba a sentarse y apartaba un poco las velas.

Y, entonces, los vio.

A través de un mar de caras que Theo no reconocía, estaban Sam y Derek besándose. Y no se trataba de un beso casto, sino de uno de esos apasionados con magreo de culo

72

incluido. Así que Theo se guardó para sí esa imagen quemarretinas y le dijo a Leone que Derek parecía aburrido.

—Gracias por mentir —dijo su hermana negando con la cabeza—. Ojalá lo hicieras mejor.

Entonces Sam se puso de pie en una silla e hizo sonar su vaso de cóctel. El pelo corto le favorecía. Al igual que ese jersey ajustado y las botas «fóllame» que llevaba por encima de los vaqueros y que le hacían parecer más alta.

Sam escaneó la habitación y sonrió cuando reparó en ellos. Theo se tensó.

El discurso que dedicó a Derek fue conmovedor. Cursi, pero llevadero. Al menos hasta que Theo escuchó la última frase y cualquier tentativa de sonrisa que se hubiera estado dibujando en su cara, desapareció.

—Y ahora, chicos y chicas, coged vuestras cazadoras, porque fuera en el río hay unas barquitas esperándonos.

Sam se bajó de la silla arrastrando tras ella a un radiante Derek, al que condujo hacia las barcas sorpresa.

Era un gran gesto hacia Derek y el resto de sus amigos, pero Theo lo recibió como una bofetada. Sam lo había invitado a venir. Había incluso insistido en que viniera, pero no se le había ocurrido advertirle sobre esto. O quizás —y pensarlo dolía aún más— ni siquiera se había acordado.

Leone maldijo en voz baja.

—Lo siento, Theo.

Theo se encogió de hombros, a pesar de que Leone no podía verle. Echó su silla hacia delante, para dejar pasar a una pareja y dijo:

—No pasa nada. —¿Para qué habrían venido?—. ¿Quieres ir tú también?

Por suerte, la respuesta de Leone fue un tajante «no».

Entre gritos y risas, los invitados iban cogiendo las velas de sus mesas y saliendo fuera. Todos, menos Ben y Kyle, dos de sus amigos de Facebook.

La pareja, ambos rubísimos, empezó a avanzar hacia donde se encontraban Theo y Leone. Ben parecía incómodo, como cuando se encontraban en clase de Mercantil, pero cuando Kyle le cogió la mano, pareció relajarse.

El motivo por el que también ellos se habían quedado atrás se hizo evidente cuando Ben empezó a toser.

—¿Nos hacéis un hueco en vuestra mesa? —preguntó Kyle.

Cuando Leone reconoció la voz empezó a dar saltitos en su silla.

—¡Pero bueno, Kyle, Ben! Llevamos siglos sin vernos. Sentaos.

Su hermana fue palpando la mesa hasta encontrar el regalo que habían traído para Derek y, quitándole el papel azul con el que estaba envuelto, dijo:

—Que alguien traiga vasos de chupito —Y coronó sus palabras sacando un *whiskey* de quince años de su bonita caja.

Si a Ben o Kyle les extrañó que su hermana estuviera abriendo el regalo de Derek, no dijeron nada. Posiblemente estaban más sorprendidos del hecho de que estuvieran allí.

Kyle trajo los vasos y un cartón de zumo de manzana para Ben, y Theo empezó a servir.

El primer chupito le quemó la garganta.

El segundo les soltó la lengua y empezaron a hablar.

El tercero y el cuarto destensaron el ambiente.

El quinto mitigó el dolor de que Sam no se hubiera acordado.

Y el sexto hizo que se retirara a la cocina de Sam y Derek, se sentara en la encimera y que, mientras balanceaba sus piernas contra los cajones, desbloqueara el teléfono y…

Theo: Información de última hora: estoy borracho. ¿Tú qué haces?

Jamie: Acabo de terminar de cenar con Sean. Berenjenas a la parmesana. Otro plato que podríamos hacer en casa. ¿Cómo de borracho?

Theo: Mira que te gusta hablar de comida.

Jamie: De comida sana. ¿Cómo de borracho?

Theo: ¿Cómo está Sean?

Jamie: El reencuentro ha estado bien. Lo echaba de menos. Vamos a ir a jugar al bádminton. ¿Te lo voy a tener que preguntar en mayúsculas?

Theo volvió a la mesa tambaleándose un poco y se sirvió otro chupito que, esperaba, le quitara la intensa y repentina aversión que sentía por Sean. Un tío al que no conocía. Un tío al que no tenía ningún interés en conocer.

Se lo imaginaba flacucho y de ojos saltones. Un triste. Un comeberenjenas. Un imbécil que jugaba al bádminton.

Sintió su teléfono vibrar y se tomó otro chupito.

Jamie: ¿CÓMO DE BORRACHO?

Hipando, Theo se dirigió hacia la puerta que daba al jardín, escuchando cómo Leone y los chicos se reían de anécdotas del pasado. Se apoyó en el marco de la puerta, mareado, dejando que la brisa que entraba le acariciara. Ante él, entre los árboles, estaba el río iluminado por las barquitas.

Apretó con fuerza el teléfono, intentó concentrase en la pantalla y escribió otro mensaje.

Theo: Casi todo el mundo está montando en barca en el río.

Jamie: ¿Y dónde estás tú, si casi todos están en el río?

Theo: En la supercasa de Sam y Derek.

Jamie: ¿Es por Leone?

Theo: *Nop.*

Jamie: ¿Te importaría explicármelo?

Theo: Mejor que no lo sepas.

Jamie: Lamento disentir.

Theo: ¿No deberías estar jugando al bádminton?

Jamie: Estamos de camino, Sean conduce. Cuéntame.

La visión de Theo se nubló salpicada por pequeñas lucecitas, y el tiempo pareció ralentizarse, mostrando en una especie
de cámara lenta, cómo Ben apoyaba la cabeza en el hombro
de Kyle y este le besaba la sien.

Theo jugueteó unos segundos con su teléfono y se decidió a
hacerlo. La única persona que lo sabía, aparte de su familia,
era Sam y la confianza que había depositado en ella compar-
tiendo esa información parecía no haber sido tan recíproca
como él creía.

Con esos antecedentes, decírselo a Jamie le ponía nervioso.
¿Y si se reía? ¿Y si le quitaba importancia y le decía que lo
superara? ¿Y si le decía que la culpa era suya por no haber
aprendido a nadar?

Pero, aun así, a pesar de todas sus preocupaciones, quería
que Jamie lo supiera.

Intentó centrarse en la pantalla del móvil y escribió.

Theo: ¿A que los maniquís sin cabeza te acojonan?

Jamie: Es que, ¿qué clase de persona retorcida creyó que esas
cosas decapitadas eran buena idea?

Theo: Pues yo siento por el agua lo que tú por los maniquís
decapitados.

Jamie: No me lo esperaba. ¿Hay alguna razón?

Theo dudó antes de contestar, sintiendo un poco de

vértigo. Respiró hondo. Estar borracho hacía esto mucho más fácil.

Theo: Cuando era pequeño estuve a punto de ahogarme.

Jamie: ¿Te llamo? ¿Quieres hablar de ello?

Theo soltó el aire que había estado conteniendo, agradecido de que Jamie se lo hubiera tomado en serio. Pero no necesitaba que le llamara. Él podía con esto. Sin problema.

Theo: No es para tanto.

Jamie: Y, una vez más, lamento disentir.

Theo: No soy buen nadador, ya está. No me gustan las aguas profundas. ¿Y quieres saber algo estúpido? A veces hasta contengo el aliento al pasar sobre puentes. Como si con ello, de alguna manera, pudiera evitar caerme al agua.

Jamie: A mí no me parece estúpido, Theo.

Theo: Me encanta que ponga las comas de vocativo hasta en mensajes, señor Jamie Cooper.

Jamie: No es estúpido.

Theo: Da igual…, deberías volver al bádminton.

Jamie: ¿Dónde es esa fiesta?

Theo: Al otro lado de la ciudad. Tiene una vista abucinante del río.

Jamie: Lo que es *abucinante* es que puedas seguir escribiendo. ¿Leone también está borracha?

Theo: Es que tú no lo sabes, porque no he querido hablar de ello, pero Sam y Derek son nuestros ex. Y se van a casar. Entre ellos. Imagínate lo borrachos que estamos ambos.

Mientras tecleaba, la habitación empezó a dar vueltas. Aunque también podía deberse a la inesperada explosión de nervios que lo atravesó.

Jamie: Ya veo.

Theo: Te gusta mucho decir «ya veo», ¿lo sabías?

Jamie: Bebed agua.

Theo: ¡Como desee, señor Jamie Cooper!

Jamie no contestó a eso y Theo se tambaleó hacia el baño, cerrando la puerta tras de sí. Tras hacer un pis y pasar unos momentos en el lavabo lamentándose por haberle soltado la verdad a Jamie, pasó por la cocina a por unas botellas de agua. De vuelta en la mesa, se las pasó al resto.

—Jamie dice que nos hidratemos.

—¿Jamie es el chico que…? —la pregunta de Ben se vio interrumpida por un alarido de dolor.

Theo frunció el ceño mientras Kyle decía:

—¿Quién es Jamie?

—Nuestro compañero de piso —contestó Leone, dando saltitos en la silla con esa euforia que te da el alcohol—, y consigue cabrear a Theo más que nadie en el mundo.

—¿Te gusta?

—Es lo más.

Theo dejó el agua y se puso otro chupito para celebrar que ya había encontrado un Aries para Leone.

—¿Cómo os conocisteis?

Leone contestó a eso también:

—Theo lo trajo a nuestras vidas y yo no podría estar más agradecida por ello.

Eso merecía otro trago.

Theo apoyó la cabeza en el respaldo de la silla, mirando hacia las lucecitas del techo.

Los otros tres siguieron hablando de Jamie y al escuchar la pregunta que Leone le hacía a Ben, se tensó. Pensó en servirse otro chupito, pero estaba demasiado agotado para intentar llegar a la botella.

—¿Cómo supiste que Kyle era el indicado?

Ahí estaba. La prueba de que Leone, al menos, estaba pensando que Jamie podría ser el indicado para ella.

Ben murmuró algo y se oyó el sonido de un beso.

—Pequeños detalles que se fueron sumando para dar como resultado el sentimiento más increíble que haya sentido en mi vida.

—¿Qué clase de pequeños detalles?

—Kyle era la primera persona en la que pensaba cuando me levantaba. Estuvo ahí para mí cuando lo necesité y, además, le encantaban mis rarezas. Con él dejé de preocuparme por lo que vendría al día siguiente o una semana después, porque él iba a estar igual, él era mi futuro.

Otro beso, otro murmullo y luego Kyle habló:

—Ben es la mejor parte de mi día. Siempre lo ha sido.

—Gracias, chicos —Leone suspiró—. Los dos sois supermonos en mi imaginación.

—Pues en vivo y en directo también, que lo sepas.

—¿Y tú, Theo? ¿Has conocido a alguien después de lo de Sam?

La verdad era que, aparte del par de rollos de una noche que había tenido, el resto del tiempo habían sido él y los cinco lobitos de su mano.

Al hablar notó cómo le patinaba la lengua y esperaba que, al menos, se le entendiera lo que decía.

—Leone me ha organizado una cita con una amiga suya. Saldremos la semana que viene.

Lo que le recordaba que tenía que pensar en algún sitio para llevarla. Se le volvió a nublar la vista y se frotó la frente. Ya pensaría en ello mañana.

Eso. Mañana.

Mañana le iba a doler la cabeza y Jamie le tocaría los huevos. Pero claro, es que Jamie siempre le estaba tocando los huevos. Y, además…, ¿de qué demonios estaban hablando?

—Theo, ¿y tú crees que lo de esta amiga podría salir bien? —preguntó Ben.

Fue Leone quien contestó:

—Es estupenda y creí que mi hermano podría darle una oportunidad, pero ya no estoy tan segura.

«Ya no estoy tan segura» ¿Y qué si Camilla no era su pareja perfecta? A estas alturas, lo que quería era probar y abrirse a la posibilidad de conocer a alguien.

—Estoy deseando quedar con el camaleón.

Leone se rio mientras daba un trago al agua, atragantándose, lo que hizo que Ben se riera a carcajadas y su hermana le enseñara el dedo corazón, divertida.

Y ahí fue cuando el timbre sonó.

A pesar de que su cabeza (o la habitación entera) estaba girando, Theo lo supo. Simplemente supo quién estaría al otro lado de la puerta. Miró a Leone, que ya no se reía, pero sí se estaba ruborizando.

—Dime que no lo has hecho.

—¿Hacer qué? —contestó su hermana mientras buscaba la mano de Ben y le daba unas palmaditas.

Ben se rio y dijo:

—Lo pillo.

Theo negó con la cabeza y cogió la botella de agua a toda prisa, pero se le cayó.

—Mierda.

—Llamó cuando no estabas en la mesa —dijo Leone aún ruborizándose—. Quería saber la dirección para llevarnos a casa.

—Podríamos. Haber. Cogido. Un. Taxi —dijo Theo entre trago y trago de agua.

Intentaba acabar la botella antes de que Jamie llegara a la mesa, pero solo consiguió beberse un cuarto.

La voz del susodicho le llegó desde atrás, tan cercana que le asustó y dio un respingo en su silla.

—Aquí estás, ¿listo?

Theo se dio la vuelta.

Y ahí estaba Jamie. En vaqueros, botas y camisa de vestir y, junto a él, con un codo apoyado de forma casual en su hombro, se encontraba un puto dios romano. Cara simétrica perfecta, pelo rubio ondulado y un cuerpo que sabía bien cómo funcionaba un gimnasio. Mierda, ¿este era Sean?

Esperaba que al menos fuera el típico deportista tonto.

—De tonto no tiene nada —dijo Jamie.

Joder, ¿había dicho eso en voz alta?

—Sí y ya puedes dejar de señalarlo.

Theo frunció el ceño hasta que comprobó que su dedo apuntaba en dirección a Sean.

—¿Por qué habéis venido? —preguntó a Jamie.

—Me pareció buena idea. —Jamie cogió la botella de *whiskey* de la mesa. Estaba casi vacía—. Y a la vista está que así era.

Leone se rio y le dijo:

—Deja de fulminarlos con la mirada, Theo.

—¿Y cómo sabes lo que estoy haciendo?

—Porque te conozco y respiras más fuerte cuando estás frunciendo el ceño. Jamie sugirió venir a buscarnos porque no quería que tuviera otra mala experiencia como la del taxi.

—Yo te hubiera protegido —dijo Theo teniendo la mala suerte de hipar según lo decía. Se corrigió—: Lo hubiera intentado, al menos.

Alguien se rio, pero cuando Theo los miró lo único que vio fue a Sean presentándose a Ben y a Kyle con un asentimiento de su puta cabeza lista y perfecta.

Sean pasó la mano por el brazo de Jamie y le susurró algo al oído. A Theo este tío le daba mala espina.

¿Y por qué Jamie lo había traído aquí?

Jamie se inclinó hacia Theo, estudiando su cara, el ronroneo de su voz acariciándole la oreja.

—Sean y yo estábamos yendo a jugar al bádminton, le

pregunté si me acompañaría a recogeros y, como es muy buen amigo, aceptó.

—¿Pero es que estoy diciendo todo en voz alta?

—Algunas cosas las llevas escritas en la cara —dijo Jamie, al parecer, tratando de contener la risa—. Y, en este caso en concreto, en el ceño fruncido que no has parado de dirigirle a mi amigo.

Theo parecía tener un nudo en la garganta. Levantó la botella de agua y bebió.

—¿Estás lista, Leone? —preguntó Jamie mientras se giraba hacia su hermana.

—*Sip*. —Riéndose buscó el hombro de Jamie y, apoyándose en él, se puso de pie—. Eres increíble por venir a buscarnos. Ben, Kyle ha sido un placer. No perdamos el contacto esta vez.

—Lo mismo digo —dijo Kyle al mismo tiempo que Ben decía—: Prometido.

Sean miró a Jamie y Leone y, por supuesto, les ofreció su ayuda. Porque encima tenía que ser amable. Esta vez Theo estaba seguro de que no lo había dicho en voz alta, porque se mordió el labio a propósito para no hacerlo.

Jamie hizo una pausa según salían y miró a Theo.

—¿Puedes andar?

—Define «andar».

—¿Tengo que llevarte en brazos al coche?

—Puedo andar.

Se puso en pie nada más decirlo y deseó no haberlo hecho.

El suelo a sus pies se sacudió y estaba seguro de que se iba a elevar como una ola para darle una bofetada en la cara.

Pero Jamie lo estaba mirando, así que eso no podía pasar.

Afortunadamente, Leone estaba tan borracha como él. Su hermana le daba mil vueltas a la hora de tolerar el alcohol, pero gritaba más y más alto, así que Jamie le pasó un brazo por la cintura, otro por debajo de las rodillas y, saliendo al aire frío de la noche, la cargó todo el camino hasta el coche, aparcado al otro lado de la valla.

No le sorprendió, claro. Se estaban enamorando y así era el amor.

Mañana brindaría por ello con otro chupito.

Sean miró a Theo por encima del hombro y, sonriendo, le dijo:

—¿Estás bien, tío?

Theo estaba *fenomenal*. Seguía en pie, ¿no?

—No me abras la puerta —gruñó Theo. Tenía que haber algo malo en él. Algo que Jamie no hubiera notado todavía.

Sean se adelantó a Jamie y abrió también la puerta del copiloto, ayudando a colocar el cinturón a una risueña Leone.

Theo consiguió reptar hasta el asiento trasero. Pasaba de sentarse recto; estaba más cómodo así, con el cuero fresquito en su mejilla.

Leone y Jamie se dijeron algo y también hubo una conversación entre Jamie y Sean, pero las palabras sonaban amortiguadas. Y parecía que el coche de Jamie no estaba tan impecable después de todo, porque Theo podía ver un papel de chocolatina Hershey's debajo de la bolsa de deporte y de las raquetas.

Una bocanada de aire frío entró en el interior del coche cuando la puerta de atrás se abrió. Joder, no quería compartir asiento y aún menos con el amigo de Jamie, que seguro que sabía cosas *superimportantes* sobre él. Secretos. Deseos. Esperanzas. Habrían compartido bromas, palabras en clave y algún saludo secreto.

Y esa comodidad con la que Sean se apoyaba en Jamie, casi abrazándole, ¡y delante de él! No es que fueran amigos, no, es que eran mejores amigos.

La desilusión que se formó en su estómago salió por su boca a modo de quejido, sin que el cuero de la tapicería del coche fuera capaz de encubrir del todo el sonido.

Cuando unas manos amables le ayudaron a ponerse recto y Theo oyó esa voz firme, giró la cabeza a toda prisa. No era Sean quien se había metido atrás con él. Era Jamie. Y estaba apretando los labios y frunciendo el ceño. Los botones superiores de su camisa se habían abierto, revelando una camiseta interior blanca.

—Ponte el cinturón, Theo.

Theo lo buscó con torpeza y consiguió pasárselo por el pecho, pero no atinaba a meterlo en el enganche. ¿Podría el mundo dejar de dar vueltas por un segundo?

Jamie cogió la hebilla y lo abrochó. Después tiró del cinturón para comprobar que estaba bien, sus nudillos rozando el pecho de Theo.

—Todo en orden aquí atrás, puedes arrancar —dijo Jamie a Sean.

La ciudad iba pasando borrosa ante ellos, revolviéndole el estómago. Había un silencio tenso en el coche, interrumpido solo por los ronquiditos que emitía Leone de vez en cuando.

—Así que... —dijo, para liberar tensión—, bádminton, ¿eh?

Jamie le dirigió una mirada que sugería que se callara, que debería sufrir el silencio por haberle fastidiado la noche.

Y eso no era para nada justo. Nadie le había pedido que viniera a recatarles.

—No podía dejaros vagar borrachos por las calles hasta llegar a casa —dijo Jamie—. Si a Leone le hubiera pasado algo mañana te sentirías fatal.

Theo se inclinó sobre el reposabrazos delantero y fingió susurrar a Sean:

—¿Siempre ha hecho eso?

—¿Qué es «eso»? —preguntó Sean mientras giraba en una calle.

—Que si siempre ha tenido razón en todo. —Theo se echó para atrás en el asiento y vio a Jamie negando con la cabeza.

Sean se rio.

—Más o menos. Contesta tú a una pregunta..., ¿qué quería decir tu hermana con lo de que huelo como Roger Pretelli? ¿Quién es Roger Petrelli? Y, lo que es más importante, ¿huele bien?

—Un vejete que era vecino nuestro cuando vivíamos en Shadyside.

—¿Huelo a viejo? Jamie, dime que está de coña.

—Puedes aparcar ahí, detrás de tu Audi.

—Es el puto *aftershave*, ¿a que sí?

84

Cuando el coche se detuvo, Theo salió disparado para respirar el aire frío como si este fuera a resucitarlo. No lo hizo. Pero al menos le dio fuerza para abrir la puerta de casa a Jamie y Sean, que llevaban a Leone entre los dos.

La llevaron a su habitación, pero, una vez allí, Theo los echó. Puede que Jamie y su hermana estuvieran cerca de ser pareja, pero Leone estaba claramente fuera de combate y sería Theo quien le quitara las botas y la metiera en la cama.

Aunque le llevó una eternidad hacerlo, consiguió arreglárselas, pero aún tenía que arrastrarse hasta su cuarto.

La luz de la cocina iluminaba el pasillo y a Jamie acercándose por él, en sus manos dos vasos de agua. Uno se lo dio a Theo, que lo cogió mientras se apoyaba en la pared de su habitación buscando estabilidad y, el otro, lo llevó al cuarto de Leone.

Cuando Jamie salió, Theo le preguntó:

—¿Dónde está Sean?

—Se ha ido.

—¿No duerme en tu habitación, entonces?

—¿Perdona?

Theo hizo un gesto con la mano, en plan «olvídalo», y se fue escurriendo por la pared hasta acabar en el suelo. Iba a perder el conocimiento en cualquier momento. Gatear hacia su cama, aunque el suelo estuviera frío y duro, le estaba empezando a parecer una idea estupenda.

Dejó su vaso al lado del rodapié y miró hacia arriba, a Jamie.

—Si me traes la manta, me quedo a dormir aquí.

Jamie se agachó y levantándole la barbilla con un dedo, le dijo:

—¿Y qué tal si te ayudo a llegar a tu cama?

—Peso más que Leone.

—Estoy seguro de que puedo arreglármelas.

—Apuesto a que no.

Jamie estrechó su mirada.

—No deberías apostar con algo así. Ganaría yo.

Theo tiró de la camisa de Jamie, revelando parte de su

brazo. Se lo tocó. Por Dios, ¿llevaba ocultándole *eso* todo el semestre? ¡Pero si estaba muy cachas!

Jamie se rio y luego, agarrándolo por las axilas, lo puso de pie. Theo se cayó contra él y apoyó la cabeza en su hombro. Olía a calentito. Como si hubiera estado pelando naranjas. Naranjas calentitas.

—He tomado macedonia de postre —dijo.

Theo se rio. Por supuesto que Jamie elegiría fruta mientras el resto —o sea, Sean— tomaba algo dulce. Habían salido a cenar. Los dos solos.

Siguió refunfuñando, apoyado en el cálido cuello de Jamie, mientras este le conducía por su habitación.

Cuando Theo divisó su cama, se lanzó hacia ella bocabajo.

La cama se hundió al apoyarse Jamie en ella y colocar a Theo de lado. Este suspiró y sacó la energía suficiente para quitarse los zapatos con los pies.

—Hay que recogerlos.

Se incorporó con el fin de levantarse, pero Jamie le empujó de vuelta a la cama, encargándose él mismo de los zapatos.

—Los colocaré en el zapatero.

Theo lo miró mientras salía de la habitación y volvía a aparecer unos minutos después con un nuevo vaso de agua, analgésicos y un cubo, y lo dejaba todo a un lado de su cama.

Lo agarró del brazo antes de que pudiera irse.

—Eres el tío más sólido del mundo. —Theo le apretó los bíceps, haciendo un sonido de satisfacción—. Y no solo aquí. Lo eres en todos los sentidos. Voy a hacer una solicitud para que te hagan un monumento y así lo sabrá todo el mundo.

La risa repentina de Jamie dejó a Theo sin aliento.

—No puedo esperar a ver cuál es la «cita del día» de mañana.

—¿Qué es lo que te gusta de Sean?

Jamie dejó de reírse y miró a Theo unos segundos, antes de contestar.

—Es muy buen tío.

Ese nudo en la garganta de Theo apareció otra vez y dejó caer la mano que seguía teniendo en el brazo de Jamie.

—¿Y qué sois? ¿Mejores amigos o algo así?

Theo sabía que eso era lo que eran, pero quería que Jamie lo negara.

—Le conozco de toda la vida —dijo Jamie—. Así que sí, es uno de mis mejores amigos. Es divertido, es dulce y un cabronazo jugando al bádminton.

Parecía que Jamie iba a decir algo más, pero debió de cambiar de opinión. Le dedicó una última sonrisa y dijo:

—Duerme la mona, Theo. Mañana hablamos de ello si quieres.

No. No quería.

Jamie salió de la habitación y Theo se mofó en voz alta:

—¡Bádminton! Cualquiera puede jugar al bádminton.

«¿No se supone que los Aries sois impulsivos e impacientes?
Pruébamelo, venga, te dejo que derribes a cualquiera de estas
personas».

**Theo a Jamie en el súper mientras esperaban la cola
más larga de la historia.**

Capítulo Ocho

Theo suponía —bueno, lo tenía bastante claro— que la borrachera de la noche anterior era el motivo por el que había acabado en este polideportivo. Con Jamie. Jugando al bádminton.

Recordaba vagamente haber cogido una raqueta en el instituto, pero solo una vez y hacía mucho tiempo de eso. No había destacado en ningún deporte excepto en atletismo, pero bueno, tampoco sería tan difícil, ¿no? Esperaba que no, dado que había afirmado que cualquiera podía jugar.

Al menos, Leone no había venido. De haberlo hecho se estaría riendo de sus jadeos, resoplidos y maldiciones.

Theo cogió la pluma, la colocó en posición y echando la raqueta hacia atrás la golpeó. Las cuerdas alcanzaron su objetivo y la pluma voló…

…y se enganchó en la red.

—Así que cualquiera puede jugar, ¿eh?

Jamie se acercó a la red y liberó la pluma, que fue rodando hasta los pies de Theo. Este se pasó una mano por el pelo mientras observaba al engreído de su extutor, vestido en varios tonos de gris, sin duda para hacer que sus ojos parecieran todavía más impresionantes.

Era una pena que Leone nunca fuera a experimentar el enorme impacto de esa mirada.

—Hay que tener en cuenta que tengo una resaca del carajo.

No es que estar sobrio hubiera ayudado en algo, pero bueno.

—Estoy sorprendido de que te puedas mover tanto, la verdad —admitió Jamie—. Menudo espectáculo el de ayer.

Theo sintió sus mejillas enrojecer, y no por el ejercicio. Ojalá pudiera olvidar la noche anterior. Se había portado fatal con Sean y le sorprendía que Jamie no le hubiera dicho nada esa mañana. Aunque traerle aquí ya era castigo suficiente.

—Oye —le dijo mientras cambiaba el peso de un pie a otro y miraba la pluma en el suelo frente a él—, puede que me pasara un poco con tu... amigo. —No le salía decir «mejor» amigo, pero, al menos, levantó la vista para mirar a Jamie y decir—: Lo siento.

Jamie estudió su cara mientras hacía girar la raqueta, perdido en sus pensamientos.

—No tienes por qué disculparte. Tienes derecho a sentir lo que sientes.

—¿Tengo derecho a sentirme como un celoso de mierda?

La cara de Jamie reflejó su sorpresa.

Se acercó a Theo, enredó sus dedos en la red e, inclinándose hacia él, dijo:

—¿Y si resulta que en el fondo me gusta que te comportes como un gilipollas celoso?

Al parecer, las palabras de Jamie eran la cura para su resaca. Theo se sintió de repente más ligero, listo para enseñarle a esa pluma quién mandaba ahí. Así que la hizo volar hacia el otro lado de la red y Jamie la recibió con un golpe fuerte y rápido que la mandó de vuelta a Theo.

Theo, que ahora era todo destreza.

Pero decidió apartarse un poco y dejar que Jamie ganara ese tanto... y todos los demás.

—Sean estará aquí en quince minutos —dijo Jamie mientras se dirigía al lateral de la pista para ponerse una chaqueta porque, claro, él no estaba sudando ni persiguiendo la pluma de un lado a otro como Theo—. Puedes ir con cualquiera de nosotros, pero, si no es mucho pedir, deja de fruncir el ceño cada vez que digo su nombre.

—¿Creí que tenía derecho a sentirme como un celoso de mierda? —dijo Theo suavizando su expresión.

—Tienes derecho a sentirte así, sí, pero no delante de él, ¿vale?

Theo iba a contraargumentar cuando, por segunda vez desde que habían llegado, oyó cómo su teléfono sonaba. Corrió fuera del campo, pero el móvil dejó de sonar mientras trataba de encontrarlo. Cam.

Escuchó el mensaje que le había dejado mientras observaba a Jamie practicar con la raqueta: «Hola, Theo, soy Cam. Quería saber si podríamos cambiar nuestra cita del miércoles al viernes. Tengo una reunión de última hora con el grupo de sociología. Dime si es factible. Cuídate».

¿Factible? Sin problema. Ni siquiera había decidido qué harían en la cita.

De vuelta al campo, cogió la pluma del suelo.

—El viernes tengo una cita —dijo mientras sacaba.

La pluma pasó la red.

Jamie ni siquiera intentó darle. Se quedó congelado donde estaba, con una mano en la empuñadura de la raqueta y los dedos de la otra enlazados en las cuerdas.

Theo se acercó tranquilamente a la red, Jamie lo observaba.

—¿Acabo de marcar?

Parpadeando, Jamie volvió en sí, aunque su voz sonaba apagada.

—Hubieras marcado un tanto si esto fuera un partido, pero no lo es. ¿Una cita?

—Una amiga de Leone. Y no tengo ni idea de dónde llevarla.

—¿Una *amiga*?

—Camilla.

La cara de Jamie permanecía inexpresiva, casi como si no le interesaran ni él ni su cita y a Theo eso le molestaba, porque ¿no se suponía que los amigos hablaban de estas cosas?

—¿Qué harías tú en una cita? —preguntó Theo como quien no quiere la cosa, esperando que Jamie le diera una buena idea y, al mismo tiempo, se imaginara a sí mismo pidiendo una cita a Leone.

Jamie se tomó su tiempo procesando la pregunta. Mirando su raqueta, se encogió de hombros y dijo:

—Iría a algún sitio divertido.

—¿Como a jugar al bádminton?

—Si lo que quieres es que salga corriendo sin mirar atrás, sí.

Jamie cogió la pluma y sacó. Continuaron con un golpear-fallar (Jamie golpeando y Theo fallando) durante unos tortuosos minutos, hasta que Sean entró en el campo, dirigiéndose hacia ellos. A Theo le saludó con un movimiento de cabeza, pero cruzó la pista para abrazar a Jamie.

—¿Juega bien? —preguntó Sean.

—Podríamos haber encontrado la única cosa en la que no saque un sobresaliente.

Theo lanzó la pluma hacia su objetivo, que era la cabeza de Jamie, pero…

Jamie dio un respingo, frotándose el culo y se giró hacia Theo con una ceja alzada. Ni un amago de sonrisa.

Theo dio una palmada a su raqueta y, sonriendo, dijo:

—Pues parece que no soy tan malo.

Sean los miró a ambos y sacó su raqueta.

—Va a ser divertido. Theodory, tú vas conmigo. Jamie, ¿al mejor de tres *sets*?

—Quien pierda hace la cena.

Jamie tenía razón cuando dijo que Sean era un cabronazo jugando al bádminton. Lo que no le contó fue que él lo era aún más.

El señor Jamie Cooper dominaba su lado del campo del mismo modo que dominaba el aula, con aplomo, confianza y precisión. Parecía muy motivado, como si tuviera algo que probar. El sudor se le pegaba a la camiseta mientras corría a la par que Sean, quedando por encima en cada ocasión.

Cada vez que marcaba un tanto, miraba a Theo. Había

algo en esas miradas que le helaba la sangre. Quizás porque el brillo en sus ojos había desaparecido. O por el hecho de que, a pesar de ir ganando, en ningún momento mostró alegría alguna. Mantuvo su expresión en blanco en todo momento.

Jugaron dos *sets* antes de que Theo se retirara y dejara que los viejos amigos liberaran lo que parecía mucha frustración acumulada.

Desde la banda, Theo los observó jugar, frunciendo el ceño de vez en cuando en la dirección de Sean.

Pero, sobre todo, estuvo pensando en lo de la cita «divertida» que le había dicho Jamie. Había barajado lo de peli y cena, pero ahora, las palabras de Jamie habían sacado al competidor en él y una película y *pizza* no daban la talla.

Pero antes de poder organizarlo, parecía que Sean y Theo tenían una cena que preparar.

La cocina era el sitio menos favorito de Theo y, al descubrir que a Sean le gustaba cocinar tanto como a Jamie, encontró su lugar: en la encimera, balanceando las piernas contra los armarios y pasando los utensilios necesarios.

Desde esa posición, tenía una vista perfecta de Jamie y Leone en el sofá. Él escribía algo en un papel mientras le comentaba algo a su hermana y la hacía reír. Jamie, sin embargo, ni siquiera había sonreído.

Sean agitó una cuchara ante los ojos de Theo y dijo:

—Te repito, ¿dónde tenéis el rallador de queso?

Fue Leone quien contestó.

—Armario del fondo a la izquierda, segunda estantería, abajo, en el lado derecho.

—¿Y qué tengo que hacer para remplazar a este vago por ti? —le preguntó Sean.

Leone arrugó su nariz.

—Iría, pero es que…

—Pero es que…, ¿qué? —dijo Sean rallador en mano, mientras miraba a Leone.

—Si adivino lo que quiere decir —dijo Theo bajándose de la encimera—, ¿puedo librarme de seguir cocinando?

—¿*Seguir*? —preguntó Jamie mientras fruncía el ceño ante el papel en su mano como si fuera un puzle.

—Venga, dime —insistió Sean—, Leone vendría, pero ¿qué?

—Roger Petrelli.

Sean dejó el rallador en la encimera y se acercó a Leone.

—¿Es verdad?

Leone apretó los labios para no sonreír. Theo abandonó la cocina cuando Sean se agachaba frente a su hermana y se sacudía la camiseta.

—No huelo a viejo.

—No, hueles a viejo y a ajo.

—¡Jamie! ¿Cómo soportas tanto descaro? —preguntó Sean sonriendo.

—Descaro es algo que estos dos leos tienen para dar y regalar —dijo Jamie mirando a Leone y luego a Theo. La mirada duró un segundo, pero fue suficiente para hacer que este dejara de andar—. Te acostumbras.

Jamie volvió a mirar al papelito y a Theo le pudo la curiosidad. Rodeó el sofá, se inclinó sobre el cojín de atrás y le quitó a Jamie el misterioso papel de las manos.

Había estado esperando algo más, pero solo había una frase escrita en él: «Eres el tío más sólido del mundo». Y, a juzgar por el estado de la hoja, Jamie lo había estado leyendo una y otra vez. Pero ¿por qué le haría fruncir así el ceño?

Jamie lo estaba mirando con cautela, sus caras separadas solo por unos centímetros.

—Está claro que estaba borrachísimo —dijo Theo.

Pero sabía que el alcohol no hacía a la gente mentir; solo hacía que les costara menos decir la verdad.

Theo leyó las palabras en silencio una vez más.

—Quédatelo —dijo presionando el papel contra el pecho de Jamie—, para esos días en los que te sientas menos sólido. A lo mejor te hace reír, o algo así.

Jamie siguió mirando el papel.

—Pues nada —dijo Theo un poco decepcionado y se retiró

a su cuarto—. Avisadme cuando la cena esté lista. Tengo una cita que preparar.

JAMIE ESTUVO RARO TODA LA SEMANA.

Los llevaba al campus, les hacía la cena y ayudaba a Leone con su tesis, pero no lo hacía con su energía habitual. Los intentos de Theo de darle conversación morían antes de empezar.

Que Jamie cancelara su café de los jueves fue la gota que colmó el vaso.

Pidió dos *lattes* para llevar y se dirigió al departamento de Economía donde encontró a Jamie solo en su oficina compartida. Con cautela, puso el café en la mesa.

Jamie miró el café y luego a Theo.

—Léelo —dijo Theo señalando la taza de papel.

Jamie la cogió y leyó:

—«¿Qué te pasa?». —Se aclaró la garganta—. He estado estresado.

—¿Estresado? —Theo agarró con fuerza su *latte*—. Pruebe otra excusa, señor Jamie Cooper.

A Theo le pareció ver cómo Jamie apretaba los labios, pero fue demasiado fugaz como para estar seguro.

—¿Sabías que, aunque no sonrías del todo aún se te marcan los hoyuelos? —murmuró Jamie.

—¿Y eso qué significa?

—Que contigo es muy difícil permanecer indiferente.

—¿Y por qué querrías permanecer indiferente? —dijo Theo—. Somos amigos —y, tras eso, un poco más inseguro añadió—: ¿no?

Parecieron pasar horas antes de que Jamie respondiera y, en ese tiempo, irónicamente, Theo fingió indiferencia mientras repasaba sus últimos dos meses juntos. Esas peleas frustrantes, sus escapadas semanales a la compra, las miradas tensas por parte de Jamie cada vez que Theo hacía alguna imbecilidad, como perderle las llaves del coche y encontrarlas tiempo después debajo del lavabo.

Pero había más momentos divertidos que malos, ¿no?

Jamie dejó su café en el escritorio y se levantó. Acortó la distancia que les separaba, agarró el vaso de papel de Theo y girándolo, empezó a escribir en él.

Al cabo de un minuto, Theo preguntó:

—¿Estás escribiendo un ensayo?

Jamie hizo una pausa ante el comentario de listillo, terminó de escribir y le devolvió su vaso a Theo, que se sintió observado mientras lo leía.

«Somos tutor y alumno, compañeros de piso, pareja de discutidores profesionales, amigos y lo que tú quieras que seamos».

Una ola de calidez invadió a Theo de forma súbita, haciéndole difícil encontrar las palabras.

—Lo sabía —dijo Theo tratando de digerir el alivio que sentía.

Cogió el rotulador de Jamie y añadió «mejores» al «amigos». Nunca se había sentido así con nadie, así que por lo que a él respectaba, eso es lo que eran.

Se quedó con el añadido para sí, ocultándolo con la palma de la mano mientras bebía. La cara de Jamie reveló su curiosidad cuando miró el vaso de Theo, pero no dijo nada.

Theo señaló los papeles que tenía sobre la mesa.

—¿Con qué estás?

—Con un ensayo sobre tener hijos.

—Un poco precipitado, ¿no crees? —Ante la mirada de desconcierto de Jamie, Theo clarificó—: Lo de tener hijos, digo. Primero habrá que practicar y *ensayar* lo de cómo hacerlos.

—Ya. Y antes de ensayar eso, habrá que encontrar a la persona indicada. Pero este ensayo es un argumento económico sobre tener más hijos.

—¿Y te convence?

—Me gusta observar el mundo desde una perspectiva económica, pero eso no significa que quiera optimizar todo en mi vida. Para nada. Aunque fuera una mala decisión desde el punto de vista financiero y me imagino que lo sería, igualmente quiero unos cuantos pequeñajos a mi alrededor algún día.

Theo se atragantó con el café.

—¿Te cuesta imaginarme con niños? —le preguntó Jamie.

Ese no era el motivo por el que Theo había escupido su *latte* por todas partes. El término «pequeñajos» le había pillado por sorpresa. La palabra estaba llena de ternura y parecía surgir de una necesidad profunda.

—No, no me cuesta imaginarte siendo padre. —Y ahí fue cuando decidió que un empujoncito en la dirección correcta no haría daño a nadie—. Pero creo que deberías empezar con lo de los ensayos cuanto antes.

—Ya, bueno…, es que eso no es tan fácil.

—Pero tú eres un tío listo —dijo Theo cambiando el agarre de su vaso.

Al pasar por delante de Jamie para salir, le dio un sorbo al café y dejó que leyera lo que había escrito en el vaso.

La mirada de Jamie se deslizó por la palabra y asintió.

Theo dejó su oficina murmurando:

—Sé lo que tengo que hacer.

Entró en el ascensor y sacó el móvil. Tenía que ayudar a Jamie y traer de vuelta su sonrisa.

Cam contestó al segundo ring.

—¿Te importaría que lo del viernes fuera una cita doble?

«¿Lo peor que he hecho en una cita? Preguntarle quién era su asesino en serie favorito. Bajo un puente. De noche».

Theo a Leone, cuando se preparaba mentalmente para su cita con Camilla.

Capítulo Nueve

Cam aceptó rápido.

A Leone le costó un poco más.

Theo fue a la habitación de su hermana —toda en blanco y negro para facilitarle la orientación— y la encontró en su cama escuchando un audiolibro.

Le traía bombones, así que depositó la caja a su lado y subió a la cama junto a ella en cuanto Leone paró su historia.

—¿Qué quieres? —dijo Leone metiéndose una chocolatina en la boca.

—Que seas feliz.

Su hermana alzó tanto las cejas que estas parecieron perderse entre su pelo.

—Mientes fatal.

—Sí que quiero que seas feliz.

—Pero no es por eso por lo que estás aquí.

—Patinar —soltó Theo. Tenía las manos sudorosas y su corazón haciendo redobles.

—¿Patinar? —Leone ladeó la cabeza—. Ahora tienes toda mi atención.

Esperó un poco, hasta que su hermana empezó a mordisquear una trufa.

—He pensado que podríamos ir el viernes por la noche.

—Sabía que algo querías. —Negó con la cabeza—. No pienso ir a tu cita.

Theo se cruzó de brazos y se recostó contra la mullida almohada.

—Alex lleva una pista de patinaje y me debe una. Nos la deja desde las diez hasta medianoche, cuando ya esté cerrada al público. Te quiero allí. Cam también.

Leone se detuvo con una trufa rozándole los labios.

—¿Se lo has dicho a Cam y no le importa?

—Sugerí que Jamie y tú os unierais para esa parte de la cita. Se lo tomó muy bien.

—Jamie y yo —repitió y, mordiéndose el labio, añadió—: ¿Y él ha accedido?

—Todavía no, pero lo hará.

Su hermana mostró su recelo con un fruncimiento de ceño.

Pero Theo se aseguraría de que Jamie fuera.

—Ya sabes el subidón que te da patinar.

Leone puso la caja de bombones en su regazo, apartándolos de Theo cuando este trató de coger otro.

—Si Jamie va, yo voy.

THEO LE LLEVÓ UN TÉ DE FRUTOS ROJOS A JAMIE, QUE ESTABA trabajando en su habitación. Al llegar vio como escribía, luego borraba y, tras dar unos golpecitos en el borde del escritorio buscando la expresión adecuada, volvía a escribir.

Le dejó la taza a un lado de la mesa.

—Te he traído un té —dijo Theo un minuto después. No solía decirle nada, pero hoy quería su atención.

Establecer lo obvio no pareció llamar la atención de Jamie, que casi ni miró a Theo.

—¿Ni un «gracias»?, ¿o un «me has leído la mente»?, ¿ni siquiera un «eres el mejor»?

Jamie asintió.

Theo se sentó en el borde del escritorio, con ganas de darle un capirotazo en la oreja.

—No tienes ni idea de lo que te he dicho, ¿a que no?

Los dedos de Jamie pararon de moverse por el teclado y, lentamente, levantó esa deslumbrante mirada gris.

—Algo sobre que soy el mejor, pero eso ya lo sabía.

Theo le dio una colleja y, al hacerlo, casi tira la taza que estaba entre él y el ordenador. Jamie cogió el té y lo colocó en un posavasos en la estantería que tenía entre el escritorio y la puerta del baño.

Porque su primera reacción no podría haber sido otra.

Jamie se echó para atrás.

—Dos minutos, ¿qué pasa?

Theo lo miró mal.

—Vale, pero porque con que digas sí me basta.

—¿Sí?

Theo se bajó del escritorio.

—¿Ves? ¿A que no ha sido tan difícil?

Hizo amago de irse y Jamie lo agarró del brazo. Giró en su silla, de forma que quedaron cara a cara, apoyó la cabeza en el respaldo, levantó la mirada hacia él y esperó.

—Mañana vienes —dijo Theo—. A mi cita con Cam.

—No.

Theo había esperado un fruncimiento de ceño, pero no una negativa tan vehemente.

—No irías de sujetavelas. Te quiero allí.

—Creo que no te entiendo, Theo.

—Déjame que lo replantee. Mañana por la noche tenemos una pista de patinaje para nosotros solos. Si se le guía un poco, Leone disfruta como loca patinando y sería raro si solo fuéramos Cam, Leone y yo. Si tú vienes, equilibrarás las cosas y será más divertido.

Theo miró los labios de Jamie, su expresión seria. Sería divertido y Jamie sonreiría.

—No —repitió Jamie.

—¿Qué?, ¿por qué no?, ¿no sabes patinar?

—Esa no es la razón.

—¿Y cuál es?

—Pues que tú estarás intimando con una mujer y eso no es algo que quiera presenciar.

Theo ladeó la cabeza.

—No te tenía por un mojigato.

Jamie tiró de él de forma tan brusca, que Theo perdió el equilibrio y cayó en su regazo. Una rodilla entre los muslos de Jamie y su mano en el hombro de su extutor para que sus cabezas no chocaran. Jamie apretó los muslos alrededor de su pierna.

—No soy ningún mojigato.

El firme agarre de Jamie, su mirada penetrante, el calor que emanaba de su cuerpo donde rozaba el muslo de Theo, el repentino y dulce golpe que supuso sentir el pulgar de Jamie rozando el vello de su brazo... hicieron que el enorme escalofrío que lo recorrió fuera difícil de sofocar.

Theo sintió cómo su aliento se deslizaba por la barba de dos días de Jamie y acariciaba sus labios.

—Entonces, pruébalo. Ven mañana.

—Eres imposible.

Cuando Jamie liberó su brazo, Theo se puso en pie un poco desorientado. Parpadeó, aún mirándolo. Una vez, dos... hasta sacudirse esa sensación.

—¿Eso es un sí?

—¿Leone va?

—Oh, sí, vendrá.

Jamie echó un vistazo a su reloj, se levantó y se dirigió a la puerta. Ya estaba entreabierta, pero Jamie la abrió del todo e hizo un gesto a Theo para que saliera.

Theo lo siguió hasta el balcón que daba al salón.

—Entonces, ¿vienes?

—No debería.

A Theo le gustó la respuesta y sonrió.

—¿No deberías, pero lo harás? ¿Porque eres mi mejor amigo y eso es lo que los mejores amigos hacen?

Jamie dio un paso atrás y entró de nuevo en su habitación mirando a Theo.

—Se te han acabado los dos minutos. —Y le cerró la puerta en la cara.

∾

CAM ERA PELIRROJA, CON PELO RIZADO A LA ALTURA DEL hombro, ojos azul oscuro y pecas alrededor de la nariz. Sin duda, era una chica atractiva.

Además, se deshizo en sonrisas cuando se encontraron en la pizzería de al lado de la pista de patinaje. El local estaba lleno y el olor que emanaba del horno de piedra era delicioso.

Tenían treinta minutos para comer algo antes de que Jamie y Leone llegaran para la sesión de patinaje. Se sentaron en una mesa en la ventana y pidieron una *pizza* grande.

Era fácil hablar con ella y le gustaba lo poco que parecía importarle estarse poniendo ciega con esa bomba de carne y queso que habían pedido. Cam le gustaba.

De verdad que sí.

Theo puso un codo en la mesa, apoyó la barbilla en su mano y con la otra empezó a jugar con la pajita de su Coca Cola.

—¿Votaste en las últimas elecciones?

—¿Le preguntas eso a todas las chicas con las que sales? —contestó ella riéndose.

Theo sonrió.

—Hace mucho que no salgo con nadie, pero sí, es una pregunta recurrente.

—Supongo que es buena pregunta para juzgar nuestra compatibilidad.

La palabra «compatibilidad» le hizo pensar en su horóscopo. Aries. Se movió en su silla.

—¿Está escaqueándose, señorita Perkins?

—Sí, voté. ¿Quieres saber a quién?

—No. Solo necesitaba saber que lo hiciste.

—Me toca.

Theo bebió de su refresco y la miró mientras ella se retiraba el pelo.

—¿Cuál es tu libro favorito? Y por favor, que no sea *El guardián entre el centeno*.

—¿Y por qué leches no? —preguntó Theo.

—Porque eso significaría que no has cogido un libro por voluntad propia desde el instituto.

Theo negó con la cabeza.

—Es que no he cogido un libro por mi propia voluntad desde el instituto.

—Estás de broma.

—En absoluto. —Sonrió Theo—. Pero sí me leo todos los libros que me recomienda Leone. ¿Mi favorito? Casi cualquier cosa de Margaret Atwood, pero especialmente *Oryx y Crake* y *El año del diluvio*. Voy a añadir esta pregunta a mi repertorio. Ahora, confiesa, tu libro favorito es *Ana de las tejas verdes*, ¿a que sí?

Cam le dio un golpe en el hombro.

—¿Solo porque soy pelirroja y me gusta leer?

—Y por tu fuerte personalidad.

—¿Entiendo por tu comentario que te has leído los libros?

—La culpa es de Leone. —Se los había leído a su hermana en voz alta cuando su vista empezó a empeorar.

—Me encantan esos libros —dijo Cam —, pero mi libro favorito por encima de todos es...

Un coche que entraba en el aparcamiento, y que Theo conocía bien, se llevó toda su atención. Fuera estaba oscuro, excepto por una fila de farolas a lo largo del camino. Suficiente para iluminar un lateral del coche de Jamie y que Theo pudiera verlo cuando salió del coche, abrió la puerta a Leone y le ofreció su hombro.

Leone le dijo algo y sonrió. Jamie miró hacia la pista de patinaje y se frotó la nuca con su mano libre.

—... Por el desarrollo del personaje y la historia de amor.

Theo se volvió a centrar en Cam y asintió:

—Eso está bien.

—¿Lo has leído?

—No he tenido el placer, no. —E inclinando la cabeza hacia la ventana, añadió—: Ya han llegado Romeo y Julieta.

Se levantaron y de camino a la salida tiraron las sobras en uno de los cubos de basura. Cam le dio las gracias por la cena y, cuando salieron al aparcamiento, gritó el nombre de su amiga.

Leone y Jamie se pararon a diez metros de ellos.

Cam se adelantó, advirtiendo a Leone que iba a abrazarla y Jamie se apartó cuando la pelirroja extendió los brazos, mirándola durante unos segundos, como intentando descifrar algo. Y puede que fuera el parpadeo de las luces de neón distorsionando la perspectiva de Theo, pero le pareció ver que Jamie apretaba la mandíbula.

No era posible que el tío fuera tan posesivo, ¿no? Todavía ni había hecho un movimiento con Leone.

Theo le guiñó un ojo cuando lo miró por encima de las cabezas de las chicas., pero Jamie le frunció el ceño y desvió la vista.

—Por ahora me lo estoy pasando muy bien —dijo Cam—. Veamos cómo patina.

—Vas a morder el polvo —dijo Theo mientras los rebasaba y se dirigía a un chico con una gorra naranja chillona que esperaba fuera de la pista.

Alex y Theo se saludaron con un choque de puños, antes de seguirlo al interior.

—Gracias por esto —dijo Theo mientras se dirigían a un mostrador donde estaban los patines de alquiler. El resto iba caminando justo detrás de él.

—De nada. Gracias a ti por hacer mi web. Ahora tengo el doble de gente interesada en mi trabajo. —Alex se agachó tras el mostrador—. Y me vendrá bien este rato para dar un poco de cariño a mis apuntes atrasados. —Señaló con el dedo hacia unas puertas dobles tras las cuales Theo sabía que estaban la pista y las gradas. —¿Has traído la música que quieres que ponga? He dejado las luces dadas y el suelo está bastante bien.

Cam, Leone y Jamie se acercaron al mostrador. Leone sonrió de oreja a oreja.

—¿Alguien ha dicho algo de música? Porque AC/DC nos animaría muchísimo.

—He hecho una *playlist* para la ocasión —contestó Theo pasándole a Alex un USB.

Alex lo cogió y lo dejó en el mostrador antes de decir:

—Fenomenal. ¿Me decís qué número de pie tenéis?

Una vez que se hicieron con todo: patines, rodilleras, muñequeras y cascos, Theo les dirigió a través de la puerta hacia la pista.

Un estallido de luces de neón y el dulce olor de las palomitas los recibió nada más entrar. Cam se sentó en una de las sillas y Theo la siguió y se sentó junto a ella. Se quitaron los zapatos y empezaron a ponerse la equipación mientras Jamie y Leone se sentaban al otro lado y hacían lo mismo.

Unos segundos después, la música empezó a sonar por los altavoces, llenando la pista de vida y de anticipación.

Leone chilló al oír *Thunderstruck* de AC/DC y Theo se contagió de esa energía. Mientras Leone cantaba de forma entusiasta, Cam se metía el pelo en el casco y miraba la pista con ganas. Jamie seguía quitándose los zapatos. Se estaba tomando su tiempo.

Theo fue patinando hacia la entrada de la pista y casi se olvida de llevarse a Cam con él. Así que le agarró la mano, mirando de nuevo a Jamie.

Tan pronto como las ruedas de sus patines rodaron por el suave suelo de madera, Cam y él se separaron y empezaron a patinar en serio. Theo volaba por la espaciosa pista y, cuando llegaba a la curva por segunda vez, justo en el momento en que empezaba a sonar *Jump*, de Van Halen, dio un giro y empezó a patinar hacia atrás.

Hizo una parada confiada ante las gradas, donde Leone seguía esperando a Jamie que, en vez de estar atándose los cordones de los patines, estaba observando a Theo.

—Lo sé, lo sé —dijo Theo—. Soy todo un espectáculo.

Y salió de la pista hacia su hermana.

—¿Das una vuelta conmigo mientras Jamie descubre cómo atarse los cordones?

Jamie lo miró de una forma que decía que Theo pagaría por el comentario.

Leone aceptó la mano que Theo le ofrecía y patinaron juntos, pero esta vez más despacio.

—Hacía siglos que no lo hacíamos. Se me había olvidado el subidón de adrenalina que da. ¿Cómo te va con Cam?

Cam iba patinando segura por la pista. No sabía hacerlo para atrás y, de hecho, había reducido la marcha para mirarlo a él mientras se lucía, pero lo hacía bastante bien.

Observó a Cam tomando una curva de forma elegante y dijo:

—Bien.

Y aun eso…

—¿Ha pasado entonces tu repertorio de preguntas? —preguntó su hermana.

—Qué graciosa. Pero sí, lo ha pasado.

—No lo has dicho muy convencido.

Estaba de acuerdo, pero no conseguía averiguar por qué.

—¿Te puedo hacer una pregunta? —le dijo Leone—. ¿Sigues comparando a todo el mundo con Sam?

Theo redujo un poco la velocidad. No había pensado en Sam en toda la noche.

— No. Yo…, no.

Leone sonrió.

—Al final puede que termines bailando con la persona a la que lleves a su boda y no preocupándote por ella en absoluto.

Cam los adelantó y le dedicó una sonrisa a Theo. Él se esforzó para devolvérsela y, tragando con fuerza, le dijo a Leone:

—Supongo. Tú también tendrás suerte. Confía en mí. Estoy trabajando en ello. —Theo le dio un apretón en la mano mientras tomaban una curva—. Ahora déjame que te lleve a Jamie y yo vuelva a mi cita.

A punto estuvo de parar en seco al ver a Jamie al borde de la pista.

—Ahora vamos a parar —le comentó a Leone, evitando reírse para no perder el equilibrio y que ambos se cayeran al suelo.

Jamie llevaba los vaqueros por dentro de los patines. Casco, muñequeras y coderas puestas. Pero lo que llamó la atención de Theo, fue la forma en la que apretaba los labios en una fina línea, con determinación, mientras observaba la pista de patinaje y se agarraba a la barandilla con tanta fuerza que tenía los nudillos blancos.

Theo se rio.

—No sabes patinar, ¿verdad?

Jamie respondió con tirantez:

—Estoy seguro de que no puede ser tan difícil.

—Me preguntaba si este era el motivo por el que no querías venir.

—Era una de las razones, pero no la razón principal.

Theo ladeó la cabeza. La frustración que se percibía a través de la siempre compuesta apariencia de Jamie le daba ganas de sonreír.

Y tenía intención de sacar el máximo provecho del momento. Bañarse en su rareza.

—Entonces, así es Jamie Cooper cuando fracasa.

—Regodearte no te pega —contestó y tras lo cual, añadió secamente—: Así no vas a conseguir que entre en la pista.

Jamie perdió el equilibrio en un movimiento que estaba entre andar y patinar, pero no era ninguna de las dos cosas, y empezó a doblarse hacia delante, logrando no caerse del todo gracias a que apoyó a tiempo una mano en el suelo.

Theo se rio. Guio a una entretenida Leone hacia una pared y se puso frente a Jamie, que había conseguido erguirse, pero con una postura rara, con las rodillas dobladas como si estuviera en una tabla de surf.

Theo lo agarró por los antebrazos y fue girando sus ruedas para compartir su equilibrio.

Cam se les acercó y dijo:

—Supongo que este desliz no formaba parte de tu plan, ¿eh?

—¿Qué plan? —preguntó Jamie.

No, esto no era parte del plan. Se había imaginado a Jamie dominando la pista de patinaje como dominaba el campo de bádminton. Creyó que Jamie se lo estaría pasando como nunca mientras Leone se agarraba a su brazo tan contenta.

—No hay forma de que deje a este bambi a cargo de la invidente.

Leone hizo un puchero.

—¿Damos por acabada la velada, entonces?

Jamie intentó ponerse recto, pero una pierna se le fue hacia delante, costándole a Theo todo su aplomo y fuerza que no se cayera de culo.

—Me puedo ir a sentar —ofreció Jamie mientras Theo lo agarraba con más fuerza.

—Yo no quiero hacer de sujetavelas —dijo Leone—. La sujetavelas sobre ruedas.

—¿Qué os parece si Leone y yo patinamos mientras Theo le enseña a Jamie algunos trucos? —sugirió Cam—. Y, luego, cambiamos de parejas.

Leone estiró un brazo y esperó a que Cam le cogiera de la mano; una vez lo hizo, ambas se movieron por la pista.

—Supongo que me merezco esa sonrisa de superioridad —dijo Jamie.

Theo le deslizó los dedos por el brazo hasta coger su cálida mano. Jamie se agarró a él como si fuera un salvavidas, sus muñequeras rozándose.

Theo lo llevó al centro de la pista.

—Si sigues tirando así de mí, voy a terminar abriéndome de piernas. Y no estoy seguro de ser tan flexible.

—Calla, anda —dijo Theo cuando terminó de reírse —, que al final me hago pis encima.

—Pues eso nos igualaría en cuanto a nivel de humillación.

A Theo le estaba gustando asumir el rol de profesor, enseñándole a Jamie cómo usar los frenos de los patines y advirtiéndole que era más sencillo mantenerse en movimiento que estar parado.

—Mueve un pie hacia fuera y aprovecha la inercia para deslizarte. Luego haz lo mismo con el otro. Asegúrate de que tus pies se mueven en un ángulo como este.

Theo dio vueltas a su alrededor, despacio. Y luego terminó

haciéndose un poco el chulo con un movimiento hacia atrás, parando a menos de un metro de Jamie.

—Te toca.

Jamie le dirigió una mirada desde la cabeza hasta los patines y dijo:

—Te quedan bien.

—Y tú estás adorable intentando no caerte —contestó Theo radiante—. Ahora, vamos, venga.

Jamie se dio un par de golpes en el casco y se puso en marcha. Se necesitaron tres canciones de Michael Jackson, dos de Prince y dos de Bon Jovi —además de una espectacular caída de culo— para que Jamie dejara de comparar el patinaje con su repulsión por los maniquís sin cabeza.

Cam y Leone patinaban a su alrededor y Cam les daba algún consejo de vez en cuando. Parecía estar a gusto charlando con su hermana y fue por eso que Theo la animó a que siguieran patinando juntas cuando ella se ofreció a hacer de guía de Jamie.

Cuando sonaban los últimos acordes de *Beat It*, Theo les dijo a las chicas:

—No es una causa perdida, solo nos llevará un par de canciones más.

—Ya. Un par —dijo Cam.

Y Jamie la siguió con la mirada mientras Cam conducía a Leone por la pista. Se puso rígido y pareció que fuera a decir algo, pero Theo había empezado ya a patinar hacia atrás, haciéndole señas para que lo siguiera.

—Puedo garantizarte que tras estas canciones —dijo Theo —, serás medio competente patinando.

—La parte de mi culo que no está morada, teme que no sea así.

—Dile que confíe en mí.

Jamie negó con la cabeza.

—¿Y qué vamos a hacer?

—Si me coges al final de la siguiente canción, preparo la cena mañana. En plan pelar patatas, cocerlas y aplastarlas. Sin ayuda de nadie.

Jamie pareció interesado. Aumentó su velocidad, concentrándose. Theo patinó fuera de su alcance, obligándole a intentarlo con más fuerza.

—¿Y qué pasa si lo consigo antes de que acabe lo que sea que esté sonando?

—Seamos realistas, anda.

—Pero digamos que lo consigo, ¿qué gano, entonces?

—¿Qué quieres?

—Todavía no lo sé. Algún comodín de «verdad o reto» que pueda usar cuando sea.

—Cuando menos me lo espere me estarás pidiendo jugar a la botella.

Jamie se tropezó, enderezándose antes de caer.

—Teniendo en cuenta las pocas posibilidades que tienes —dijo Theo—, debería advertirte: si no lo consigues al final de esta canción, soy yo quien se queda con lo de «verdad o reto». Si fallas también en la siguiente, lavas las patatas.

—Ya, como si no me fuera a tocar hacerlo de todas formas. Venga, va.

Theo miró a ver dónde estaban Cam y Leone para tener cuidado.

Jamie, avanzando tras él, le dijo:

—Están en las gradas mirándonos.

Bien. Mejor, incluso.

—Espero que no tengas pánico escénico.

Jamie entrecerró los ojos mientras intentaba cogerlo, pero Theo se libró con suma facilidad.

Entonces, pareció cambiar de táctica y redujo el ritmo.

—¿Cómo crees que te está yendo en tu cita?

—Bien.

—¿Sí? ¿estás seguro? Porque has estado casi todo el rato ayudándome a mí.

—Cam parece estar contenta hablando con Leone. No le importa.

Jamie dio un bandazo y estiró el brazo tal y como Theo esperaba. Lo que no se esperaba era lo que le preguntó a continuación.

—¿Te gusta?

—Es simpática.

—¿Simpática, Theo? ¿Y ya está?

Jamie estaba intentando desconcentrarlo y estaba consiguiendo que fuera un poco más despacio, pero se iba a tener que esforzar más que eso.

—Le he hecho unas cuantas preguntas de compatibilidad mientras cenábamos.

—¿Y siempre haces eso en tus citas?

Otro intento que se le fue un poco a la izquierda.

Theo sonrió.

—Y amigos potenciales.

Eso pareció interesar a Jamie.

—¿Cuáles son esas preguntas?

—¿Por qué?, ¿quieres que te las haga?

—Una vez leí en un vaso de papel que ya soy tu amigo así que, en mi caso, las preguntas no sirven.

—Sí que sirven, pero hacértelas sería... una obviedad. Como decir que las ovejas dan lana.

—Sabes que hay ovejas de pelo que no dan lana, ¿verdad?

—Vale. Lo pillo. ¿Has votado alguna vez?

—Sí.

—¿Lo ves? Lo sabía.

—¿Por qué lo sabías?

—Porque te respeto demasiado como para que no hayas votado.

El paso de Jamie se redujo unos segundos, pero enseguida retomó el ritmo.

—Siguiente pregunta.

—En serio, señor Jamie Cooper, que no hace falta.

Theo sabía que Jamie tenía una hermana y que tuvo un perro que murió un día después de su decimosexto cumpleaños, motivo por el cual canceló su fiesta en el último minuto. Sabía que el trabajo de sus sueños era ser periodista económico y hacer *podcasts* como los que se hacían en *Freakonomics*, pero que no le importaría ser profesor de Economía. Sabía que era buenísimo en la pista de bádminton, que le gustaba hacer senderismo, pero no correr, y que era más de drama y comedia que de películas de acción.

Sabía que le gustaba la música, pero que, salvo un par, no recordaba los títulos de las canciones o de quién eran. Si Jamie tuviera que comer un único alimento durante el resto de su vida elegiría sándwiches vegetales. Sabía que fingía sentir aversión cada vez que Theo colocaba sus pies encima de algo. Que le gustaba tomar café por las mañanas o si estaba fuera, pero que en casa prefería los tés afrutados. Sabía que había sido vecino de Sean desde pequeños y que seguían siendo mejores amigos.

—¿Por qué me estás mirando así? —preguntó Jamie casi alcanzándolo.

La primera canción estaba a punto de acabar.

Theo anticipó el último intento de Jamie de pillarlo y su ceño fruncido se convirtió en sonrisa.

—Esto quiere decir que me quedo con el comodín de «verdad o reto». ¿Hasta dónde llegarás para verme trabajar en esas patatas?

One Way or Another de Blondie empezó a sonar y Theo se rio de cómo Jamie se metió en el papel patinando más rápido y arremetiendo al ritmo de la música. La intensidad en su mirada revelaba las ganas que tenía de atraparlo.

Theo lo llamó flexionando un dedo, burlándose.

—Venga, enséñame lo que puedes hacer.

Otra arremetida fallida tras la que Jamie se recompuso con facilidad.

—Vas a tener que intentarlo con más fuerza si quieres cogerme.

Jamie se lanzó hacia él, deslizándose en sus patines.

—Más rápido.

Jamie se propulsó hacia delante casi consiguiéndolo, provocando que Theo tuviera que hacer un movimiento rápido para alejarse.

—¿Ves? Eso está mucho mejor. Otra vez.

Jamie fue hacia él. Con fuerza y con rapidez, hasta que

empezó a resoplar del esfuerzo. Theo también notaba el cansancio, su cuerpo estaba tenso y respiraba con dificultad.

La canción estaba llegando a su apoteósico final.

Y puede que Jamie no le hubiera pillado, pero era increíble cómo estaba patinando: seguro y con estilo, controlando las curvas.

—Theo —le llamo Jamie.

Al oír su nombre, Theo se detuvo y Jamie cayó contra él, sus cuerpos chocando el uno contra el otro. Cayeron al suelo y a Theo se le cortó la respiración con el peso de Jamie encima de él, pecho con pecho, un muslo muy cerca de su entrepierna y las manos apoyadas a ambos lados de su cabeza.

Estaban nariz con nariz, sus cascos casi rozándose.

—Sí que debes de tener ganas de verme pelando patatas. —Theo examinó la cara de Jamie, deteniéndose en su boca, buscando un amago de sonrisa—. Has dicho mi nombre —su voz salió entrecortada y tuvo que aclararse la garganta, esperando que su corazón dejara de latir tan deprisa.

—He conseguido lo que quería.

—No puedo prometer que la cena esté buena.

—Estoy seguro de que estará buenísima.

—¿Buenísima como para ponerte de rodillas y alabarme?

Con eso, Jamie pareció cerrarse y empezó a estirar los brazos para levantarse, pero Theo no estaba listo aún para dejarlo marchar. Sus manos salieron disparadas, una agarrando la camiseta de Jamie y la otra cubriéndole la boca, la correa de su muñequera rozando la incipiente barba de su mejilla.

Jamie se quedó quieto, sus ojos grises encontrando los suyos, suplicantes.

—Esto. Quiero más de esto.

—¿A qué te refieres? —preguntó Jamie, sus palabras amortiguadas por la mano de Theo.

—Que esto es por lo que te quería aquí hoy. Llevas toda la semana apagado, pero esta noche, por primera vez en estos días, pareces tú mismo de nuevo.

Jamie pareció buscar algo en la cara de Theo. ¿Sinceridad? Si era eso, no la debió de encontrar.

Theo le pasó los dedos por los labios.

—Pero todavía no has sonreído. Y necesito verte sonreír.

Theo sintió la sonrisa de Jamie deslizarse entre sus dedos. No podía verla a través de su mano, pero estaba ahí. En la repentina profundidad de sus ojos, en la leve arruguita que se le marcaba, en la forma en que su pómulo se elevaba y rozaba sus pestañas.

—Un sobresaliente para el señor Jamie Cooper.

Jamie se movió un poco y el roce contra su entrepierna hizo que Theo lo liberara.

—Quítate de encima o Cam se pondrá celosa, ya sabes...

Jamie se enderezó en sus patines y se mantuvo en pie usando el freno. A Theo le llevó un poquito más hacer lo mismo.

Por el rabillo del ojo, Theo vio a Cam yendo hacia ellos.

—Cam —dijo Theo alegremente—, ¿damos unas vueltas juntos? Jamie, quédate con Leone, ¿vale? Yo creo que puedes manejarte si es una distancia pequeña.

Jamie se fue hacia los asientos y no miró atrás.

Theo cogió de la mano a Cam y la apretó fuerte, como si así pudiera parar el temblor que le recorría el cuerpo.

Hacía mucho que no se acostaba con nadie. Eso era todo.

Cualquier cosa que le rozara conseguiría la misma reacción.

Dieron una vuelta sin hablar. En la segunda vuelta, cuando empezó a sonar la siguiente canción Theo sonrió y dijo:

—Esta la he puesto por ti.

Arrugando la cara mientras escuchaba, Cam preguntó:

—¿King Africa?

—*El camaleón*.

Una pequeña sonrisa iluminó su cara.

—Qué dulce, Theo.

Patinaron otra canción antes de que Cam los parara a ambos en medio de la pista, en el mismo lugar en el que Jamie se había caído encima de él. Le sonrió. De forma rápida y pesarosa. Theo se preparó para recibir malas noticias.

—Mira, me lo he pasado bien esta noche…

Él se rio.

—Pero… —continuó Theo sabiendo lo que venía.

—Pero no creo que debamos repetir.

Pues ya estaba. Cogió aire, su orgullo herido. Cam miró a Leone y Jamie, se mordió el labio y se encogió de hombros.

—No pareces estar por mí y me gustaría salir con alguien que sí lo esté.

Theo se metió las manos en los bolsillos.

—Ha sido mi primera cita en bastante tiempo, supongo que estoy oxidado.

—Se te da mejor de lo que crees, pero… —Hizo un gesto señalando a ambos—, no creo que sea conmigo con quien debas salir.

Theo no sabía qué decir. Era verdad que no había habido chispa, a pesar que de que Cam sí que le gustaba.

—Espero que encuentres a ese alguien especial. Eres genial.

Cam se puso de puntillas en sus patines y le dio un beso en la mejilla.

—Lo mismo te digo, Theo.

«No sería mala idea que te secaras el pelo y te pusieras una capa más de ropa. Hace frío ahí fuera».

Jamie a Theo en un día que hacía un frío del carajo.

Capítulo Diez

Una semana después de preparar un puré de patata con carne picada y berenjena chiclosa que Leone escupió y que Jamie tragó como pudo, Theo cogió un resfriado.

Fue su culpa. Jamie le había dicho que se secara el pelo y se abrigara más antes de salir a la calle, y tendría que haberle escuchado, pero Theo estaba rebelde ese día y salió igual, pretendiendo no sentir el frío.

Ahora sí lo sentía. Le goteaba la nariz, le dolía la garganta y tenía una tos que amenazaba con delatarlo.

Estaba tumbado en el sofá, escondido tras el último capítulo de su libro de Economía. Leone estaba en la butaca de al lado, escuchando un libro con los cascos puestos mientras Jamie cortaba y echaba cantidades ingentes de verduras en una olla.

Theo se hizo con otro clínex y discretamente se sonó la nariz tras su libro. Joder, le dolía todo. Y, ¿era él o hacía un frío horrible en la casa?

Cogió la manta que había en el respaldo del sofá y se cubrió su cuerpo tembloroso. No había nada sospechoso en ello, todos usaban la manta de vez en cuando.

Se apoyó el manual en la cara, dando la bienvenida tanto a la oscuridad como a la presión en la frente.

Oyó cómo Jamie dejaba de cortar, su teléfono sonando al ritmo de la canción de cabecera de *Freakonomics*.

Cada vez que Theo oía el tono, empezada a tararear o a repiquetear con los dedos hasta que Jamie se le unía, pero esta noche lo único que quería era taparse los oídos y hacer que parara.

Jamie contestó, su voz grave mucho más relajante que la musiquilla. Puto dolor de cabeza.

—Sean, ¿qué tal? Iré a casa la semana que viene, como habíamos quedado… Estoy haciendo sopa…

A Theo se le hizo la boca agua y le salió un gemido que, por suerte, no se convirtió en esa tos que hacía que le picara la garganta.

—¿Te puedo llamar luego? —dijo Jamie al teléfono—. Tengo que arrastrar a cierto cabezota a la cama.

Theo se quedó muy quieto y poco a poco empezó a quitarse el libro de la cara. Miró a Jamie, que le estaba devolviendo la mirada mientras colgaba el teléfono.

—¿Cuánto tiempo más vas a seguir ahí tumbado sufriendo? —le preguntó Jamie.

Theo quería responderle, tener esa última palabra que tan a menudo buscaba. En su lugar, una tos de pecho resonó por toda la habitación. Su hermana saltó de su asiento.

—Joder, Theo, ¿estás bien? —preguntó Leone quitándose los cascos.

No, no, y mil veces no.

—Estará bien —le dijo Jamie a Leone mientras servía sopa en un cuenco. Con calma, pero con firmeza, añadió—: Theo, a la cama, ahora te llevo esto.

Por una vez, Theo obedeció. Incluso murmuró un «gracias» cuando Jamie, de forma sigilosa, entró en su habitación llevando una bandeja con sopa, una botella de agua y unos analgésicos.

—Vas a decir que me lo advertiste, ¿verdad? —el sonido de su garganta tratando de hacer salir las palabras era patético.

—Es que te lo advertí.

Theo intentó una sonrisilla de suficiencia, pero solo le salió una especie de mueca.

—Que siempre tengas razón es como una patada en el culo.

Jamie dejó caer los brazos que hasta ahora había mantenido cruzados y se metió las manos en los bolsillos. Mirando a Theo con cara de preocupación, dijo:

—Tómate la sopa y duerme un poco.

—Qué suerte que esta noche hubiera sopa de cena, ¿eh? —comentó Theo metiendo la cuchara en el cuenco.

Jamie salió de la habitación y Theo pudo oír como decía:

—La suerte no ha tenido nada que ver.

—¿PUEDO SENTARME AQUÍ CONTIGO?

El martes por la tarde, tras tres días de autoinducida cuarentena, Theo se arrastró fuera de la cama. Se afeitó, se duchó y se puso la ropa limpia que Leone había doblado y Jamie le había llevado a su cuarto. Su hermana había salido a tomar café con una amiga.

Theo oyó como Jamie llegaba a casa y subía a su habitación, así que aprovechando que estaba mejor, decidió subir con él. Estaba aburrido y quería saber qué tal le había ido a Jamie con su tutor. Además, otra pregunta le había estado rondando la cabeza: ¿para que querría Jamie el comodín de «verdad o reto»? ¿Qué quería que Theo admitiera o hiciera que no pudiera simplemente pedir o preguntar?

Jamie hizo girar la silla de su escritorio para mirar a Theo que se encontraba en la puerta y, señalándole la butaca, le dijo:

—Claro, siéntate.

Theo pasó de largo la butaca y se tiró en la cama, estirándose sobre la manta de color marrón rojizo. Se colocó una suave almohada debajo de la cabeza y sonrió mientras miraba lo que había puesto Jamie en la pared: Tres láminas enmarcadas de *El Traje nuevo del emperador*.

Todo lo que había en el cuarto de Jamie parecía que estaba ahí para quedarse y eso le gustaba.

Se le escapó una pequeña tos. Creía que Jamie estaría muy concentrado en lo que estaba haciendo como para darse cuenta, o importarle, pero dejó de teclear, le pasó una caja de pañuelos y le acercó la papelera a la cama.

Theo cogió la caja de clínex mientras Jamie se agachaba y le tocaba la frente.

—Me encuentro mejor —dijo mirando hacia arriba y encontrando la cara cansada de su extutor—, solo estoy aburrido.

Jamie hizo un sonido de asentimiento y le quitó la mano de la frente de forma apresurada, como dándose cuenta de que ya había comprobado que no tenía fiebre y no necesitaba mantenerla ahí.

Theo lo siguió con la mirada mientras volvía a su mesa y se sentaba. Tras un rato observando la pantalla de su portátil con cara de póker, miró a Theo de reojo, cerró el ordenador y se dirigió a la estantería.

Cuando se volvió hacia él, tenía en las manos una caja con varios juegos.

—¿Damas, ajedrez, parchís? —le preguntó Jamie.

Theo se incorporó y se apoyó contra el cabecero mientras Jamie se sentaba en el centro de la cama con la caja.

—También hay una baraja —dijo Theo—. Voto porque juguemos a Burro.

Barajaron y repartieron las cartas, poniendo los montones en el tablero de ajedrez, que usarían a modo de mesa.

Theo tenía la manía de hablar antes y pensar después, pero esa habilidad hoy brillaba por su ausencia y, por alguna razón que se le escapaba, estaba nervioso y no se atrevía a preguntar por lo de «verdad o reto».

Bueno, tampoco estaba *tan* nervioso.

Su rey ante la jota de Jamie, el diez con un cinco, un ocho para la reina.

Inhaló, exhaló y lo que le salió fue:

—Me gustan las láminas que has puesto.

—Quiero poner un par más en esa pared —dijo Jamie señalando la pared que se encontraba tras Theo.

—¿Del mismo estilo?

—No, no tiene por qué.

Theo tenía un par de dibujos por ahí que quedarían bien encima del cabecero.

—Dentro de poco es tu cumpleaños.

Jamie, que iba a levantar una carta, hizo una pausa y dijo, con el dedo aún apoyado en el montón:

—El veintidós de marzo, ¿debería mantener la pared libre hasta entonces?

—O podrías pretender que no tenías ni idea de por qué lo preguntaba.

—Lo esperaré con ganas.

Continuaron jugando sin que saliera ninguna carta del mismo valor.

Aunque en algún momento tendría que pasar.

—Las vacaciones de primavera están al caer —dijo Theo fallando de nuevo en decir aquello que le estaba quitando el sueño por las noches—, ¿sigue en pie lo de llevarnos a casa?

—Claro.

Salieron dos ases y Theo golpeó el tablero. La mano de Jamie siguió a la suya, haciéndole sentir su cálido y sólido peso.

—¿Por qué me gustará tanto ganarte? —dijo Theo moviendo los dedos bajo de la palma de Jamie.

Cuando iba a sacar la mano, Jamie afianzó su agarre.

—¿Qué tal si jugamos a algo que no puedas ganar?

—Eso es una provocación.

—¿Aceptas el desafío?

Ese desafío, sí; el de «verdad o reto», no tanto.

Jamie levantó la mano y la colocó de otra forma, dejando libres los dedos pulgares de ambos.

—¿Estás insinuando que hagamos un pulso chino? — preguntó Theo a Jamie, cuyos ojos brillaron a modo de respuesta—. Pues empecemos.

Juntos empezaron a entonar la rima que acompaña al juego, moviendo sus pulgares al compás.

El pulgar de Jamie embistió contra el de Theo, que dijo:

—Espera un momento. Antes de luchar, nuestros dedos tienen que saludarse y besarse.

Jamie le dirigió una mirada penetrante y Theo pudo notar que tragaba con dificultad.

Sonriendo, continuó:

—Pues sí, señor Jamie Cooper, parece que sé algo de este juego.

Inclinó su pulgar y esperó a que Jamie hiciera lo mismo. Las yemas de sus dedos rozándose en un beso preguerra. El toque ligero de Jamie le hizo cosquillas y sintió la carne de gallina extenderse por todo su brazo.

Pero fue un beso efímero y, tan pronto como Jamie levantó su pulgar, comenzó la guerra. Los dos eran bastante buenos, pero Jamie —maldito él— era mejor. No importaba lo que Theo soltara por la boca, rogando a su pulgar que aplastara al de Jamie, este era más fuerte, más rápido, mejor. Theo intentó hasta hacerse el muerto, pero no hubo manera. Jamie le ganó cada vez.

Sintiéndose vencido —tanto en el juego como en relación a esa pregunta que no se atrevía hacer—, Theo dejó caer la mano y se recostó contra el cabecero. Jamie diría que estaba haciendo pucheros, y puede que fuera verdad.

—Es porque tienes la mano más grande.

—Poco más, y tú eres más rápido; solo que no lo suficiente.

—Es que sigo malo —dijo Theo forzando una tos—. Si no, te hubiera machacado.

—Déjalo Theo, déjame ganar esta vez.

Theo permaneció unos momentos en silencio antes de estirar el pie y dar un golpecito a Jamie en la rodilla.

—Está bien. Has ganado limpiamente. Eres el amo. Me inclinaré ante ti ahora y por siempre.

—Pues ahora que hemos dejado eso claro, ¿qué te parece un viajecito al supermercado?

~

THEO ESTABA METIENDO EN EL FRIGORÍFICO UNA CANTIDAD inmensa de cosas verdes. Habían hecho la compra semanal hoy porque Jamie quería ir el sábado por la mañana a jugar al bádminton con unos compañeros de la universidad.

Ni siquiera había sugerido que Theo fuera con ellos.

Y no es que Theo quisiera volver a pasar por la vergüenza de la otra vez, pero aun así.

Leone, que ya había vuelto de su café, había cogido a Jamie por banda y le estaba contando algo moviendo tanto las manos que ya le había dado un par de golpes en la barbilla.

Theo siguió sacando la compra, pero se paró en seco al sacar de la bolsa el tarro de mantequilla de cacahuete *sin* trozos.

Entrecerró los ojos. ¡Qué mamón! Eso era la guerra.

Así que buscó por los armarios una bolsa de cacahuetes salados, abrió el tarro, sacó un poco de su contenido y lo mezcló el resto con los cacahuetes. Cerró el tarro y, como si nunca hubiera roto un plato en su vida, lo devolvió a su estante.

«Chúpese esa, señor Jamie Cooper».

—TE LO VOY A EXPLICAR COMO SI FUERAS TONTO —DIJO JAMIE —, para que lo entiendas.

Theo le lanzó el paño de cocina a la cara.

—A veces me gustaría que tu madre te hubiera devuelto y se hubiera quedado con el pájaro que te trajo.

—Se llama cigüeña, Theo, y de verdad que creo que Darwin no sabría qué hacer contigo.

Theo tironeó del cinturón del delantal que Jamie había enganchado alrededor de las cinturas de ambos.

—¿Tenías que apretarlo tanto?

—Sí.

Theo gruño y miró con mala cara la berenjena que tenían en la tabla de cortar frente a ellos. Jamie había sugerido que la hicieran a la parmesana para Leone y, aunque Theo le había dicho que con unas «meras instrucciones» le valdría para hacerlo, Jamie había insistido en ayudarlo.

Theo estaba empezando a odiar la verdura morada.

El teléfono de Jamie empezó a sonar al ritmo de *Freakonomics* y Theo olvidó por un momento que Jamie le cabreaba mucho y empezó a dar palmaditas en la encimera al compás de la canción.

Para hacer feliz a Theo, Jamie dejó que el móvil sonara un poco más de la cuenta antes de contestar.

—Mamá, ¿cómo estás?

—Ey, señora Cooper —dijo Theo en voz alta—, dígale a su hijo que me libere de mi encarcelamiento.

Jamie se rio y le indicó que terminara de cortar la otra berenjena.

—No le tendría encadenado si no usara siempre la horrible excusa de irse al baño para librarse de cocinar.

—Sigo enfermo —dijo Theo fingiendo una tos mientras se cubría la boca con el brazo.

—Entonces, no querrás postre —le contestó Jamie.

—¿Hay postre? Pues, ¿sabes qué? Que me estoy empezando a sentir mucho mejor.

Dirigiéndose a su madre, Jamie dijo:

—*Sip*, así siempre... Ajá... no preguntes, no lo sé.

—Pero, ¿cómo? —interrumpió Theo—, ¿es que hay algo que no sepas?

Exasperado, Jamie agarró a Theo por la nuca y le dio un apretón.

Theo se giró hacia él y, sonriendo, se acercó al teléfono diciendo:

—Se tendría que haber quedado con la cigüeña.

Leone entró en la habitación y se tiró en la butaca, poniéndose las gafas de sol en el pelo y apretándose el puente de la nariz.

—Te llamo luego, mamá.

En cuanto Jamie colgó, Theo preguntó:

—¿Estás bien, hermanita?

—Sí, bien, pero es que… —Se sacó un sobre de debajo del brazo y lo puso en la mesita de café—. El otro día me encontré con Derek y me dijo que las invitaciones estarían al llegar. Y, bueno, parece que el día ha llegado.

Theo tiró del nudo que le unía a Jamie y, esta vez, sí lo liberó. Una vez libre, se acercó a Leone, sentándose en el brazo de la butaca. El sobre era color crema, con relieves dorados. Lo cogió.

Y ahí estaba. La invitación oficial.

—Sabes que podemos cambiar de opinión y no ir —dijo Theo.

—¿Cómo si fuéramos unos cobardes? De eso nada. Vamos a ir y vamos a ir acompañados.

Como el entrometido que era, Jamie no pudo contenerse y preguntó:

—¿Acompañados?

—Sí —contestó Leone—. Y tú vas a ser uno de los acompañantes.

No el romanticismo que Theo hubiera esperado de su hermana, pero era directo y al grano. A él, le valía.

—Espero que bailes mejor de lo que patinas —le dijo Theo a Jamie—, porque necesitamos mostrar al mundo que Derek y Sam ya no nos importan.

—¿Te vale con que sepa bailar el vals?

—Más que de sobra.

—Adjudicado, entonces. Iré contigo.

Leone se rio.

—¿Qué? —preguntó Theo.

—Nada. Es que… da igual. Jamie, vas a necesitar una chaqueta elegante. Tú también, Theo.

—Cruzaremos ese puente cuando la boda esté más cerca.

Leone se recostó en la butaca, su coleta colgando del respaldo y dijo:

—Tengo hambre.

126

Jamie dirigió una intencionada mirada a Theo mientras ponía una lechuga en la tabla de cortar y contestaba:

—La cena está casi lista.

Theo le sonrió mientras, una vez más, se escaqueaba al baño.

—La naturaleza me llama.

«¡Nunca una clase de economía fue tan divertida!».

Theo al mundo, porque durante cinco minutos, fue verdad.

Capítulo Once

—Theo, ¿puedes venir un segundo?

Theo entró en la cocina con los brazos aún levantados en pleno estiramiento, el olor a café y pan tostado haciendo que le sonaran las tripas.

—¿Qué es esto? —preguntó Jamie.

Y ahí fue cuando Theo se dio cuenta. Dos tostadas con crema de cacahuete yacían en un plato negro junto a un tarro abierto. Un cuchillo lleno de mantequilla con trozos de cacahuete apuntando en su dirección.

Theo paró a una pulgada del cuchillo y, pasando su dedo índice por la superficie, se llevó parte de la crema a la boca.

—Delicioso —dijo lamiéndose el dedo de forma teatral con un insinuante «*mmm*».

Jamie parpadeó despacio y, después, negó con la cabeza.

Theo sonrió y cogió el último trocito que quedaba en el cuchillo.

—O apuntas eso hacia otro lado, o le pones más de esta delicia.

Jamie dejó el cuchillo entre sus dos tostadas y dijo:

—Ya me has ganado dos veces en el tema de la mantequilla de cacahuete. No habrá una tercera.

Theo miró la crema en su dedo.

—Yo tampoco creo que deba haber una tercera vez. Creo que deberías ceder y aprender a valorar el *crunchy*.

Y entonces, actuando por inercia, Theo cerró la distancia entre ambos y puso su dedo lleno de mantequilla en los labios de Jamie.

Para su sorpresa, este entreabrió la boca y Theo aprovechó esa ventaja para deslizar su dedo pegajoso por su labio inferior.

Su respiración le acarició los dedos y cuando empezaba a retirar la mano, Jamie le agarró por la muñeca, fijándolo donde estaba. Sus miradas se encontraron, la de Jamie tan oscura e intensa que Theo sintió un escalofrío recorrerle desde la cabeza hasta los pies.

Un calor húmedo se ciñó sobre el dedo de Theo cuando Jamie lamió de él la mantequilla de cacahuete. Sus dientes le rasparon la piel antes de que Jamie se retirara haciendo un ruido sonoro con los labios.

Theo se quedó mirándolo, inmóvil.

—Me has lamido el dedo.

—No. Te he *chupado* el dedo. ¿Sigues queriendo obligarme a que coma mantequilla *crunchy* de tu mano?

Theo no contestó. En su lugar se giró y se apoyó en la encimera, tratando de recobrar el aliento.

—¿Sabes qué, Jamie? Esa ha sido la tercera ronda. Y la has ganado.

Jamie se rio, sacó la mermelada del frigorífico y siguió haciéndose el desayuno como si nada hubiera pasado.

Y es que no había pasado nada.

Esto era lo que hacían los mejores amigos, lo que pasaba era que Theo nunca había tenido la suerte de experimentar este grado de cercanía, por mucho que lo había anhelado.

Se quedó mirando los dedos de Jamie mientras este cogía la tostada y le daba un mordisco. Jamie lo pilló mirando y le dijo:

—¿Quieres un poco de esto?

—Sí —dijo Theo cogiendo la rebanada que quedaba en el plato. Pero no estaba hablando de la tostada—, sí que quiero.

LA HORA A LA QUE TUVIERON QUE LEVANTARSE PARA SALIR DE viaje a Minneapolis fue criminal.

Las cinco y media de la mañana sería buena hora para gallos con sobrepeso, o para sacar las vacas a pastar, pero no para un leo bostezante y legañoso.

Y, aun así, dejó que Jamie lo sacara de la cama y lo arrastrara hasta el coche.

Leone, maldita fuera ella, era todo alegría y optimismo charlando con Jamie mientras salían de Pittsburgh.

A Theo no le apetecía formar parte de la animada conversación y cerró los ojos. Entre la risa de su hermana, la vibración del coche y el sonido de la voz de Jamie, se volvió a quedar dormido.

Pararon en la primera área de descanso que encontraron y Theo se lanzó a por las galletitas de queso. Jamie le dijo que él y su «lío de migas» salieran del coche. Theo se rio. Le daba igual. Salir y estirar las piernas no era mala idea. Comieron galletitas y los sándwiches vegetales que había preparado Jamie, levantándose vete tú a saber a qué hora para ello.

Jamie quería seguir conduciendo y, con él al volante, continuaron unas horas más escuchando música ochentera y debatiendo sobre los méritos económicos de la música.

Cuando el sol empezaba a caer, pararon para echar gasolina y, una vez hubieron repostado, Jamie no se dirigió hacia el lado del conductor si no que, en su lugar, se paró frente a la puerta del copiloto y abriéndola, dijo:

—Sabes conducir, ¿no?

Theo se quitó el cinturón.

—¿Estás de broma? Me encanta conducir.

No tenía coche porque necesitaba el dinero para la universidad, pero disfrutaba mucho conduciendo.

Theo se puso al volante. Era casi de la misma altura que Jamie, por lo que no necesitó mover el asiento, que aún notaba caliente, ni ajustar los espejos. Así que, con una mano en las marchas, salió dando un acelerón.

El sistema de navegación iba dándole directrices, pero

Theo se sabía el camino. Les quedaban otras cinco horas para llegar a casa.

Jamie bostezó, masculló algo como que Theo le despertara si necesitaba algo y se quedó dormido, dejando caer la cabeza hacia abajo. A Theo le costaba mucho más relajarse cuando era otra persona la que iba al volante, así que era agradable saber que Jamie confiaba en él lo suficiente para quedarse dormido tan rápidamente.

Fue hablando bajito con Leone durante una hora más, hasta que el movimiento del coche la hizo sucumbir también a ella y se quedó dormida. Mantuvo la conducción lo más suave que pudo, esperando que Jamie y su hermana durmieran tanto como pudieran.

Theo observó a Jamie con su cabeza recostada hacia atrás. Parecía más joven, casi vulnerable y una repentina necesidad de protegerlo le invadió, haciéndole apretar el volante con fuerza y disminuir la velocidad hasta el mínimo permitido.

Al ir más despacio tuvo tiempo de pensar en el maldito comodín de «verdad o reto» y en el reciente episodio de Jamie chupándole el dedo, lo que a su vez le llevó otra vez a la pista de patinaje y a cuando estaban los dos en el suelo…

Theo empezó a contar las matrículas de los coches que pasaban y el número de carteles anunciando McDonald's.

Jamie y Leone seguían dormidos cuando Wisconsin les dio la bienvenida con un fuerte granizo.

Los limpiaparabrisas no daban abasto mientras el coche iba sorteando profundos charcos. Theo esperaba que el cielo se despejara pronto, pero la lluvia pareció empeorar, convirtiéndose en aguacero.

Estaban a horas de Minneapolis y se estaba poniendo muy oscuro.

—¿Jamie?

Jamie se movió un poco.

—¿Hmm?

—No parece que vaya a dejar de llover.

Jamie se frotó los ojos, miró por la ventanilla y silbó. Levantando el teléfono que estaban usando como navegador, dijo:

—Coge la siguiente salida. Vamos a dar la vuelta.

Theo no hizo preguntas, simplemente siguió las indicaciones y salió por donde le dijeron.

Jamie se llevó el teléfono a la oreja y tras unos segundos, sonrió.

—Hola, mamá. Cambio de planes: voy a casa esta noche y llevo a Theo y Leone conmigo. Sí, eso sería estupendo. Estamos a unos veinte minutos. Nos vemos ahora.

Theo se apoyó en el respaldo, estirando los brazos contra el volante.

—Es buena idea.

—Yo creo que sí —dijo Jamie—. En la rotonda coge la segunda salida. Mañana os llevaré a Minneapolis.

—¿A tu madre no le importará este cambio de planes de última hora?

—Qué va y mi hermana no llega hasta mañana, así que su habitación está libre.

—Genial. —Theo tamborileó los dedos contra el volante —. No sé por qué no pensamos en esto desde el principio. No puedo esperar para ver cómo creció el señor Jamie Cooper.

—Lo único que quieres es cotillear mis álbumes de fotos y putearme lo que queda de año.

Por un lado, eso era exactamente lo que Theo pretendía.

Pero por otro…

—No lo haré, a no ser que tú me enseñes las fotos por voluntad propia.

Theo sintió la mirada de Jamie sobre él y se mordió el labio. Nervioso, empezó a juguetear con la radio hasta dejarla en una emisora de noticias.

—No me importa —dijo Jamie encogiéndose de hombros —. Vas a ver fotos mías por toda la casa y, además, eso me da carta blanca para cuando te deje yo en la tuya.

—Joder, pues mi madre te soltaría cada detalle que quisieras saber a los cinco minutos de haber entrado por la puerta.

Leone bostezó en el asiento de atrás.

—¿Estamos en un lavado de coches?

—Ojalá —Theo le dio el parte meteorológico—. Debe-ríamos llamar a mamá y decírselo.

—Voy —contestó su hermana, que en segundos tenía el móvil en manos libres.

—Leone, qué alegría saber de ti —dijo su madre—, justo ahora estaba pensando en llamaros para ver cómo ibais. He visto en las noticias que está diluviando en varias zonas de Wisconsin y eso, unido a mi horóscopo de hoy, había empe-zado a asustarme. Vuestro padre me dijo que me diera un baño y me relajara, pero no me quedaban sales de lavanda y esas son las únicas que me funcionan para los nervios.

—Hola, mamá —dijo Theo lo bastante alto para que su madre lo oyera.

Leone siguió hablando:

—Estamos bien, pero en lo del temporal tienes razón. No llegaremos a casa esta noche.

—Pues ese debe de ser el «cambio de planes» previsto para hoy. Me lo tomaré como algo bueno y, además, quiero que mis leos estén a salvo. Tomaros el tiempo que necesitéis, pero hacedme saber dónde os quedaréis.

Fue Jamie quien contestó a eso, dándole no solo la direc-ción, sino también el número del teléfono fijo de su casa.

—Te llamaremos después de desayunar, antes de salir de viaje otra vez.

—Espero que ahora sí te puedas relajar, mami.

—Creo que estaré bien, cielos míos. Gracias por llamarme y, ah…, antes de colgar, he estado leyendo vuestro horóscopo de hoy y creo que podríais encontrar esto interesante…

—Adiós, mamá —dijo Theo esperando que Leone pillara la indirecta y colgara.

Pero no lo hizo.

—Aunque el día de hoy pueda no estar yendo perfecta-mente, hay muchas cosas que os pueden poner una sonrisa en la cara. Sentimientos que necesitan ser expresados están saliendo a la superficie y, como estáis solteros, ahora sería un buen momento para llamar la atención de alguien…

Theo cambió de emisora y subió el volumen de la radio,

ahogando la voz de su madre y el horóscopo. Miró a Jamie quien, a su vez, lo estaba mirando.

—¿Qué? No estoy siendo más maleducado de lo que suelo ser con mi querida madre.

—No era eso lo que estaba pensando —dijo Jamie, bajando el volumen. Leone había quitado el manos libres y tenía el teléfono en la oreja.

—¿Qué estabas pensando, entonces?

Jamie le indicó que cogiera la siguiente salida y tardó tanto en contestar que Theo sospechó que no era eso lo que iba a decir en un principio.

—Tu madre es de lo que no hay.

—Es que quiere a sus leos hasta el infinito.

Y Theo creía que no tardaría mucho en querer a ese aries.

PASARON BOSQUES, PRADOS Y HASTA UN ESTABLO ANTES DE llegar a casa de Jamie. Llovía un poco menos, pero, aun eso, acabaron calando el interior de la granja estilo victoriano donde vivían los Cooper.

—Compartirás habitación con Jamie, ¿no? —dijo la señora Cooper una vez les dio la bienvenida.

Era más bajita de lo que Theo había esperado. Le llegaba a la barbilla. Pero, en cuanto levantó la vista, quedó claro de donde venían los ojos grises de Jamie. También tenía el mismo pelo rubio, solo que ella empezaba a tener las sienes canosas. La constitución alta y fuerte de Jamie debía de venir de su familia paterna.

—Gracias, señora Cooper —dijo Theo cogiendo del brazo a Leone—, pero preferiría quedarme con Leone. Es un sitio nuevo y, si duermo con ella, será más fácil echarle una mano.

Theo le dio un apretón a su hermana en el hombro.

La señora Cooper se dirigió entonces a Jamie:

—Tanto tu cama como la de Danielle están hechas. Enséñale a tus amigos dónde pueden dejar sus cosas. —Sonrió a Theo y Leone, dedicándoles a ambos una mirada curiosa—.

Familiarizaos con la casa y luego podéis pasaros por la cocina para que hablemos un rato.

Y, tras decir eso, se retiró.

Jamie les guio escaleras arriba hacia los dormitorios.

—Hay veinte pasos de suelo enmoquetado —dijo Jaime dirigiéndose a Leone—. La primera puerta a la izquierda es el baño y la segunda un armario. Si sigues andando, la tercera puerta que te encuentras es el despacho de mi padre. La primera puerta a la derecha, casi en frente del baño, es la habitación de Danielle, la vuestra por esta noche. Mi habitación es la siguiente y, salvo por las fotos colgadas en las paredes, no hay obstáculos en el pasillo.

Theo y Leone siguieron a Jamie hasta la habitación de Danielle, que era una fusión de moderno y victoriano decorada en tonos malvas. Era un cuarto sencillo y Leone no tendría problemas para manejarse. La cama parecía suficientemente grande para los dos.

Jamie cogió a Leone de la mano y la fue guiando y explicando, haciendo que tocara las esquinas de mesas, cajoneras, mesillas y los interruptores de la luz.

Theo estaba apoyado en la puerta, observando como Jamie explicaba a Leone todo lo que necesitaba saber. Sin condescendencia o superioridad. Ahí solo había amabilidad y respeto.

Y eso era algo que debería hacer feliz a Theo, pero lo cierto era que estaba inquieto, nervioso. No paraba de moverse.

—Voy al coche a por nuestras maletas —dijo cuando Jaime lo miro y, dándose la vuelta, se apresuró a salir.

Permaneció inmóvil bajo la lluvia más tiempo del necesario, dejando que resbalara por su cara y por su cuello, antes de coger sus cosas y subirlas a la habitación de Danielle. Dejó las maletas en el armario y les anunció que bajaba a hablar con la madre de Jamie.

La señora Cooper le recibió con delicias recién horneadas y Theo se enamoró.

—Estas galletas están buenísimas —dijo mientras se subía en un hueco que había libre en la encimera.

136

Aunque era la primera vez que venía a casa de Jamie, era como si ya conociera a esta familia. La señora Cooper trabajaba en la biblioteca local, el señor Cooper era el director de un colegio privado de élite y Danielle estaba en el último año de instituto. Y los tres eran adictos al bádminton.

Jamie le había contado muchísimas historias.

—Me han hablado mucho de ti —le dijo la señora Cooper mientras glaseaba más galletas—. Jamie cree que eres especial.

—No lo estará diciendo solo porque las madres dicen ese tipo de cosas, ¿no?

Ella se rio y dijo:

—No. Lo digo de verdad. Jamie siempre ha sido una roca, esa persona en la que apoyarse. Así que notar ahora la risa en su voz al hablar... es muy agradable.

Y ahí estaba Jamie, pasando por la cocina con Leone, guiándola hacia otra habitación.

—Será el amor.

—Eso pensaba, sí —dijo la señora Cooper—. Es algo muy bonito.

Haciendo gala de sus hoyuelos, Theo cogió otra galleta.

—Me siento como en casa —dijo Theo mientras masticaba—. Se está bien. —Y, tragando, añadió—: me veo viniendo más a menudo. Pasando los días tirado en esa mullida alfombra del salón, sintiéndome fascinado por algo en el jardín trasero en cuanto se dijera algo sobre cortar cebollas. No necesitará ayuda con eso, ¿verdad? Porque recuerde: usted me gusta.

La señora Cooper le dirigió una mirada divertida, con ese mismo brillo que solía ver en los ojos de su hijo y eso hizo que la curiosidad de Theo sobre la infancia de Jamie aumentara. Cómo este y su madre habrían compartido miradas cómplices en el barullo de las cenas de Acción de Gracias o, entre el público, en los recitales de su hermana. Era como echar un vistazo a la historia de la familia y Theo no pudo evitar imaginar esos mismos rasgos en una futura familia Cooper.

—¿Y qué opinas de pelar patatas? —preguntó la señora Cooper.

—¿Pelar patatas? Pues que es como echar un jarro de agua fría sobre mis bonitos sueños, señora Cooper.

—Llámame Penny.

—Y, dime, Penny —dijo Theo bajando de la encimera y dirigiéndose a las fotos que había en el frigorífico—, ¿este es Jamie?

—Sí, ese es mi chico.

—Pues no es tan imponente sin los dientes de arriba, ¿eh?

Oyó una risa tras él y se giró para ver a Jamie entrar en la cocina y coger una manzana de un bol con fruta.

—¿Theo siempre es así? —le preguntó la señora Cooper a su hijo.

Jamie se quedó mirándolo mientras limpiaba la manzana con la camiseta y le daba un mordisco.

—Sí.

—Me gusta —dijo ella mientras daba un golpe en la mano de Theo, que estaba intentando coger otra galleta—. ¿Qué tal si cenas algo antes?

—Así que de ahí le viene a Jamie. Siempre está machacándome con lo de comer con propiedad. —Theo dejó un poco sorprendida a la señora Cooper cuando la abrazó y le susurró al oído—: No se lo digas, porque se crecerá, pero es muy mono que se preocupe. —Se dio la vuelta hacia Jamie, que lo estaba mirando como intentando dilucidar qué había dicho y, moviendo sugerentemente las cejas, preguntó—: ¿Dónde está Leone?

—En el cuarto de Danielle, familiarizándose. Le he dicho que la recogería en diez minutos.

Theo asintió. A Leone no le gustaba que la observaran mientras hacía el reconocimiento de un lugar nuevo por primera vez.

—Voy a empezar con la cena —dijo la señora Cooper—, y tengo algunas cebollas que cortar.

Esa era la salida de Theo.

—Jamie, ¿me dices por dónde se va al jardín?

La señora Cooper se rio y, mirando a Jamie, le dijo:

—Por cierto, ha llamado Sean.

Theo paró en su huida hacia el jardín. No era asunto suyo, pero quería oírlo.

—¿Qué quería? —pregunto Jamie, cuya sonrisa se ensanchó al mirar a Theo.

—Quería saber a qué hora llegarías mañana. Le dije que los tres estabais viniendo para acá y, bueno, pues pasó lo de siempre.

¿Lo de siempre?

—Se autoinvitó a cenar —le explicó Jamie a Theo.

—Llegará en cualquier momento.

Jamie se movió hacia las ventanas de la cocina y miró hacia fuera. Theo hizo lo mismo, pero lo único que vio fue unos farolillos y las siluetas de los árboles contra el cielo.

—Si vas a ir a su encuentro, ¿podrías comprobar si Ducky tiene bien puesta la lona?

Theo siguió a Jamie hacia la puerta de atrás.

Se puso las botas de agua que Jamie le dio y salieron fuera. Un camino empedrado dividía el jardín en dos y los arbustos a ambos lados del mismo cubrían las vallas con sus hojas. Ya casi no llovía, pero el aire estaba húmedo y se le pegaba a la parte de atrás del cuello.

—¿Y por qué viene Sean por el jardín trasero? —preguntó Theo metiéndose ambas manos bajo las axilas, tratando así de combatir el frío.

—La respuesta no te va a gustar.

Eso casi hace que Theo se detenga de golpe, pero, en vez de eso, aceleró el paso y se puso a la altura de Jamie.

—No me digas que vive en un cobertizo en tu jardín o algo así.

Jamie se rio y redujo un poco el paso.

—No. Mira, no te lo había comentado porque no quería incomodarte, pero nuestra propiedad delimita con un lago.

Theo dejó de moverse. Se le cerró la garganta y el corazón le empezó a latir más deprisa. Intentó sacudirse esa sensación, porque no era como si estuviera dentro del lago. Ni sobre él. Por Dios, que no estaba ni cerca. Tenía que echarle huevos y tranquilizarse.

Intentó sonreír, pero fue una sonrisa forzada.

—Así que…, un lago.

Estaban bajo uno de los farolillos y su suave luz se derramaba sobre la cara de Jamie, que, aunque ya estaba muy cerca, se acercó aún más y le dio un apretón en el hombro, levantándole la barbilla con la otra mano.

—No tienes que venir al muelle, pero si decides hacerlo, yo estaré ahí y no dejaré que te pase nada.

—¿Eres buen nadador? —Theo odió oír el temblor en su voz. Odiaba que Jamie viera su debilidad. Odiaba que se le estuviera revolviendo el estómago y que recuerdos de aquel día estuvieran inundando su mente.

—Sí —dijo Jamie.

Y no fue un «sí» chulesco, el típico «¿a que soy el mejor?»; sino un «sí» reconfortante. Theo estaría a salvo.

Intentó que su miedo no le abrumara. Hasta ahora había evitado estar cerca de grandes cantidades de agua en la medida que le había sido posible. El hecho de ver ríos, lagos u océanos no le paralizaba, siempre que no estuviera cerca de ellos.

Y, sin embargo, al estar aquí con Jamie transmitiéndole su apoyo, lo veía de otra manera.

Un silbido hizo que ambos se giraran. Sean apareció de entre la línea de árboles con una botella de vino en las manos, sus rizos balanceándose a medida que andaba.

—Espero no estar interrumpiendo nada. —Empujó la botella de vino contra el pecho de Theo y se giró hacia Jamie para darle un abrazo—. Te veo bien, bombón.

Theo apretó con más fuerza el cuello de la botella. Si lo pensaba racionalmente, era él quien se estaba metiendo en la amistad entre Sean y Jamie y no al revés. Sean debería ser el que estuviera celoso, no Theo.

Pero es que no estaba pensando de forma racional.

Jamie dio una colleja a Sean y se rio.

—Mi madre y Leone están dentro. Yo tengo que ir a comprobar si Ducky sigue a flote.

—Tu barca está bien. Acabo de amarrar la mía justo al lado —dijo Sean retrocediendo y recolocándose la camisa.

Theo percibió un olorcillo a cítrico, diferente a la colonia que solía usar. Algún tipo de desodorante hubiera sido suficiente, pero estaba claro que Sean quería demostrar algo.

¿Quizá Theo debería advertir a Leone?

Sean empezó a andar hacia la puerta trasera.

—Vosotros volved a lo que sea que estuvierais haciendo. Yo ayudaré a Penny con la cena.

«Maldito y mil veces maldito».

Theo miró a Jamie y dijo:

—Trae vino, ayuda con la cena... no tengo ninguna posibilidad.

Jamie se acercó y con cuidado cogió la botella de su mano.

—No lo paguemos con el merlot.

Lo que fuera que hubieran compartido antes, había pasado. Theo ya no tenía intención de acercarse al lago. De hecho, seguro que Leone les estaba esperando para que alguno de los dos la acompañara. Giró en sus talones y se dirigió hacia la casa.

Jamie habló de forma titubeante a su espalda:

—¿A qué te refieres con lo de no tener ninguna posibilidad?

Theo lo miró por encima del hombro y contestó:

—De ganarme a tu madre, por supuesto.

TRAS UNA CENA Y DOS BOTELLAS DE VINO, SEAN SE FUE. Y LO hizo prometiendo llevar su bicicleta tándem a Pittsburgh para que Jamie o Theo pudieran pasear con Leone por la ciudad.

Fue uno de los muchos gestos amables que tuvo e hizo que Theo se sintiera mal por tenerle manía.

Así que, en su tercera copa de vino, decidió dejar a un lado su animosidad y dar al chico una oportunidad. Incluso fueron pareja contra Jamie y Leone jugando al Tabú mientras Penny ayudaba a Leone con las cartas.

Cuatro horas después, Leone y él yacían en la cama de Danielle jugando al tira y afloja con las sábanas y, según el último marcador: Theo ganaba en frío y Leone ya tenía el título de «acaparadora oficial de mantas».

—¡Ya basta, Theo! ¿Por qué no te vas a dormir con Jamie?

Theo soltó la manta que tenía agarrada y Leone cayó contra la almohada con un ¡puf!.

—¿Qué?

—Que te vayas a dormir con Jamie.

—Oírte, te he oído, pero es que ha parecido que lo decías en serio.

—Porque lo he dicho en serio —dijo—. Tengo más posibilidades de tropezarme contigo o con este lío de sábanas, que si estuviera sola. De hecho, estoy mejor sola.

—¿En serio?

¿De verdad estaba siendo más un estorbo que una ayuda?

La voz de Leone se suavizó al decir:

—De verdad y, además, tus pies son como cubitos de hielo. Tortura a Jamie de mi parte, ¿vale? Porque él ha sido la razón de que perdiéramos al Tabú esta noche.

Cuando su hermana lo echó, se fue por el pasillo hasta la habitación de Jamie. La luz que se dejaba ver por debajo de la puerta le decía que seguía despierto.

Theo llamó.

Tras unos segundos, Jamie le dijo bajito que pasara, su tono suave destinado a que solo él lo oyera.

Se lo encontró en la cama, bajo las sábanas, con las rodillas dobladas y un libro en su regazo. Sobre el cabecero, una lámpara lo iluminaba, confiriendo a la habitación un brillo ambarino. A diferencia del cuarto de Danielle, en el de Jamie todos los muebles eran de madera, voluptuosos, modernos y sencillos.

Encima de su escritorio había dos pósteres enmarcados. Por supuesto que estos no eran ni de grupos de música ni de deportes y eso, además, no habría hecho sonreír a Theo tanto como estaba sonriendo ahora mismo.

Se trataba de una lámina verde azulada en la que ponía «LA COMA» y, a su lado, otra de color malva que rezaba «EL

APÓSTROFE». Bajo ambos había un chiste ingenioso que a Theo le encantó.

Miró a Jamie, que seguía en la cama esperando pacientemente a que le explicara por qué se estaba colando en su cuarto en calzoncillos y camiseta interior.

—Eso no es un manual —dijo Theo en lugar de explicarse.

—Es que leo otras cosas.

Theo se movió de la alfombra donde estaba parado, en medio de la habitación, hasta la cama.

—Leone me ha echado, ¿me puedo quedar aquí contigo?

La respuesta de Jamie fue moverse hacia el borde de la cama, haciendo más sitio para él.

Un segundo después, Theo se metía en la frías y limpias sábanas diciendo:

—Así que eres fan de Murakami.

—Sí, entre otros. ¿Te molesta si dejo la luz encendida?

—La luz no, pero que leas sí. —Theo le quitó el libro y lo puso en la mesilla. Después se recostó de lado, mirando hacia él—. Se me ocurren mejores cosas qué hacer.

Jamie gimió y apagó la luz, sumergiendo la habitación en oscuridad.

—Has bebido demasiado.

—¡Oye, que no me emborracho con tres vasos de vino tinto! Solo estoy un poco achispadillo.

Las sábanas se movieron y cuando Jamie habló lo notó más cerca que antes. Theo solo podía ver el contorno oscuro de su cara en contraste con la almohada, algo más clara. Estaba mirando en su dirección.

—¿Y qué cosas son esas que dices que podríamos hacer?

—Ya sabes. —Cosas de mejores amigos, y eso—. Pasar el rato, hacer que te estremezcas.

—¿Hacer que me estremezca?

Theo recorrió con sus pies helados las piernas de Jamie, el vello de este haciéndole cosquillas. Jamie contuvo el aliento.

—¿Tienes frío?

—Calor, Theo. Mucho mucho calor.

A Theo le encantaba el sarcasmo de Jamie.

—Pues tengo para dar y tomar.

Jamie enganchó las piernas de Theo cuando este empezaba a retirarlas.

—¿Quieres unos calcetines?

—No, chuparte el calor a ti me funciona bien.

Theo se sintió mareado al sentir el pie de Jamie rozando el suyo y su respiración tan cerca de la boca.

—Hay algo que llevo tiempo queriendo preguntarte — Theo se sorprendió a sí mismo sacando el tema.

—Pregunta.

Con sus pies aún presos de los de Jamie, Theo se giró y se puso de espaldas, mirando hacia arriba, donde un rayo de luna se reflejaba en el techo.

—Aquella noche en la pista de patinaje…

—Dime.

—¿Para qué querías el comodín de «verdad o reto»?

Jamie se quedó quieto y Theo sintió la tensión en sus pies.

—Me alegro de no haberlo ganado —dijo Jamie.

—¿Para qué lo querías, entonces?

—Quería hablar contigo sobre tu miedo al agua y quería asegurarme de que me contestaras. Pero forzarte de esa manera no hubiera estado bien. Tienes que querer contármelo y, cuando lo hagas, estaré allí para escucharte.

Theo retiró los pies y se recolocó la almohada bajo la cabeza.

Primero miró hacia el rayo de luna del techo y luego enfrentó a Jamie en la oscuridad.

—La próxima vez, simplemente pregunta. Te contaría lo que fuera.

Cuando Jamie no dijo nada más, Theo le provocó:

—¿Qué pasa?, ¿no me vas a preguntar?

—Quiero que seas tú quien me lo cuente cuando estés listo. No seré yo el que pregunte.

—Fue en un campamento de verano. Yo tenía ocho años y estaba jugando en el lago. Era un niño delgaducho que nunca se metía en peleas. No sabía ni pelear ni cómo defenderme. Había un par de niños dedicándose a hacernos ahogadillas al resto, hasta que la cosa fue demasiado lejos. Me mantuvieron bajo el agua impidiéndome respirar, me ahogaba. Sufrí un espasmo en los pulmones que me hizo tragar agua y…

Theo hizo una pausa, intentando evitar que su voz se rompiera. Hablar sobre ello estaba trayendo todo de vuelta, y no solo ese día horrible, sino los años de después siendo el objeto de bromas cada vez que se negaba a meterse en una piscina.

Jamie le apretó la mano y Theo se quedó mirando sus dedos entrelazados sobre las almohadas. No tenía ni idea de cuándo había pasado. ¿Había agarrado él a Jamie o había sido al revés?

—Me asusté y se me nubló la vista. Es curioso lo rápido que dejé de luchar, viéndome invadido por una profunda pena.

Jamie susurró su nombre. Compasivo y reconfortante.

—Lo siguiente que recuerdo es estar tumbado en la orilla con una socorrista adolescente entrando en pánico y golpeándome el pecho hasta que empecé a escupir agua. Y eso es lo que pasó. Desde entonces, no he estado en nada más grande que una bañera. Todos me animaron a que superara mi miedo y aprendiera a nadar, pero…

—Hiciste lo que creíste que tenías que hacer.

—¿Y crees que debería superarlo y hacer algo al respecto?

Jamie cambió de postura y dijo:

—Creo que eres tú quien debe decidir lo que le conviene, pero eso no quiere decir que yo no pueda sugerir actividades acuáticas de vez en cuando. Puedes negarte cuantas veces quieras y te apoyaré. Y puede que un día decidas que quieres ir a por todas y eso también lo apoyaré.

—¿Solías ir a nadar de pequeño?

—Sí. Y trabajaba como socorrista en un campamento. Me gustaba nadar, pero lo que más me gustaba era remar. Tengo un pequeño barco que uso para ir al otro lado del lago a ver a Sean o para ir a la ciudad. Antes de sacarme el carnet de conducir iba así al colegio.

—¿Cuándo te sacaste el carnet de conducir?

—Casi a los dieciocho.

—Bastante tarde.

—Me encantaba remar.

—Antes, cuando me dijiste que fuera contigo al lago..., por primera vez en muchísimo tiempo, estuve tentado a hacerlo.

La respiración de Jamie cambió levemente y a Theo le pareció atisbar una sonrisa en su cara. Desenlazando sus manos unidas, la trazó con los dedos y preguntó:

—¿Y esa sonrisa?

—Está a medio camino entre sentirme orgulloso de ti, y lo orgulloso de que estoy de mí mismo.

—La vanidad no le sienta bien a tu cara.

—Puedo decantarme por una opción o por otra, ¿con cuál me quedo?

—Estate orgulloso de ti, pero no te quejes si te quito esa sonrisa vanidosa a leches.

—Pues, si las leches me las das con esos cubitos helados que tienes por pies, puedes acabar matándome.

Se rieron y la cama se movió bajo el peso de su risa.

Y ya no pudo más. A la mierda con seguir dándole vueltas o buscar el momento perfecto.

—¿Verdad o reto? —preguntó Theo haciendo que Jamie se callara durante unos segundos—. Tienes que escoger reto.

—Reto, entonces.

Una ola de náuseas lo invadió, seguida por un escalofrío que le recorrió todo el cuerpo. Acercó su cara hasta el borde de su almohada, quedando a unas pulgadas de la cara de Jamie. Su voz salió estrangulada y sin aliento.

—Te reto a que me lleves a un lago alguna otra vez.

Poco después de que Jamie prometiera que ayudaría a Theo a superar su miedo al agua, se quedaron dormidos. O, al menos, Jamie lo hizo, porque Theo no podía parar de pensar en lo que había hecho. No lo había planeado, pero tampoco iba a echarse atrás. Quería que Jamie fuera su apoyo en esto.

Puede que el que Jamie fuera profesor hacía que Theo se sintiera en buenas manos.

Por un momento, tuvo dudas. Había confiado en Sam con esta historia y solo había que ver cómo había salido la cosa. ¿Era idiota por arriesgarse a que le apuñalaran de nuevo?

Y, pensando en ello, se quedó dormido.

Se despertó cuando oyó a alguien moviéndose por la habitación. Jamie ya estaba levantado y duchado; el pelo le goteaba sobre los hombros. Ya tenía puestos unos vaqueros, pero seguía sin camiseta y la luz que se colaba por las cortinas hacía que las gotas que resbalaban por su pecho brillaran.

Theo se acomodó, apoyando la cabeza en las manos, y observó a Jamie hasta que este, sin ni siquiera mirarlo, le lanzó su toalla húmeda.

—Deja de mirarme y dúchate antes de que lo haga mi madre y te deje sin agua caliente.

Theo se levantó de la cama con un quejido y le dio con la toalla en el culo, sorprendiendo a Jamie y haciéndole saltar.

—Ahora ya estamos en paz —dijo Theo ante la media sonrisa de Jamie.

Abriendo un cajón para tomar prestada una camiseta, Theo le guiñó un ojo y le dijo:

—Esta no te la has puesto nunca.

Sacó una camiseta roja sin estrenar, que aún estaba dentro del plástico. El material era suave, de un color rojo vibrante y salpicada con unas letras negras: «JMA». Nunca había visto a Jamie de rojo y acercándose la prenda, dijo:

—No eres religioso, ¿no? ¿O me he perdido algo?

Jamie le quitó la camiseta de las manos, pero no de la manera divertida que Theo había estado esperando. Frunciéndole el ceño, volvió a meter la camiseta en el cajón, debajo de las otras.

Theo le dirigió una mirada confundida.

—No soy religioso —dijo Jamie.

—Entonces… ¿JMA es…? ¿Joven Macho Americano?

Jamie seguía mirando las camisetas.

—No me queda bien.

Theo no le creyó.

—A mí sí me quedaría bien, ¿me la dejas?

Jamie se tensó.

—O —dijo Theo señalando su torso desnudo—, puedes pasar de la camiseta y llevar puesto solo eso. Leone daría su aprobación.

Jamie pareció salir de cualquiera que fuera el trance en el que se había visto inmerso.

—Pero estoy seguro de que mi madre, no.

—Pues es una pena. Anda, dime dónde puedo encontrar una toalla seca.

«Y aquí estás tú, derrochando masculinidad».

Theo cuando vio a Jamie haciendo flexiones en el salón.

Capítulo Doce

En cuanto entraron en casa de Theo y Leone, caótica y bañada en incienso, la madre de los gemelos condujo a Jamie por un pasillo lleno de vitrinas de cristal y lo acomodó en la butaca de flores en la que Theo se hizo pis de pequeño.

Y eso fue lo primero que le dio por contar a su madre, claro. Theo se encogió de hombros. Le daba igual. Tenía cuatro años y su madre debería haberle dado otra galleta.

Cuando terminó la historia del pis, agarró a Theo y le pegó a su costado, abrazándolo fuerte, un mechón de su pelo teñido en caoba rozando la nariz de su hijo.

Su padre, que rara vez abandonaba la otra butaca estampada que tenían al otro lado del salón, junto a las orquídeas, había llamado a Leone para que se acercara a darle un abrazo. Theo iría enseguida y le daría los cigarros que le había traído de regalo.

En esos momentos, quería seguir presenciando el tercer grado al que su madre estaba sometiendo a Jamie: ¿Quién es Jamie Cooper?¿Cuál es su signo del Zodíaco? ¿Qué día y a qué hora nació? ¿Qué tres palabras usaría para definirse a sí mismo? ¿Qué tal era vivir con sus leos?.

Su madre parecía ir guardando las respuestas para más tarde y Theo estaba seguro de que le estaba costando no interrumpir.

150

También parecía estar sintiendo la conexión entre Jamie y Leone. ¿Cómo no hacerlo, ella, que era la reina de las entrometidas? Pero es que los gestos eran evidentes. Jamie había llevado las maletas de Leone hasta la puerta, donde tuvo que dejarlas para poder agarrarla del codo y evitar que se cayera cuando Theo, que era quien la acompañaba, se tropezó al entrar.

—Esta es mi pregunta favorita y puedes decirme que no es asunto mío si no quieres contestarla, pero siempre digo que no se pierde nada por preguntar.

Jamie levantó la mano que tenía en el reposabrazos de la butaca e indicándole con un dedo que procediera, dijo:

—Venga, dispara.

—Si una pitonisa pudiera decirte una sola cosa sobre el futuro, ¿qué le preguntarías?

Jamie se echó para atrás y miró primero a uno y luego al otro.

De repente, Theo sintió que hacía demasiado calor en el pequeño salón y se soltó del agarre de su madre. No sabía por qué, pero estaba nervioso por oír la respuesta de Jamie. Su madre le dijo una vez que una pregunta tan simple como esa decía mucho de una persona y que, por desgracia, muchos solo querían saber si serían ricos.

—Hay que abrir alguna ventana.

—Espera un segundo, Theo —dijo Jamie y fijó de nuevo la mirada en su madre—. Estaré encantado de responder a la pregunta, si tú y tus hijos lo hacéis también.

La sonrisa de su madre se ensanchó.

—Yo preguntaría si hay algo que pueda hacer para ayudar a mis hijos a ser felices.

Leone, que estaba escuchando desde donde estaba sentada en el regazo de su padre, intervino:

—Preguntaría por el sentido de mi vida. Para qué estoy aquí y cómo hacer mejor las cosas.

Jamie levantó una ceja mirando a Theo.

—Yo preguntaría cuándo te voy a dar una paliza al bádminton.

—¡Theo! —dijo su madre.

—No pasa nada, Crystal —dijo Jamie con una leve sacudida de cabeza que dirigió a Theo—. Preguntaría si alguna vez tendré la suerte de tener hijos.

Su madre pareció resplandecer, pero a juzgar por la mirada que Jamie estaba dirigiendo a Theo, su extutor no había dicho toda la verdad.

—Pues claro que tendrás hijos. Y será la aventura de tu vida.

El interrogatorio continuó durante la comida, hasta que su padre le dijo que dejara de acosar a «los chicos», que acababan de llegar. Theo aprovechó la oportunidad para enseñarle a Jamie la casa antes de que se fuera.

A Theo le hubiera gustado que Jamie se quedara en su casa tal y como habían planeado en un principio, pero con el contratiempo de la tormenta ya no podía ser. Se quedaría a pasar la tarde, pero quería volver a su casa antes de que su padre y Danielle llegaran. Además, quería ayudar a Sean con su próxima mudanza a Pittsburg.

El cuarto de Theo era estrecho, con una cama de matrimonio, un escritorio, una cajonera y una única ventana a la sombra de los árboles del jardín. Sobre la mesa de estudio tenía colgados los treinta y tres premios que había ganado en el instituto y las doce medallas de atletismo.

—Esto explica lo de tu necesidad del sobresaliente alto —dijo Jamie tomando asiento a un lado de la cama.

—Una vez saqué un notable. Fue el peor día de mi vida.

Jamie estaba pasmado y se le notaba en la cara.

—Bueno —dijo Theo—, pues esta era mi habitación en bachillerato, cuando nos mudamos de Pittsburg aquí.

Pero eso Jamie ya lo sabía. Lo supo cuando le preguntó por qué estudiar en «La ciudad de acero» en lugar de en Minnesota y Theo le explicó que, aunque ahora vivían en Minneapolis, habían vivido mucho tiempo en Pittsburgh y siempre había soñado con hacer la carrera allí, y cuando se mudó para hacer su sueño realidad, Leone se fue con él.

Theo le había hecho esa misma pregunta a Jamie, que por

qué no Wisconsin y la respuesta había sido simple: se mudó porque su tío era profesor allí.

—Tengo una duda… —dijo despacio Jamie, como si estuviera inseguro sobre si continuar o no—, y puedes decirme que no es asunto mío.

—No sueles ser tan evasivo. —Theo se dejó caer al lado de Jamie en la cama, tumbándose sobre ella—. Suéltalo.

Jamie giró y se puso de lado, apoyándose en un codo.

—¿Tienes muchos préstamos universitarios?

—Claro, como mi casa es una caja de cerillas comparada con la tuya tengo que tener muchos préstamos.

—Me he pasado, lo siento.

Theo se encogió de hombros y contestó:

—No había pedido ningún crédito hasta este semestre. He podido ir pagándolo con mis ahorros y el trabajo, pero, aunque me va bien con el diseño web, no es suficiente.

—Que hayas aguantado tanto por ti mismo, currándote cada céntimo, me parece admirable.

—¿Eso cree, señor Jamie Cooper?

—No lo creo, lo sé. Y tengo un título que acredita que sé de estos temas.

—¿Entiendo, entonces, que tú no tienes préstamos?

—No, pero porque mis padres me pagaron la carrera.

—¿Y ahora en el postgrado?

—Como tú, he estado ahorrando.

—Dando clase de Economía a tocapelotas malcriados como yo, ¿no?

—Exactamente.

—Esa era tu oportunidad de confesarme que te encantaba tenerme en tus clases.

—Aprendí a tolerarte y créeme cuando te digo que no fue amor a primera vista.

Theo cogió una almohada y golpeó a Jamie en la cara.

—Anda, lárgate, Leone quiere hablar contigo antes de que te vayas.

Jamie se puso la almohada entre las rodillas.

—Antes has mentido con lo de la pitonisa.

—No, no he mentido. Sí que quiero saber cuándo te voy a machacar al bádminton.

—Dime la verdad.

—Tú primero.

Jamie apretó los labios, pensativo.

—Preguntaría si después de la mala experiencia que tuve liándome con alguien con quien compartía casa, debería arriesgarme de nuevo.

Theo casi se ahoga. Por fin una admisión. Jamie se estaba planteando salir con su hermana. Algo especial estaba pasando entre ellos y ahora Theo entendía por qué les estaba costando una eternidad enrollarse.

—¿Las cosas se pusieron feas con tu ex?

—Sí.

Theo quería presionar para obtener más información, pero porque era muy cotilla. Si Jamie quería entrar en detalles, lo haría. Además, tal y como tenía que recordarse a menudo con respecto a Sam, el pasado era una mano perdida y de lo que se trataba ahora era de intentar jugar mejor tus cartas en la siguiente partida.

Y Jamie necesitaba centrarse en esta ronda.

—Te toca —dijo Jamie cediéndole la palabra.

Theo soltó una risilla nerviosa. Puede que lo que iba a admitir sonara muy cursi, pero tenía que hacerlo.

—Le preguntaría si nuestra amistad es para siempre —dijo.

¿Y por qué era tan importante que así fuera?

Debería haber dicho esto último en voz alta, pero su garganta se cerró dejando las palabras repiqueteando dentro de su pecho.

Un pesado silencio se cernió sobre ellos hasta que Jamie lo rompió diciendo algo que Theo no esperaba.

—Cierra los ojos.

Theo los cerró.

—Quiero que te imagines algo.

—Le escucho, señor Jamie Cooper.

—Estamos en el lago, sentados en mi barca. Estamos

rodeados de agua y el cielo, cada vez más negro, anuncia que llega una tormenta. No vemos tierra firme.

Theo abrió los ojos. Jamie le estaba mirando, listo para parar la descripción en cuanto Theo se lo pidiera. Abrió la boca para hacer precisamente eso, pero en su lugar se oyó a sí mismo decir:

—Continúa.

—La lluvia cae fuerte, agitando el lago, moviendo el bote.

Un escalofrío empezó a formarse en el estómago de Theo, extendiéndose hasta sus manos y pies.

—Intento remar y sacarnos de allí, pero una gran ola golpea el lateral de la barca y pierdo los remos. Desaparecen en el agua.

—Odio la imagen que me estás pintando, Jamie, pero… sigue.

—Te rodeo la cintura con mis brazos y tú te apoyas contra mi pecho. Estás temblando. Las olas mueven el bote y la marea nos eleva para dejarnos caer de forma abrupta. Los segundos parecen estirarse mientras vamos cayendo. Pero te sigo teniendo entre mis brazos y estoy preparado para lo que sea. Sobre el silbido de la tormenta te lo hago saber y tú me aprietas las manos más fuerte.

Jamie posó su mano por encima del ombligo de Theo, justo donde estaría agarrándole de ser cierta la historia. Y Theo, con los ojos cerrados, se imaginó a sí mismo en el escenario descrito por Jamie, concentrándose en el cálido cosquilleo de su toque.

—Cuando el tambaleo se intensifica —continuó Jamie—, sucumbes al miedo y el estómago se te revuelve, pero también sientes la adrenalina aumentar. El bote se eleva y cae en picado una y otra vez y una chispa de emoción recorre todo tu cuerpo. Una parte de ti quiere que las olas sean todavía más grandes para que el subidón nunca acabe.

»Así. —Jamie se acercó a él, rozando su costado y rodeándole la cintura con uno de sus brazos—. Te relajas contra mí mientras nos balanceamos en la incesante tormenta. Cuando el bote vuelca, una ola de horrible pánico te invade.

Una pausa en la historia.

—No pares.

—El miedo corre por tus venas, pero dura solo unos instantes, hasta que recuerdas que estoy ahí y que estoy preparado. Reajusto mi agarre, cogiendo tu mano.

Theo buscó la mano que Jamie tenía en su estómago y, tan pronto como la tocó, este enlazó los dedos con los suyos.

—La barca se sacude y somos lanzados en una última y excitante caída que nos sumerge en el agua.

»Por un momento, estás desorientado y el agua te empuja por todas partes. Pero yo no he dejado ir tu mano y no lo haré. Salimos a la superficie y lo primero que hago es asegurarme de que estás bien y de que respiras, y cuando estoy seguro, nadamos hacia la orilla.

—¿Y si no soy capaz de nadar?

—Entonces, seré yo quien nade por los dos.

«Seré yo quien nade por los dos». Theo se quedó sin aliento.

—Llegamos a la orilla, te llevo a casa y nos secamos.

—¿Has terminado?

—Todavía no. La próxima vez que te ofrezco salir en mi bote me dices que…

—Que sí, te digo que sí. —Theo abrió los ojos. La sonrisa de Jamie era impresionante.

—Ahí tienes tu respuesta, Theo.

Estaba a punto de preguntar a qué se refería, pero no hizo falta. El punto de esta historia era que confiaba en Jamie.

Y también podría confiar en su amistad.

—Bien jugado. Ahora mueve el culo y vete a la habitación de Leone. Según vas, mira el frigorífico. He escrito una cita en rotulador rojo cuando mi madre te estaba diciendo cómo vivir tu vida y qué hacer con las cáscaras de comino.

Era casi hora de volver a casa. A Pittsburgh.

Los pocos días en compañía de sus padres habían pasado

156

volando y ahí estaba ahora, prometiendo volver para el Cuatro de Julio. Leone había salido a pasar la tarde con sus amigas antes de volver a «La ciudad de acero», así que solo estaban Theo y su madre.

Ella estaba recogiendo los platos de la mesa, mientras él guardaba la leche en la nevera, en cuya puerta, en rotulador de pizarra rojo, seguía escrita la cita del día: «No te relajes ahora, Aries, cuando estás tan cerca de tu destino».

Y debajo de eso, con la letra de Jamie: «¡Estaré atento, señora Wallace!»

Llevaba días allí. A Theo le gustaba mirarla y saber que el dueño de esa letra estaba a unas horas de distancia, haciendo lo que fuera que estuviera haciendo en su rincón del mundo.

—¿Necesitas dinero? —le preguntó su madre mientras ponía el lavavajillas.

Parecía que este fin de semana no podía escapar de su... tirantez financiera.

—Ahora con el préstamo estoy bien. La putada va a ser devolverlo, pero lo tengo bajo control.

—Ojalá pudiera ayudarte más —dijo su madre apoyándose contra el lavavajillas y mirándolo con cara de pena.

—Me has dado mucho ya. —Theo le pasó un brazo alrededor del cuello y le dio un beso en la mejilla. —Además, tengo créditos suficientes para terminar mi doble licenciatura al final del verano.

—Pero te conozco y sé que quieres hacer un máster, como tu hermana.

—Si decido hacerlo, puedo pedir un pequeño préstamo. De verdad que lo tengo mucho más fácil que otros estudiantes.

Su madre pareció conformarse.

—¿Y cuándo tienes pensado graduarte?

—Tenemos la opción de hacerlo en diciembre. Leone también pensaba graduarse en esas fechas y así solo tendríais que venir a Pittsburg una vez.

—Lo que más te convenga, mi amor. El camino estará lleno de vueltas y giros.

—Sería agradable tener un GPS para la vida, ¿verdad?

—Los horóscopos son eso. Pero incluso con ellos, hay que echar mano del sentido común o podrías acabar en un callejón sin salida.

Theo la achuchó en un fuerte abrazo y dijo:

—Subscríbeme a tu boletín cuatrimestral.

«Creo que, si fuera más ancha, el chorro saldría con más fuerza».

Theo, sujetando la alcachofa de la ducha. ¡Mierda!

Capítulo Trece

En los cuatro días que llevaban en Pittsburgh, Sean ya les había dejado allí su bicicleta tándem y se había autoinvitado a cenar. Dos veces. Las tardes de bádminton eran el nuevo pasatiempo y, aunque Leone había rogado que la dejaran fuera, Theo sí que jugaba, a pesar de su complicada relación con las plumas.

Jamie había vuelto a su rutina de llevarlos en coche, ir a la oficina, trabajar, cocinar e ir a jugar. Leone era la única capaz de distraerlo, poniéndole música *dance* y haciendo que bailara con ella por toda la habitación.

Bueno, no era la única.

Por las noches, cuando cada uno estaba en su cama y en la casa reinaba el silencio, Theo había empezado a mandar mensajes cortos a Jamie vía chat.

Theo: Alacama.

Jamie: Si no tuviera tantas ganas de darte las buenas noches, te mandaría a la mierda.

Theo: Buenas noches.

~

THEO NO HABÍA DEJADO DE PENSAR EN EL MOMENTO compartido en su cuarto de Minneapolis; la historia del lago, de Jamie estando ahí para él, prometiéndole una amistad para siempre.

Y eso hacía que lo que tenía que decirle fuera duro (aunque sencillo al mismo tiempo). Pero, al fin y al cabo, lo que Theo quería era que Jamie fuera feliz.

El jueves por la mañana, Theo vagaba por la cocina en pantalón corto y camiseta, listo para salir a correr y para finalmente decir lo que tenía que decir. Pasó por delante de Jamie, que estaba preparando los sándwiches para ese día, y abrió la boca.

Pero en lugar de hablar, fingió un bostezo.

Tras beber agua, se dirigió a la mesita de café para estirar las piernas. «Dilo y punto».

En el iPad de Jamie sonaba altísimo la canción de cabecera de *Freakonomics* y Theo sonrió al ver que Jamie seguía el ritmo con el cuchillo de cortar el pan.

Y eso fue lo que hizo que a Theo le saliera la voz.

—Respecto a lo de arriesgarte en el tema de los compañeros de piso…

Jamie levantó la cabeza de forma abrupta y parpadeó, como sorprendido de que Theo hubiera sacado el tema.

—¿Perdona?

—Dale otra oportunidad. Si no lo haces, te arrepentirás.

Jamie se tomó su tiempo mirándolo. Después, bajó el volumen de su *podcast* y habló con calma:

—¿No sería pedirte demasiado?

Ya era hora de superar estos celos raros y darle a Jamie luz verde. Y además, ¿de dónde había salido esta vena posesiva?

Jamie continuó:

—¿No será raro?

¿Se estaría refiriendo a él tirándose a su hermana? Porque no estaba encantado con imaginarles juntos, pero le encantaba ver a Jamie feliz.

—Lo bueno de esta casa victoriana es que tiene las paredes muy sólidas. —Tragó con fuerza—. Da el primer paso.

—Me daba la impresión de que la amistad era más importante que el romance.

—Y lo es, pero ¿por qué no tener ambos?

—No estaba seguro de si lanzarme o no.

—¿Pero es que estás ciego? ¿No has visto las señales?

—Pues no creí que fuera yo el ciego en esta relación, pero sí, he visto las señales. —Jamie lo miró con intensidad—. Tenías que venir y soltarlo así, ¿no?

—Llevo semanas esperando. Estaba empezando a impacientarme.

Una sonrisa tonta cruzó la cara de Jamie.

—¿Así que soy yo el que tiene que dar el primer paso?

Una puerta se abrió y la mujer en cuestión apareció vistiendo una falda lápiz gris carbón, con una chaqueta a conjunto y una blusa color melocotón. Tenía el pelo recogido en la parte superior de la cabeza y una sonrisa en la cara.

—¡Buenos días! Qué bien huele a café —dijo—, dame.

Jamie le sirvió una taza.

Theo dijo:

—La respuesta a tu pregunta es sí. Y hazlo memorable.

—Hasta ahora, toda la experiencia está siéndolo.

—Pues sigue así y, sí, te estoy presionando.

Y es que Leone se merecía todo el romance del mundo.

Su hermana aceptó el café que Jamie le ofrecía con un suspiro de felicidad.

—Ahora mismo te besaría. —Y, gimiendo, dio un buen sorbo.

Theo se pasó un brazo por encima de la cabeza y se agarró el codo, estirando el bíceps.

Desde la habitación de Leone se oyó su teléfono sonar y su hermana se dirigió con su taza hacia el sonido.

Jamie metió una manzana en cada bolsa del almuerzo y miró de nuevo a Theo con una expresión de evidente satisfacción.

—¿No te ibas?

Theo siguió el movimiento del dedo de Jamie y miró hacia

abajo, hacia su ropa de correr. Oh. Quería que Theo se fuera ya para obrar su magia.

—Ah, vale, adiós, ¿nos vemos para un café luego?

—Con explicación de economía incluida, ¿no?

—Cómo me conoces.

Leone salió de su habitación con el teléfono en su oreja y Theo le dirigió a Jamie sus hoyuelos a modo de «buena suerte».

Según se iba oyó a Jamie murmurar:

—Me encanta lo *memorable*.

THEO TUVO QUE CANCELAR LO DEL CAFÉ.

La tienda donde había llevado unos dibujos a enmarcar no había terminado de hacerlo cuando llegó a recogerlos, por lo que tendría que volver a por ellos por la tarde.

Así que, en lugar de su entretenido café con Jamie, Theo fue a por los cuadros y corriendo a casa a envolverlos, antes de que volviera. Leone estaba allí con un invitado.

—Sean —dijo Theo—, qué placer tenerte aquí.

—Acostúmbrate a mi cara porque voy a venir un montón.

—Pues haz algo útil y pásame las tijeras.

Sean se quedó callado cuando vio los bocetos.

—¿Crees que le gustarán? —preguntó Theo.

—Le gustarán.

—¿Y entonces por qué estás frunciendo el ceño?

—Por nada. —contestó Sean, ayudándole a envolver los cuadros y sugiriendo esconderlos bajo el sofá.

—Dame tu número —dijo Theo sacudiendo su móvil como si con eso fuera a conseguir que la batería se cargara sola.

Mientras lo ponía a cargar en el enchufe de la cocina, Sean le dio su número y Theo le mandó un mensaje para que se quedara con el suyo.

Theo: ¿Te quedas a cenar?

—Esta noche, no —dijo Sean—. Tengo una cita por Skype.

—¿Y a qué hora vendrás mañana?

—A no ser que Leone y tú hayáis aprendido a hacer tortitas, a la hora del desayuno.

—Entonces, nos vemos para desayunar.

Sean se fue a buscar a Leone, que había desaparecido de su vista, y Theo escucho trocitos de su conversación. Algo sobre Sean queriendo repetir el paseo en bici.

Jamie llegó a casa. Se quitó la cartera, la dejó en la mesita de café y se dejó caer en el sofá.

—Se nota que te has perdido nuestra hora del café. Y en más de un sentido —dijo Theo.

Jamie le hizo señas para que se acercara. Theo apartó la cartera y se sentó en la mesita.

Jamie se echó hacia delante, con los brazos apoyados en las rodillas, emanando más energía de la que parecía tener segundos antes.

—Theo...

Leone y Sean aparecieron y, a juzgar por la sonrisa de su hermana, había vuelto a poner al rubio en su lugar.

Jamie murmuró:

—Está bien que quedemos todos, pero me gustaría algo de tiempo a solas. A solas los dos.

Theo forzó una sonrisa.

—Lo capto. ¿Vas a proponer una cena para esta noche?

Sean tenía lo de su Skype y Theo... bueno, a Theo le vendría bien ir a la biblioteca y estudiar.

—¿Esta noche? —dijo Jamie.

—No se me ocurre mejor manera de empezar tu año número veinticuatro.

—Cumplo veinticuatro, así que lo que estaré empezando será mi año número veinticinco.

—Suerte en tu cita.

Jamie se rio, se levantó del sofá, dijo adiós a Sean y desapareció escaleras arriba. Theo salió de casa con Sean.

—¿Te vas con él? —preguntó Leone a su hermano.

—Me voy al *palacio de los libros*. Tengo un par de trabajos para los que investigar. Temas de diseño. —Dio media vuelta y abrazó a su hermana—. Que tengas… —La voz se le quebró y Theo lo disimuló con una risita—. Que tengas una noche estupenda.

THEO NO LLEGÓ MUY LEJOS EN LA BIBLIOTECA.

En la entrada, oyó una voz familiar diciendo su nombre y se giró para ver a dos rubios sonrientes dirigiéndose a él. Ben —un poco más bajo que Kyle— soltó su mochila contra el pecho de su novio y tiró de Theo para darle un rápido abrazo.

—Qué curioso, justo ahora estábamos hablando de ti.

Theo se apartó y se reajustó la correa de su cartera, que le estaba oprimiendo el cuello.

—Miedo me da preguntar.

Por favor que no tuviera nada que ver con él y Sam.

—Bueno, estábamos hablando de tu madre, que viene a ser lo mismo.

—Permíteme que ahí discrepe.

Kyle se rio y le dio un golpe cariñoso a Ben en la parte de atrás de la cabeza.

—Lo que mi novio quiere decir es que tu madre nos ha mandado nuestro horóscopo cuatrimestral.

Theo gimió. No tenía ni idea de que estaban suscritos. Normalmente, los únicos que se atrevían a hacerlo eran sus estudiantes de arte dramático.

—¿Desde hace cuánto os los manda? —les preguntó apartándose un poco del camino para permitir que la gente con más interés que ellos en estudiar entrara en la biblioteca.

—Desde primero, cuando vino de visita.

Theo se negaba creerlo. Ben se lo había tenido muy callado.

—¿Y los seguís leyendo?

—Sagitario hoy tiene que dedicar su energía a otros y Leo se va a llevar una sorpresa —Ben susurró algo a su novio y

165

luego le dijo a Theo—: ¿Quieres venir a tomar algo con nosotros al bar de la esquina?

La verdad era que Theo no se sentía capaz de abrir un libro. Estaba en el lugar físico perfecto para hacerlo, pero no en el mental. Bastante le había costado ya llegar hasta allí. Cuando se había bajado del autobús, había buscado el móvil en su cartera y se había cagado en todo al darse cuenta de que se lo había dejado cargando en casa.

Lo que le había llevado a imaginarse a Leone y a Jamie en su cita.

La voz de Ben fue la que lo sacó de esos pensamientos.

—Una copa suena perfecto.

El bar era de aspecto antiguo y estilo rústico. Tenía una pared llena de latas viejas y lámparas colgantes sobre las mesas. Theo se lanzó al asiento de una de las cabinas y Kyle se sentó en el lado opuesto, con la espalda apoyada en la pared y una pierna flexionada sobre lsu asiento.

Ben, de pie ante ellos, deslizó su mirada por Kyle con un fruncimiento de labios.

—Ya invito yo a esta ronda. ¿Qué bebes?

—Whisky. Doble, sin hielo.

Kyle suspiró mientras Ben se iba hacia la barra, la multitud en la pista de baile absorbiéndole a mitad de camino.

—¿Cómo cojones he podido tener tanta suerte?

—Si descubres el secreto, por favor, comparte.

Kyle se daba golpecitos en la rodilla al ritmo de la música *country* que sonaba.

—Antes de estar con él yo era un cretino, ¿sabes cómo nos conocimos?

—No.

—Tenía diecinueve años y estaba sin dinero en un bar como este. Mis amigos habían conseguido apiñarse todos en un taxi mientras yo estaba en el baño y necesitaba pasta para volver a la residencia. —Una leve sonrisa—. Solo había una cosa que pudiera hacer: miré hacia la barra y vi a un tío bueno con un *Tequila Sunrise* que parecía estar solo. Le di una palmada en la espalda con un sugerente: «Ey, tío, soy yo, Kyle. Hacía muchísimo que no nos veíamos». Casi me dio pena verle pensar de qué coño me conocía. Ya te he dicho que era un cretino, ¿no? Pero luego sonrió y me dio un suave puñetazo en el brazo soltando un: «Sí, mucho tiempo, ¿cómo te va?». Y así empezó la historia. Después, le pedí dinero prestado. ¿Y sabes qué pasó?

—¿Que te mandó a la mierda?

—No, tiene un corazón de oro, pero también es muy listo. Me puso un billete de diez en la mano, me acercó a él y me susurró: «Encantado de conocerte, Kyle». Luego se perdió entre una horda de estudiantes tambaleantes y me dejó ahí, de piedra.

—¿Te estaba siguiendo el rollo desde el principio, entonces?

—Durante toda la semana siguiente le di vueltas a ese momento y me sentí como una mierda por haberle utilizado. Quería devolverle el dinero y disculparme, pero no tenía su número, solo pistas de dónde podría encontrarlo. Con un poco de creatividad, logré hacerlo.

—¿Y ya está? —preguntó Theo divertido—. ¿Os hicisteis pareja?

Kyle se rio.

—*Nop*. Le llevó un tiempo darse cuenta de que quería un pedacito de mí.

—¿Y eso por qué?

—Soy demisexual.

La respuesta llegó desde atrás y fue el chico en cuestión quien respondió. Ben colocó los dos *whiskies* y un *Tequila Sunrise* en la mesa y se sentó al lado de Theo.

Theo cogió su *whiskey*.

—¿Demisexual?

Ben se encogió de hombros.

—Te lo voy a resumir: soy un amante emocional. No me pongo cachondo hasta que no llego a conocer a la persona. Y, bueno, esa persona me tiene que gustar, claro.

—Y yo le gusto. ¿Ves? —Kyle se dio un golpe en el pecho —. Soy un hijo de puta con suerte.

Se sonrieron el uno al otro como si estuvieran reviviendo un recuerdo.

Theo dio un trago enorme a su whisky. Estaba claro que el universo se lo estaba restregando por la cara.

Estudió el bar. Todo el mundo parecía estar aquí con alguien. Otro trago de whisky.

Ben le dio un codazo en el costado.

—Estás bebiendo como si estuvieras viendo a Sam en la pista de baile, ¿deberíamos comprar una botella?

—Tentador —dijo Theo, pero negó con la cabeza. No podía beber más que un par de copas esta noche. Jamie no se merecía que estuviera resacoso en su desayuno de cumpleaños.

—Así que… —empezó Ben—. ¿Nos lo vas a contar?

—No hay nada qué contar.

—Si cambias de opinión, aquí estamos.

Theo suspiró. La cosa es que estaba… triste. Como si el hecho de que Leone y Jamie se enrollaran significara que Jamie ya no le iba a necesitar tanto. Le gustaba el lazo que les unía y perderlo… Pero quizá estaba enfocando mal la situación. Quizá el universo no le estaba restregando el amor por la cara, sino que lo que estaba haciendo era enseñarle una cara mejor de esa amistad.

El siguiente trago de *whiskey* fue más corto.

—¿Alguno de vosotros juega al bádminton? —preguntó y, cuando Kyle asintió, Theo sonrió—. Pues tengo un favor que pedirte.

«Tengo una lista superlarga de cosas que hacer. Solo necesito a alguien que la haga por mí».

Theo procrastinando durante la cena.

Capítulo Catorce

Era casi medianoche cuando Theo volvió a casa.

Armó un poco de jaleo al entrar, tirando las llaves a propósito, maldiciendo y sacudiendo el pomo de la puerta. Eso debería darles tiempo suficiente para adecentarse.

Abrió la puerta poco a poco. No había luces encendidas.

Quizá estuvieran en la cama. Jamie tenía demasiada clase como para tener sexo en la primera cita, así que lo más probable era que Theo no tuviera que poner la música alta cuando llegara a su dormitorio.

Se quitó los zapatos con cuidado y colgó la chaqueta. No se molestó en encender la luz al cruzar sigilosamente el salón hacia su cuarto. No tenía especial interés en sacarles de sus respectivas habitaciones.

Cerró su puerta con cuidado, dejó salir un suspiro de alivio y, girándose, le dio al interruptor de la luz.

Un movimiento llamó su atención y Theo dio un chillido. La cartera se le escurrió del hombro, y cayó al suelo.

Jamie estaba tumbado en su cama bajo un manto de oscuridad.

—Casi me provocas un puto infarto. ¿Qué narices estás haciendo aquí?

Jamie bajó de la cama y se dirigió hacia él, iluminado por el reflejo de la luna que entraba por la ventana.

—Llevo aquí un rato, esperando. Pensando en la mejor manera de hacer esto.

—¿La mejor manera de hacer qué?

—Dejar algo perfectamente claro.

Todo pasó demasiado deprisa.

Jamie se movió hacia Theo, empujándolo con fuerza contra la puerta y apretándose contra él, pecho con pecho, una pierna colándose entre las suyas y ajustándose contra su ingle. Jamie le pasó una mano por el pelo y puso la otra en la curva de su cuello, presionando el pulgar contra su pulso acelerado. Y, cuando lo besó, Theo solo tuvo tiempo de emitir un gemido de sorpresa.

Un torbellino de sensaciones llevó a Theo a sujetarse contra la puerta, las palmas de sus manos presionando contra la superficie de madera. La boca firme y cálida de Jamie provocándolo y haciendo que, de forma instintiva, separara los labios. Eso hizo que Jamie gimiera, bajo y profundo y la vibración le hizo cosquillas en los labios. Sentir en su barbilla la aspereza de la barba de tres días de Jamie era algo extraño para él y miles de escalofríos empezaron a bajarle por el cuello, concentrándose donde Jamie le estaba acariciando con el pulgar.

Jamie se apartó y con tono disgustado, dijo:

—Soy gay, Theo.

Theo se llevó los dedos a su boca hinchada. El beso seguía resonando en su labio inferior, pero su cerebro aún no estaba al corriente de lo que pasaba.

—No, no lo eres.

—Lo soy.

—No lo eres.

—De verdad que Darwin no hubiera sabido qué hacer contigo.

—No puedes serlo.

Un gruñido de frustración.

—Esto no es como lo de la mantequilla de cacahuete. No puedes meterme cacahuetes y hacerme crujiente. Soy gay.

—Ahí hay buen material para hacer un chiste. —Aunque

eso tendría que esperar porque, en esos momentos, su cerebro seguía procesándolo—. ¿En serio? ¿Eres gay?

—Te estrangularía —dijo entre dientes.

—Ponte a la cola, yo mismo me estrangularía. —Y, tras eso, porque le salió solo, añadió—: ¿así que eres gay?

—Necesitas que te bese otra vez, ¿no?

Theo se detuvo y dejó caer los dedos con los que aún estaba acariciándose los labios.

—Estoy confuso.

—No me digas.

—Pero yo creía que… Leone y tú…

Jamie se cruzó de brazos.

—Esta noche me he dado cuenta de lo que pensabas, créeme.

—Pero has estado coqueteando con ella desde el principio.

Una risa seca.

—Leone es increíble y nos llevamos muy bien, pero con quien estaba coqueteando era contigo.

—¿En serio?

—Estoy empezando a poner en duda todos esos sobresalientes altos que has sacado en tu vida.

—Yo también. —Theo frunció el ceño—. Pero es que ni me planteé…, simplemente asumí que tú… Mierda. Deberías haberme dicho que eras gay cuando nos conocimos.

—«Hola, Theo, soy Jamie, soy gay». No. Ser gay no define quién soy. Creí que mis acciones ponían de manifiesto que me sentía atraído por ti. —Dejó caer los brazos y se sentó al borde de la cama.

—¿Me encuentras atractivo? —Theo no pudo evitar la nota de placer en su voz. Los cumplidos siempre sentaban muy bien a su ego. Al fin y al cabo, era leo.

Jamie dejó escapar una risa ahogada.

—Pero qué mono eres… He querido llevarte a la cama desde la primera tutoría, Theo, desde que pusiste los pies en la mesa y gritaste KISS.

Theo no estaba seguro de qué pensar, pero tenía el cuerpo entero en tensión. De repente, era muy consciente de su respiración, de que seguía tragando con dificultad y del leve rastro de excitación que el beso le había dejado.

No se veía capaz de apartarse de la puerta, así que apoyó la cabeza en ella.

—Confundí tu coqueteo con amistad —dijo suavemente—. He tenido amigos antes, pero ninguno como tú. Creí que era, que es, especial.

Jamie levantó la vista.

—Y lo es. Esa es una de las razones por las que dudaba si dar el paso. Quiero comértela hasta dejarte sin sentido, aunque veo complicado dejarte con menos sentido del que pareces tener ahora mismo, pero no quiero perder nuestra amistad.

Theo se rio.

—¿Una de las razones? Está la del compañero de piso y, ¿qué más?

—Eras…, y para ser honesto, sigues siéndolo, muy difícil de leer. Cuando dijiste que tenías una cita con una chica, me sorprendió. Creo que, como tú, di por hecho muchas cosas. —Hizo una mueca—. Quizá deberías haberme dicho que eras hetero cuando nos conocimos.

—Vale, me lo tengo merecido. Pero sí, salgo con chicas.

—Me disculparía por lo del beso, pero considéralo como una venganza por intentarme liar con tu hermana. A quien, por cierto, no le gusto. ¿Qué te poseyó para que quisieras enrollarnos?

—Habíamos quedado en buscarnos pareja el uno al otro para la boda de Derek y Sam. Y tú llegaste a nuestra vida, encantador y cabal, y pensé: «Pues sí, este chico merece la pena».

Jamie se levantó y caminó hacia Theo, indicándole que se retirara de la puerta.

—Gracias por el cumplido.

—Pues tengo otro —dijo Theo sin moverse de donde estaba.

—A ver, ¿cuál?

—Besas muy bien.

Jamie levantó una ceja.

—No soy homofóbico.

—No creí que lo fueras.

—Tampoco soy un reprimido sexual. Me ponen un montón de cosas.

Jamie cerró los ojos y se tocó la entrepierna.

—Ahora mismo eso no ayuda, chico hetero.

—Es que… no me imagino a mí mismo enamorándome de otro tío.

Una vez más, Jamie hizo amago de irse y esta vez Theo giró el pomo y abrió la puerta para él. Una ráfaga de aire abanicó la cara acalorada de Theo, su acalorado cuello, su… acalorado todo.

—Buenas noches, Theo —dijo Jamie mientras salía. No miró atrás, pero sus palabras se hicieron oír por encima de su hombro—. Y nadie ha dicho nada de enamorarse.

HABÍA MUCHO POTENCIAL PARA QUE SE DIERA UNA SITUACIÓN incómoda.

Theo se podría haber sentido raro alrededor de Jamie y sentir cierto recelo de que fuera gay y quisiera hacer guarradas con él.

Jamie se podría haber sentido expuesto y avergonzado tras reconocer la verdad, deseando no haber dicho nunca nada.

El potencial para que las cosas se pusieran raras estaba ahí.

Pero nada de eso pasó.

A la mañana siguiente, Theo entró en la cocina, donde Sean estaba haciendo tortitas. Tatareando la canción de *Freakonomics* se sirvió una taza de café recién hecho. Había dormido como un tronco y, tras una larga ducha, se sentía más animado.

El cumpleañero bajó las escaleras bien pasadas las ocho con una camisa con las mangas subidas hasta los codos y pantalones gris oscuro. Se acercó a Theo como si nada y le quitó el café, y Theo pudo atisbar una leve sonrisa antes de que ocultara los labios tras la taza.

—Si cuesta tan poco hacerte feliz —dijo Theo arrastrando las palabras—, no me hubiera molestado comprándote regalos.

Sean dio la vuelta a una tortita y arrastró a Jamie hasta él para darle un abrazo de lado. Un poco de café cayó al suelo y Theo, que estaba cerca del rollo de papel de cocina, tiró varias servilletas al suelo y se puso de pie sobre ellas.

—¡Felicidades, bombón! —dijo Sean. Theo se tensó durante un segundo y luego lo dejó pasar. Más o menos—. Leone, Jamie se ha levantado.

Leone, vestida para la ocasión con un abrigo sin mangas y vaqueros, llegó al salón con el teléfono presionado en la oreja.

—Mamá, te paso con Jamie.

Theo levantó el papel de cocina empapado y lo tiró a la basura.

Con el teléfono entre la oreja y el hombro Jamie se acercó a Sean y cogió una tortita directamente de la sartén. Hizo malabarismos con ella hasta que dejó de quemarle los dedos y le dio un buen mordisco. Theo lo miró. Las tortitas no eran el desayuno habitual de Jamie y, como si le leyera la mente, tapó el altavoz del teléfono y dijo:

—La clave está en la moderación, Theo. Me gusta darme algún capricho de vez en cuando.

Theo recogió la mandíbula que parecía habérsele caído al suelo y ayudó a poner la mesa.

—Tu madre dice que buenos días y que te llamará luego —dijo Jamie dejándose caer en su silla habitual al lado de la ventana.

Theo siguió poniendo platos, cubiertos, vasos y servilletas de «Feliz cumpleaños».

—Podría acostumbrarme a que me sirvan así —dijo Jamie—. ¿Y qué decías sobre unos regalos? Tráemelos.

Era como si la noche anterior nunca hubiera ocurrido.

Theo dio un repaso a Jamie, observando cómo se inclinaba cómodamente en su silla e hizo una pausa en su boca, donde una miga de tortita descansaba en el arco de su labio superior.

Jamie ladeó la cabeza.

—Por curiosidad —dijo Theo cambiando su peso de un pie a otro—, ¿Sean y tú…?

Jamie no pareció sorprendido.

—¿Que si estuvimos juntos? No.

—¿Y tú no…?

—¿Que si no estuve colado por él durante todo un año en el instituto? ¿Acaso no le has visto?

—Y…

—¿Que si lo superé porque es heterosexual? La respuesta también es sí.

Theo extendió los brazos en un gesto de exasperación.

—¿Qué estoy pensando ahora, *bombón*?

Jamie se rio.

—Soy un bombón y lo sabes. No me gusta especialmente que me llame así, pero tampoco me molesta tanto como para decirle que pare, a no ser que… te moleste a ti.

Theo se alejó de la mesa enseñándole el dedo corazón. Cogió los regalos de debajo del sofá y Jamie, bastante pagado de sí mismo, le quitó los paquetes de las manos.

—No tengo ni idea de lo que serán.

Se merecía una colleja, así que Theo se la dio.

—Me da igual que sea tu cumpleaños, que sepas que tengo más de donde vino esa.

Theo dio la vuelta a una silla y se sentó a horcajadas, apoyando los brazos en el respaldo.

Jamie quitó el papel de regalo con cuidado y su pose de indiferencia y superioridad cayó en cuanto vio los dibujos en blanco y negro. Un rugiente Leo y un Aries embistiendo, ambos enmarcados en madera oscura. Jamie repasó la melena del león con un dedo.

—Gracias, Theo, son… de sobresaliente alto.

Con mucho cuidado, dejó los dibujos en el alféizar de la ventana y agarró el respaldo de la silla de Theo, empujándola hacia él hasta ponerla a dos patas.

—Tira un poco más y caeré catapultado en tu regazo.

—¿Y ese es tu argumento para disuadirme?

Vale, Theo se merecía esa.

Se quedó mirando la boca de Jamie. Necesitaba recapacitar sobre esta nueva situación, porque las imágenes que se recreaban en su cabeza eran extrañamente excitantes, pero el astuto fruncimiento de labios de Jamie lo trajo de vuelta a la tierra.

—No soy gay —dijo.

—No he dicho que lo seas.

—Pero lo piensas.

Jamie se inclinó hacia adelante, bajando la voz hasta que se convirtió en un susurro.

—Estoy pensando que eres leo.

—¿Y eso qué significa?

—Ya sabes lo que dicen sobre los gatos y su curiosidad.

Theo soltó una carcajada echando la cabeza hacia atrás.

—Me está matando, señor Jamie Cooper. Matándome.

—Eso pretendo.

Sean se coló entre ambos, con un plato repleto de tortitas. Lo puso en el centro de la mesa y después puso las manos en los hombros de Jamie y Theo.

—Siéntate, Leone —dijo—. El desayuno está en la mesa.

«Si quieres entender el Principio de escasez, solo tienes que buscar verduras en la nevera cuando tu hermano haya hecho la compra».

Jamie a Leone y a un Theo ceñudo.

Capítulo Quince

Theo tenía que hacer dos trabajos para el viernes y se estaba quedando en la biblioteca casi todas las noches.

El jueves ya había terminado uno de ellos, pero el otro le estaba costando. Su planteamiento económico sobre el sistema de sanidad podría conseguir un notable, pero a su argumento le faltaba algo, más análisis.

Se arrastró hasta casa a las once y se pasó por la habitación de Leone. Ahora que ya no le estaba leyendo el libro pasaban menos tiempo juntos.

—Te echo de menos —dijo Theo y se dejó caer en la cama. Leone paró su audiolibro y se apoyó en el cabecero.

—¿Qué te pasa? —le preguntó ella.

—Tengo que rehacer mi trabajo. La he cagado en algo. — Se lo había mandado a Jamie por si existía la más remota posibilidad de que le diera su opinión, pero había esperado hasta el último momento para enviárselo y ahora veía complicado que pudiera echarle un ojo. Y menos teniendo en cuenta que le habían encargado una clase de última hora y necesitaría todo su tiempo para prepararla—, pero dame dos minutos más procrastinando aquí contigo.

—¿Hago té? Es probable que el agua siga aún caliente. Acabo de oír a Jamie haciéndose uno hace nada.

Theo negó con la cabeza. Se preguntó si Jamie se lo

179

bebería templado, olvidado a un lado de su escritorio hasta dentro de un rato.

—¿Sabías que era gay? —preguntó Theo.

—Vale.

¿«Vale»? ¿Qué significaba eso? ¿No debería estar cabreada porque el chico que le gustaba no la correspondiera?

—¿Qué más quieres que diga? —dijo Leone.

—No sé, ¿que es una pena?

—Y, ¿por qué es una pena? Jamie es maravilloso...

—¡Porque te gusta!

—¿Quién dice que me guste?

—Tengo ojos.

—¡Pues ven menos que los míos! Sospeché que era gay desde el principio. ¿Cómo es posible que no lo hayas notado tal y como se comporta contigo?

Sus mejillas se encendieron y dio gracias a que Leone no pudiera verlo.

—¿Por qué no me lo dijiste?

—No era yo quien debía hacerlo.

Eso le hizo callar y despertó una punzada de culpa en su interior.

—Ya —masculló Theo moviéndose como si eso pudiera mitigar esa ansiedad creciendo dentro de él—, pues no va a poder ser tu pareja para la boda.

THEO PASÓ OTROS VEINTE MINUTOS CON LEONE, ANTES DE desearle buenas noches y dejarla. Se planteó subir al cuarto de Jamie, pero, en su lugar, decidió arrastrarse hasta su habitación.

Ya dentro de la cama, con su portátil y su libro de economía, comprobó su correo. Nada.

Abrió de nuevo su trabajo, varias páginas web de consulta y el libro.

En el sistema de atención sanitaria no había medios suficientes para cubrir todas las necesidades médicas, así que el ensayo que estaba haciendo detallaba los costes de oportunidad que tendría el determinar qué necesidades eran satisfechas y cuáles no.

Uno de los criterios más importantes, de cara a la asignación de medios, era la eficiencia; ya fuera técnica, económica o social. Pero estaba pasando algo por alto.

Con un gruñido de frustración, lanzó el libro de economía a través de la habitación. Se levantó a recogerlo y lo encajó de mala manera en la estantería. Estaba cansado, pero sería incapaz de dormir hasta que el trabajo estuviera bien hecho.

¡Ding!

Theo volvió a la cama y comprobó su buzón de entrada.

Jamie: ¿Qué es todo ese jaleo?

Theo: ¿Te he despertado?

Jamie: No. Estaba leyendo tu ensayo.

Theo: *gime* Venga, suéltalo.

Jamie: Ahora te mando mis notas.

Theo: Es de notable, ¿verdad?

Jamie: Estás pasando por alto la equidad.

Theo: ¡EQUIDAD!

Jamie: Sí.

Theo: Ese ruido soy yo golpeándome la cabeza contra la pared. Equidad, pues claro. La gente valorará más la justicia en los servicios sanitarios que en relación a cualquier otro bien.

Jamie: Pero es complicado medir qué es justo y qué no lo es. Y ahí es donde se pone interesante. Un consejo: mira a ver si ante una misma necesidad hay un acceso similar y quizá podrías contrastarlo con otras definiciones de equidad.

Theo: ¿Tales como utilidad y disposición a pagar?

Jamie: Y ahí está tu sobresaliente. Mándame el borrador cuando lo acabes.

Theo: Podría tardar una hora.

Jamie: Voy a repasar mi clase una vez más y luego me daré una ducha. Lo leeré antes de acostarme.

Theo: Ahora mismo te besaría.

Jamie: Pues ya sabes donde estoy.

Theo: Que la ducha sea fría, Jamie.

TRAS UNA TARDE AGOTADORA EN LA PISTA DE BÁDMINTON CON Kyle, Theo volvió a casa y se dio una más que merecida ducha. Levantó la cara hacia el chorro de agua y se aclaró el jabón del cuerpo, retirando los restos de espuma de su polla. Una liberación rapidita le vendría bien.

Empuñó su polla, que se iba endureciendo rápidamente, y cerró los ojos imaginando que el agarre húmedo de su mano era una boca succionándole y mirándolo con unos ojos grises llenos de lujuria.

Theo abrió los ojos de forma abrupta. Esos eran los ojos de Jamie. La boca de Jamie. La lengua de Jamie.

¡Mierda! La imagen hizo que le palpitara la polla. Se acarició más rápido, imaginándose a Jamie de rodillas delante de él, metiéndosela hasta la garganta.

Se quedó sin aliento mientras disparaba fuerte contra los azulejos blancos. Su cuerpo tembló al visualizar a Jamie tragándolo todo, saboreándolo, sonriéndole de esa forma engreída suya. «La curiosidad, Leo».

Theo soltó una risa temblorosa y se apoyó contra la pared de la ducha hasta que logró reponerse. Vale. Eso había sido interesante.

Se vistió y se tiró en el sofá. Una extraña sensación de vacío reinaba en la casa con Leone fuera con su club de lectura y Jamie por ahí con Sean.

No sabía bien qué hacer. Su momento en la ducha invadió su mente una vez más y sacudió la cabeza. Joder, tenía que encontrar algo que le distrajera.

Para cenar se hizo una *pizza* al horno y solo para entretenerse terminó varias webs pendientes. Pero a las 20:30 ya había acabado y estaba de brazos cruzados.

Canalizando a su Jamie interior, hizo la colada antes de que la situación se volviera crítica e incluso pasó el aspirador por el salón.

Cuando ordenaba su escritorio, encontró un rotulador de pizarra y colándose en el baño de Jamie, lo destapó, escribió una cita en el espejo y salió. Se quedó mirando la habitación de Jamie, fijándose en los dibujos enmarcados y... A tomar por culo. Se tiró a la cama de Jamie, se colocó una almohada bajo la cabeza y empezó a escribir.

Theo: ¿Qué haces?

No pasó mucho tiempo antes de que su teléfono sonara.

Jamie: Estoy en un bar.

Theo: ¿Y no me has invitado?

Jamie: Es un bar gay, ¿quieres venir?

Theo: ¿Eso significa que tengo que dejar tu cama?

Jamie: ¿Estás en mi cama?

183

Theo: *Sip.*

Jamie: Creo que necesito otra copa.

Theo: ¿El señor Jamie Cooper bebiendo? Mándame la dirección, esto tengo que verlo.

Una hora más tarde, Theo llegaba a un edificio de piedra con unas enormes puertas de madera y un letrero luminoso en el que se leía KRAVE. Grupos de gente se paseaban por la acera fumando. ¿Serían todos gais? ¿Importaba? Se bajó la fina sudadera que llevaba debajo de su chaqueta ajustada y que se le había subido en el movidito trayecto en autobús.

«Deja de mirar todo con cara de idiota y entra».

Theo cuadró los hombros y entró con paso firme.

No había tíos frotándose en la pista de baile, como había estado esperando. De hecho, casi todo el mundo estaba sentado en mesas, charlando entre pintas de cerveza. El sitio estaba tranquilo y medio vacío, pero es que todavía era temprano. Había gente sentada en taburetes en la barra, lanzando miradas furtivas alrededor, pero todo era mucho más discreto de lo que se había imaginado.

Era casi decepcionante.

Una mano firme le palmeó la espalda y Theo se giró para ver a un sonriente Sean.

—No podías darme una noche a solas con mi amigo, ¿eh?

—¿Veintitantos años a solas con él no han sido suficientes para ti?

Sean señaló el bar con el dedo.

—¿*Whiskey*?

—Un refresco. Esta noche no voy a beber.

—Y yo aquí esperando que te dieras otro homenaje de whisky.

—Tómate tu tiempo pidiendo, Sean.

Cada uno se fue por un lado. Sean se dirigió hacia un par de tíos con camisas de franela y Theo hacia Jamie, que estaba observando todo desde una mesa en la esquina. Estaba jugando con la correa metálica de su reloj mientras daba a Theo un buen repaso y sus ojos se oscurecían con lo que Theo ahora reconocía como deseo.

Theo redujo el paso y se dejó envolver por la atención que estaba recibiendo.

—Esperaba encontrarte más borracho.

—Y yo esperaba que tuvieras más pinta de recién salido de la cama. —Jamie soltó su reloj y bebió lo que le quedaba de cerveza—. Podría pensar que te has arreglado para mí.

Theo vio la bebida vacía de Sean en la mesa, frente a Jamie e, igualmente, se sentó ahí, empujando el vaso hacia el borde.

—Si antes de irme no me mira alguien más de arriba abajo, es que no estoy haciendo bien lo del bar gay.

Jamie miró a la gente a su alrededor y, apretando los dientes, dijo:

—Yo no tengo problema alguno con que no te salga bien.

Theo se rio y se frotó las manos en los vaqueros.

Había venido esperando encontrar a Jamie con la guardia baja. Le encantaba lo fuerte que era, cómo organizaba su vida y cómo ayudaba a los demás. Era estricto, pero solo porque se preocupaba por ellos. Ver a ese mismo Jamie borracho, capaz de soltarse y no tener que ser responsable durante una noche, era lo que había estado buscando.

Theo quería que tuviera la libertad de hacerlo y que supiera que había alguien ahí para él.

—¿Has traído el coche?

Como respuesta, Jamie arqueó las caderas y se sacó las llaves del bolsillo. Tuvo que hacerlas tintinear para llamar la atención de Theo, la cual se había quedado en su entrepierna.

—Bien. —Theo le dio un golpe en la mano y cuando las llaves salieron volando, las cogió—. Gracias por enseñarme ese truco, me viene de puta madre.

—Solo me he tomado dos cervezas pequeñas en las dos horas que llevo aquí. Puedo conducir.

—Pero ahora ya no tienes por qué.

Theo siguió hablando, soltando lo primero que se le ocurrió:

—Ya llevas una semana fuera del armario, ¿cómo te sientes?

—No fui yo quien salió del armario, fuiste tú quien abrió los ojos.

—Técnicamente, tú los abriste por mí. Si no me hubieras metido la lengua hasta la tráquea yo seguiría sin enterarme de nada.

—Casi me arrepiento de haberlo hecho.

—Parece una conversación interesante —dijo Sean, pasándoles las bebidas.

Theo le dio las gracias por su refresco y le comentó:

—Eso no ha sido *tomarte tu tiempo*.

—¿Qué puedo decir? Es que he estado a punto de ser manoseado por el tipo ese de ahí que se parece a Paul Bunyan.

Theo ladeó la cabeza mirando a Sean y, luego, dirigió una mirada a Jamie llena de intencionalidad. Haciendo un gesto que abarcaba todo el bar, le dijo:

—¿Ves? Él si está haciendo bien lo del bar gay.

Jamie cogió su cerveza y negó con la cabeza.

—De ahora en adelante, seré yo quien vaya a la barra a pedir.

Theo soltó una carcajada.

—Tú también quieres un poco de manoseo, ¿no?

—Lo que sea por mantener a salvo tu virtud.

—Siempre tan caballeroso. ¿Y no conocerás a algún chico hetero respetable?

Sean carraspeó.

—Demasiados —dijo Jamie.

—Necesito encontrarle una pareja a Leone para que la lleve a la boda.

Sean carraspeó aún más fuerte.

—Me encantaría ayudar —dijo Jamie—, pero ahora mismo estoy ocupado buscando a alguien que me guste a mí.

—Creí que no estabas buscando el amor.

Jamie lo miró con esos ojos gris pizarra y un escalofrío recorrió a Theo, yendo directo a su entrepierna.

—¿Tú sueles follar con gente que no te gusta?

—*Touché* —contestó él. Y añadió—: ¿Por eso estás aquí? ¿Para encontrar a alguien con quien echar un polvo?

Sean emitió un bufido y eso despertó la curiosidad de Theo.

—¿No le has contado por qué has venido? —preguntó Sean a Jamie, que le dio un trago largo a su cerveza.

—Uno de los dos me lo va a tener que decir —dijo Theo apoyando los brazos en la mesa, mirando a Jamie.

—¿Sabe Theodory algo sobre tus exnovios? —preguntó Sean.

Jamie posó su mirada en Sean y luego volvió a mirarlo a él.

—Casi lo mismo que yo sé sobre las suyas.

Que era prácticamente nada. Sin embargo, sí sabía que Sam se iba a casar con el ex de Leone.

—Pues deberías empezar ya mismo —dijo Theo—. De hecho, vamos a jugar a algo: por cada trivialidad que me cuentes, yo te cuento otra.

—Este juego va a requerir que los dos bebáis —dijo Sean como quien no quiere la cosa.

—Yo hoy no bebo, que llevo el coche —dijo Theo haciendo tintinear las llaves como Jamie había hecho antes.

Y de la misma forma que las había robado, se las quitaron a él.

—¿Y qué tal si conduzco yo y así puedo ser testigo de este entretenidísimo espectáculo? —Sean cambió el refresco de Theo por su té helado *Long Island*.

Theo quería ser la persona con la que Jamie contara esta noche y, justo cuando iba a abrir la boca para protestar, Jamie dijo:

—Me gusta la idea.

En un susurro fingido, Theo comentó:

—Esto no será un ardid para emborracharme y que puedas hacer conmigo lo que quieras, ¿no?

La ceja de Jamie se elevó muy sutilmente.

—Tú eres el que dice que soy un caballero, tú sabrás.

Theo levantó su combinado y le dio un trago. No era su

bebida favorita, pero estaba fría y cargada. No se anduvo por las ramas.

—¿Cuántos novios has tenido?

—Tres. John, a los dieciséis años, aunque duró poco. Luego…, —y ahí se trabó un poco— Charlie. Y después Wesley, el compañero de piso.

—¿Con cuál de ellos fuiste más en serio? —preguntó Theo. Aunque por cómo se le había roto la voz, ya sabía la respuesta. Dio otro trago a su bebida.

—Tú primero. ¿Novias?

—También tres. Sarah, a los dieciséis. Perdí la virginidad con ella. Anna, durante el resto del instituto y luego…

—Sam —terminó Jamie por él.

Theo asintió, viendo como Jamie daba un trago a su bebida. Y ese pequeño detalle hizo que la conversación resultara mucho más fácil.

—Charlie y yo estuvimos juntos dos años y medio. Nos conocimos en el último año de instituto.

—¿Qué pasó? —Y, al recordar que era su turno, resumió lo mejor que pudo— Yo no era suficiente para Sam. Derek tenía algo que yo no tenía.

Eso merecía un largo trago.

Jamie movió el brazo como si fuera a intentar coger su mano a través de la mesa.

—Te dije que vine a Pittsburgh porque mi tío daba clase aquí, pero, en realidad vine por él.

No le gustaba Charlie. A Jamie le fallaba la voz cuando hablaba de él.

Jamie continuó:

—Veníamos a este bar. Incluso nos sentábamos en esta mesa.

—¿Y has venido a torturarte? —Theo terminó lo que le quedaba del coctel.

—He venido a recordarme a mí mismo que todo lo bueno acaba. Y a comprobar que hay muchos peces en el mar.

Eso enfureció a Theo.

—¿Lo querías? —Se oyó a sí mismo preguntando. La pregunta definitiva, la que ambos querían hacer.

Jamie se la devolvió:

—¿La querías tú a ella?

—Creía que sí.

—Yo también.

Un solo combinado y estaba tocado. Mierda. Se levantó de golpe, y varias de las cabezas bajo la luz ambarina de la barra se giraron para mirarlos.

Jamie lo estudió con cuidado. Una mirada demasiado penetrante, al parecer de Theo, como si supiera mejor que él lo que iba a decir a continuación.

—Tenemos que irnos.

—Pero si acabas de llegar —dijo Sean.

Theo lo ignoró.

—Lo digo en serio. Ahora mismo. Nos tenemos que ir.

Theo no podía soportar ver a Jamie en este bar, diciéndose a sí mismo que las cosas buenas no duraban.

Qué curioso. Había venido aquí esta noche esperando que Jamie perdiera el control y, en menos de diez minutos, era él quién estaba montando una escena. Pero es que, joder, esta conversación le enervaba.

Cogió la cerveza de Jamie y también la vació.

—No hay excusa que valga. Vámonos a casa.

Sin duda, pretendiendo hacer una broma, Sean dijo:

—Pero todavía no ha encontrado a un chico que *le guste* para llevárselo a casa.

—El único chico al que Jamie se va a llevar a casa esta noche es a mí.

Jamie frunció de forma casi imperceptible el ceño.

Theo se giró hacia Sean.

—Llévanos a casa, anda.

Sean levantó los brazos, se deslizó fuera del asiento y dejó vía libre a Theo.

El problema de salir echando humo, era que resultaba ridículo cuando lo hacías en la dirección equivocada.

Sean corrió tras él y, de forma muy valiente, lo agarró del hombro haciéndolo girar hacia el otro lado de la calle.

—El coche está por ahí.

Theo se detuvo y le dio una patada a un tapón de botella que había en el suelo.

Sean le pasó un brazo por los hombros.

—Tío, ¿quieres hablar de ello?

—No debería haber bebido. Era yo quien tenía que haber estado apoyándole esta noche.

—¿Por qué?

Theo miró hacia Jamie, que estaba esperándolos en el coche, sereno y equilibrado; dándole a Theo el espacio que no merecía que le diera.

—¿Cómo has podido dejarle venir a este bar si sabías a lo que venía?

—Jamie siempre sabe lo que le conviene y yo le apoyo.

Theo apretó los labios con desaprobación. Muchísimas —y muy distintas— emociones estaban bullendo en su interior y algunas se le escapaban. Quería golpear algo, a ser posible, a Jamie. Porque él merecía algo mejor que esto. Algo mejor que Charlie.

Theo fijó la mirada en Sean.

—Te gusta Leone, ¿no? Todo ese sarcasmo y ese *colegueo* es pura fachada.

—Tú deberías saberlo bien —se la devolvió Sean.

—Quieres ser su pareja en la boda.

—No quiero ser la tuya, desde luego.

Theo lo miró.

—Hazme un favor. No le dejes volver aquí.

DE CAMINO A CASA, EL EFECTO DEL CÓCTEL LO SUMIÓ EN UN dulce sopor. Cuando Sean los dejó en casa y desapareció, el ataque de rabia de Theo estaba ya más que olvidado. Haberse ido del bar había ayudado.

Había ayudado mogollón.

Jamie, más tranquilo que nunca, lo siguió por la cocina mientras cogía el zumo de naranja. Hubiera bebido directamente de la botella si Jamie no hubiera ido tras él, se lo hubiera arrebatado justo cuando se lo llevaba a los labios, y se lo hubiera servido en un vaso.

Theo se subió a la encimera de un salto y, levantando una de sus piernas, impidió el paso a Jamie cuando este intentaba marcharse. Levantó la otra pierna, acorralándolo.

Podría haberlo rodeado, pero se quedó ahí, cara a cara con él.

—Tenías razón —le dijo Theo cuando esa mirada gris empezó a abrasarle—. Tengo curiosidad.

Los ojos de Jamie, normalmente claros y centrados, se oscurecieron. Theo era consciente de lo que le estaba costando contenerse y no moverse.

De forma silenciosa, Theo le rogó que perdiera el control. Que, por una vez, pensara solo en sí mismo.

Cuando no lo hizo, Theo puso el vaso vacío en el fregadero y dijo en voz baja:

—¿Quieres que nos enrollemos un poco?

Tras una pausa, Jamie dijo:

—Estás borracho.

—Achispado, no borracho. Y si lo estuviera, simplemente estaría siendo directo.

—Eres heterosexual.

Theo tiró de la camisa de Jamie y lo acercó a él.

—Ya te dije que no era ningún mojigato y cuando afirmé que hay muchas cosas que me ponen cachondo, lo decía en serio. ¿Aceptaría esa cabeza tuya un amigos con derecho a roce? O…, —Theo se señaló a sí mismo con un dedo y se dio unos golpecitos en la sien—. ¿Ya has perdido la cabeza por mí?

Jamie le dio un mordisquito en los labios, un mero roce de sus dientes con el labio inferior de Theo, pero enseguida se retiró.

—Lo que quería era llevarte a la cama, no casarme contigo, tío arrogante.

—Pues venga, hagámoslo. Enrollémonos.

—Y me deseas así, ¿de repente?

Theo tenía la mirada fija en esos labios. ¿Cómo sería sentirlos en el cuello, en el pecho, en la polla? Solo recordar su sesión de hacía un rato en la ducha lo inundaba de excitación.

—Es solo sexo, Jamie, no física cuántica. No es algo en lo que tengamos que pensar demasiado.

—Theo —dijo Jamie en tono de advertencia.

¿Pero desde cuándo escuchaba él sus advertencias?

Theo cerró las piernas alrededor de la cintura de Jamie y lo acercó, juntando sus cuerpos. La tenía tan dura como él y esa revelación hizo que Theo arqueara las caderas. Sus palabras salieron rozando la barba de varios días de Jamie y su boca las persiguió, dejando un reguero de besos.

—Tú eres aries, yo soy leo y, según parece, somos más que compatibles sexualmente —susurró Theo al oído de Jamie—. He estado pensado mucho en ello desde que me besaste. Puede que incluso antes de que lo hicieras.

Jamie hizo rodar sus caderas y, arrastrando una mano hasta la nuca de Theo, le dio un apretón.

—A pesar de lo mucho que me gusta oírte admitirlo, esta noche Aries le dice a Leo que se vaya a la cama a dormir la borrachera.

—¿A tu cama?

Jamie lo levantó de la encimera, las manos firmes en su culo y, girando sobre sus talones, lo bajó al suelo y lo dejó ahí un tanto inestable.

—Vete.

«Qué bien huele aquí».
«Bueno, qué bien *olía*».

Sean y Leone un día que Sean fue a casa a cenar.

Capítulo Dieciséis

Cuando Theo se levantó, se acordaba de cada palabra que le había dicho a Jamie; lo que no era ninguna sorpresa, dado que la noche anterior no había estado para nada borracho. Aunque había que alabar a Jamie por no haberse aprovechado de él.

Bueno, más que alabarle, lo que realmente quería era maldecirle por haberlo dejado ardiendo. Se había tenido que levantar dos veces a masturbarse y ninguna de ellas le había dejado satisfecho.

La puerta de su dormitorio se abrió y Theo giró en la cama para ponerse de lado. Durante unos segundos, el corazón se le puso en la garganta creyendo que era Jamie colándose en su habitación para decirle que ahora sí era el momento.

Pero era Leone, en un pijama rosa, quien esperaba dubitativa en el marco de la puerta.

—El suelo está despejado —dijo Theo.

Leone encontró el camino a la cama y Theo le tendió una mano para ayudarla a sentarse en ella.

—¿Qué tal ayer en el club de lectura?

—Bien. Cam te manda recuerdos.

—Me gusta que seáis amigas —dijo Theo—; esa chica es la leche.

—Sí que lo es. —Leone se mordió el labio—. Oye…

Theo se incorporó y se apoyó contra el cabecero. El sonrojo que cubría las mejillas de su hermana dejaba claro que había algo que quería decirle.

—Respecto a lo de nuestras citas…

—No me he olvidado—dijo Theo—. De hecho, creo que te he encontrado a la pareja perfecta.

—¿En serio?

—¿Por qué suenas decepcionada?

—Porque creo que he encontrado a alguien a quien podría llevar.

Theo tironeó de los dedos de Leone.

—¿Sean?

Su sonrojo se hizo aún mayor.

—La mitad del tiempo quiero matarlo, pero la otra mitad…, no tanto.

—Al menos esta vez sé que es recíproco.

—¿Tú crees? —Sonaba muy complacida.

—No pienso cometer el mismo error dos veces. A Sean le gustas. Diría, incluso, que te adora.

Leone se rio.

—Y como nunca malinterpretas nada.

—A callar.

Su hermana se rio aún más fuerte.

—Es que tiendes a cerrar los ojos, y podrías acabar haciéndote daño. Y deja de fruncir el ceño.

¿Por qué siempre se lo notaba?

La sonrisa de Leone se fue apagando.

—¿Y qué pasa contigo? —Señaló hacia el techo, hacia la habitación de Jamie—. ¿Sigues queriendo que te busque a alguien?

—Dijimos que iríamos con pareja, que bailaríamos y nos reiríamos en su boda sin importarnos que nos hubieran dejado. Puedo hacer todas esas cosas con Jamie.

—Porque sois… ¿mejores amigos?

¿Se cansaría alguna vez del término?

—Por eso mismo.

Leone se levantó.

—Me alegro por ti. Y si alguna vez quieres hablar de… cosas de mejores amigos, siempre puedes charlar conmigo.

Su hermana se fue y Theo se vistió para salir a correr. Según salía, dio media vuelta y, en su lugar, se dirigió al cuarto de Jamie.

Se lo encontró en la cama, escribiendo algo en el móvil. No levantó la vista, solo sonrió.

—El ruido que haces al andar podría despertar a un barrio entero.

Theo trepó a la cama y cogió la almohada en la que estaba apoyado Jamie, haciendo que la cabeza de este cayera hacia atrás. Tumbándose a su lado, se incorporó sobre un codo y, con la almohada entre ellos, miró hacia abajo, a Jamie. Tenía el pelo alborotado, la piel roja donde la sábana le había rozado al dormir y una camiseta vieja con un desgarrón en el cuello.

—Tienes un aspecto horrible.

—Qué cosas más bonitas me dices. Además, la culpa es de Sean. —Hizo un gesto con la mano hacia el baño y Theo recordó la frase que había puesto en el espejo: «¿Tuvo Yoda el pelo rizado de joven?, ¿lo tuvo liso?, ¿tuvo pelo alguna vez?»

—Pensé que ya era hora de incluirle en nuestro juego.

—¿Ahora sois amigos?

Una risa y, después, un encogimiento de hombros.

—Me he dado cuenta de que es mejor que me vaya acostumbrando a él. —Theo metió el dedo por el agujero de la camiseta de Jamie y con la uña fue acariciando la parte que tenía roja, hasta que Jamie lo miró con intensidad.

—Lo de ayer lo dije en serio —dijo Theo.

—Lo sé.

—Deberías haberte lanzado.

—Y yo creyendo que ganaría puntos por proteger tu virtud.

—Deja de ser tan decente.

Jamie se apoyó en un codo, cara a cara con Theo, imitando

al Aries y al Leo que tenían colgados encima de ellos en la pared.

—Créeme cuando te digo que ayer estuve a un suspiro de ser lo más indecente que se puede ser.

Theo se acercó hasta que estuvieron nariz con nariz, rozándose. Dejó escapar un suspiro, largo y lento, acariciando los labios de Jamie y luego…, se levantó y se fue. Una almohada le golpeó según salía de la habitación.

THEO CORRÍA CON PASO RÁPIDO Y FIRME, EL VIENTO LE azotaba el pelo y le secaba el sudor. Como siempre que alcanzaba su ritmo, sus pensamientos empezaban a vagar. Y esta vez vagaron hasta Jamie.

¿Había estado equivocado la pasada noche? ¿Debería pensarse mejor lo de tener sexo con un chico? ¿No era raro que no le importara en absoluto?

Nunca se había puesto cachondo con otro hombre. Estaba seguro cuando afirmaba no ser gay. El hecho de tener algo con Jamie no le hacía cuestionarse su identidad ni le angustiaba lo más mínimo. El sexo no le definía a él como persona.

Pero claro, es que también era afortunado y no tenía por qué preocuparse.

Su madre, su padre, su hermana y sus amigos no podían estar más a favor de la bandera del arcoíris. Vivían en una burbuja de tolerancia que esperaba que algún día cubriera al resto del mundo. Y ese era el motivo por el que no le preocupaba. Tenía mucha suerte y la aprovecharía encantado.

Corrió pasado el cementerio, cruzando el parque y rodeando los edificios. Cuando se acercaba a la parada de autobús abandonada y a las casas cubiertas de tablones donde se había encontrado con Sam, sus pensamientos vagaron hacia ella. ¿Por qué Theo no había sido suficiente para Sam? ¿Cómo serían ahora sus futuros? ¿Qué era realmente el amor verdadero?

Ni el cielo azul ni los narcisos ni el gato anaranjado que se cruzó en su camino le ofrecieron una respuesta. La contestación a esas preguntas parecía estar fuera de su alcance.

Tener sexo con Jamie significaba no tener que preocuparse por el tema romántico. Theo no tendría que sentirse como si estuviera engañando a alguien o decepcionándole. Las chicas con las que había tenido aventuras, aunque físicamente satisfactorias, siempre le habían dejado sintiéndose como un cabronazo. Y no quería ser un cabronazo.

Para él, sexo y amor eran cosas distintas.

Incluso con Sam, a quien creyó amar, el sexo había sido solo una vía de escape. Una vía de escape ardiente, sexi y sucia encaminada únicamente a alcanzar el orgasmo; las emociones no habían formado parte de esa pasión.

Y, salvando algunas diferencias anatómicas, no había razón para creer que el sexo con Jamie fuera a ser diferente. Ambos eran economistas y aliviarse mutuamente tenía sentido económico. La ley de la oferta y la demanda, y todo eso.

Economía de nivel básico.

Theo disminuyó el ritmo al llegar a su calle. No se sorprendió al ver a Sean llamando a la puerta. Por la pinta que tenía, parecía que había saltado de la cama y había llegado hasta aquí caminando.

—¿Vienes a desayunar? —dijo Theo poniéndose a su lado.

La puerta se abrió y Leone les sonrió. Olía a gel de vainilla, iba en vaqueros y camisa, y llevaba el pelo suelto con las gafas de sol colocadas en la parte superior de la cabeza.

Sean se quedó mirándola y luego se pasó las manos por el pelo, intentando arreglárselo.

—No, de hecho, estoy aquí para llevarme a tu hermana a dar un paseo en tándem.

Theo los estudió mientras se sonreían como tontos el uno al otro. Sean tenía una especie de tic nervioso en la garganta y Leone se frotaba sin parar las manos en los muslos. Saltaban chispas.

Era eléctrico. Nunca había sido así con Jamie y Leone, ¿en qué habría estado pensando?

Theo dio a Sean una palmada en la espalda y lo hizo un

poco más fuerte de lo que era necesario, pero Sean lo comprendería.

—Cuida de mi hermana.

—Dúchate, Theo —le dijo Leone sonrojándose—. Hueles a... deporte.

Theo hizo precisamente eso y, al acabar, asaltó la cocina buscando algo para comer que no fueran barritas de cereales integrales.

Sintió movimiento detrás de él y se giró. Jamie entraba en la cocina con una camiseta de cuello de barco color carbón y unos pantalones cortos marrones. Sus miradas se encontraron y Theo no dejó que pasara ni un segundo entre ellos. Lo agarró por la nuca y lo besó. Jamie cogió aire sorprendido, se echó un poco hacia atrás para poder estudiar la cara de Theo y, entonces, lo agarró por las caderas y lo empujó de nuevo contra él.

No había nada de tímido en el beso, nada que pusiera en duda dónde quería llegar Theo con él. La tenía dura, e hizo girar sus caderas para que Jamie lo notara.

—Deme lo que necesito, señor Jamie Cooper.

Jamie se tomó su tiempo besándolo, dibujando círculos en su garganta con el dedo pulgar, como llamando a su lujuria a desatarse.

—Haz que me corra..., ¿por favor?

Los labios de Jamie se curvaron contra los suyos y después los giró a ambos, empujando a Theo contra la isla de la cocina.

—Aquí es donde te quiero.

«¿Aquí?» se le pasó por la mente preguntar, pero la pregunta desapareció en el momento en que Jamie le levantó la camiseta hasta los hombros. Pasó una mano por su pecho y, agachando la cabeza, se metió un pezón en la boca, succionando.

Theo se aferró con una mano al borde de la isla y con la otra al hombro de Jamie.

—Más. Me gusta.

Theo sintió cómo Jamie sonreía según iba dejando besos

por su abdomen y más abajo, donde su excitación amenazaba con hacerle perder el equilibrio y caer.

De rodillas, Jamie fue abriendo los botones de Theo y le bajó los pantalones hasta los tobillos. Le ayudó a sacárselos y le quitó los calcetines. Theo se los hubiera dejado puestos, pero Jamie tendría sus motivos. Evitar que se resbalara, a lo mejor.

Sonrió ante ese pensamiento.

Pero no por mucho tiempo.

Jamie metió las manos por la cinturilla del bóxer de Theo y le dio un apretón en el culo mientras se metía en la boca la punta de su palpitante polla, su caliente aliento sobre la tela le cortó la respiración.

Entonces, Jamie levantó la vista, su mirada atenta como si estuviera memorizando este momento.

—Malditos hoyuelos —murmuró mientras le quitaba la ropa interior.

Theo echó la cabeza hacia atrás cuando la boca caliente de Jamie se cerró a su alrededor. Y ahí fue cuando se alegró de no llevar calcetines, porque en el momento en que Jamie se la metió entera hasta la garganta, su cuerpo pareció desintegrarse. Era como si estuviera intentando exprimir su polla al máximo, cada posible sensación. Joder.

—No me lo puedo creer —dijo Theo.

Jamie se apartó de él con cautela.

—¿Te importaría explicarte?

—¿Te importaría seguir?

En el pasado, el sexo había sido esa pasión que te transportaba del «aquí y ahora» a lo que él llamaba el «Bosque Supercachondo». Ese lugar mágico lleno sucios deseos que, incluso liberado de toda inhibición, jamás compartiría con nadie.

Jamie, con la boca hinchada, le chupaba la polla como si pudiera pasar el día entero así, venerándole. El Bosque Supercachondo estaba brotando y echando raíces ahí mismo, en su cocina. En el mismo lugar donde Jamie había lamido la mantequilla de cacahuete de su dedo; ahí donde les había atado juntos para cocinar; donde cada día de diario preparaba los sándwiches para los tres y, cada noche, la cena

Era por eso por lo que Jamie lo quería *ahí* Era ahí desde donde él controlaba la cocina y desde donde ahora estaba controlando cada uno de los gemidos y maldiciones de Theo.

Una luz traviesa iluminó los ojos de Jamie y Theo supo —simplemente lo supo— lo que esa mirada engreída significaba.

—Tú ganas —dijo Theo sin aliento—. Por fin has encontrado la manera de que me quede en la cocina.

Enredándole una mano en el pelo, movió las caderas violentamente y observó cómo su polla desaparecía en la boca de Jamie; esa boca inteligente, divertida, demandante y que siempre tenía razón.

Y, por Dios, qué razón tenía.

—Yo…

Theo perdió el sentido cuando el orgasmo lo golpeó. Se tensó, cabalgando esos segundos de placer mientras Jamie se lo tragaba todo.

Y tras dejarlo seco, se puso en pie, sujetándole, y Theo se aferró a él mientras dejaba salir su respiración irregular sobre su hombro.

Theo se apartó. Podía sentir su —sin duda— dolorosa erección contra la cadera, pero Jamie mantenía la compostura, estudiando su expresión. Cuando pareció satisfecho, enarcó una ceja.

—¿A qué te referías con lo de «no me lo puedo creer»?

—¡Que no me puedo creer que podríamos haber estado haciendo esto desde principio de año!

Sintió, más que vio, la risa de Jamie y, con un dedo, atrajo sus labios hacia los suyos, pero, en vez de besarlo, le dijo:

—Joder, nunca voy a volver a mirar tu boca de la misma forma.

—Me alegra oírlo. Y ahora, si no te importa, —se apartó—, necesito hacer una visita al baño.

Jamie ya estaba a mitad de camino antes de que Theo se subiera la ropa interior.

—¿Es que acaso no me conoces? —Theo dejó sus pantalones ahí, alcanzó a Jamie y lo arrastró de vuelta al salón—. Soy el típico leo, ¿recuerdas? —Le bajó los pantalones hasta las rodillas y se tumbó encima de él en el sofá—. También soy arrogante en la cama. Necesito saber que soy lo suficientemente bueno para hacer que tú también te corras.

Theo estaba tumbado sobre él y Jamie, de forma instintiva, le agarró las caderas.

—Lo único que quieres es verme perder el control —dijo Jamie y su tono de voz revelaba que no le llevaría mucho.

Theo sonrió.

—Ya te he dicho que esto es más por mí que por ti.

Jamie cerró los ojos y alzó la barbilla mientras se frotaba contra Theo. Ese cuello, estirado así, tan desnudo...

Theo adelantó sus caderas, ofreciendo más fricción, y Jamie se dejó llevar con un jadeo dibujándose en su boca y ojos parpadeantes. Cuanto más se frotaban, más alto jadeaba. Gemidos cortos y necesitados, sus dedos clavándose en las nalgas de Theo mientras embestía cada vez más fuerte.

Theo no podía parar. Pegó sus bocas y enredó sus lenguas, tragándose los frenéticos jadeos de Jamie.

Jamie se quedó quieto y Theo absorbió el sonido ahogado de su voz al correrse.

El momento estaba lleno de vulnerabilidad y de confianza, y puede que fuera la primera vez que un compañero de cama se entregaba tan completamente a él. A Jamie no le preocupaba estar guapo o gritar demasiado, porque así era como tenía que ser el sexo, algo que disfrutaras sin importar si hacías ruido o no.

Theo estaba cachondísimo.

La liberación de Jamie goteaba entre sus cuerpos caliente y pegajosa, justo donde la camiseta se le había levantado. Theo metió una mano entre ellos y pasó un dedo por la prueba de su orgasmo. ¿A qué sabría?

A algo saludable, eso seguro.

Jamie, sonrojado y saciado, le estaba mirando y Theo le recompensó con una sonrisa con hoyuelos.

—Qué estupenda coincidencia que Sean se llevara a Leone esta mañana.

Jamie acarició la espalda de Theo, haciéndole cosquillas.

—¿Coincidencia? ¿Eso es lo que crees?

—Espera... ¿mandaste un mensaje a Sean para que viniera a entretener a mi hermana?

Jamie levantó la cabeza, quedando sus bocas a un suspiro de besarse.

—Y lo hice incluso antes de que irrumpieras en mi cuarto y te lanzaras a mi cama.

«Soy esbelto, resuelto y en citas y frases experto».

Theo. Podría haber bebido más. No hay más qué decir.

Capítulo Diecisiete

Pues… habían tenido sexo.

Y había sido estupendo.

Pero nada más terminar, Jamie había sugerido que se pusiera a estudiar.

Y eso no había sido tan estupendo, pero sí muy típico de Jamie, y Theo no pudo evitar reírse. Después, para sorpresa de ambos, se puso a estudiar.

Jamie, una vez se hubo duchado y cambiado de ropa, se puso a trabajar en su sitio habitual en la mesa del comedor mientras Theo estaba medio tumbado con su portátil en el mismo sofá donde habían compartido su momento de pasión. Concentrarse en las mierdas de Mercantil que tendría que estar estudiando era imposible.

Pero fingía como un profesional.

Y es que…, joder, Jamie debería dejarse llevar así más a menudo.

A Theo le gustaba cómo mantenía siempre la compostura, pero ver esa otra parte de él…

¡Ding!

Jamie: Llevas todo el rato sonriendo, ¿qué estás pensando?

Theo: Te gustaría saberlo, ¿eh?

205

Jamie: Sí, ese suele ser el motivo por el que la gente pregunta.

Theo: Estaba pensando que, la próxima vez, te la voy a chupar.

La expresión de Jamie permaneció igual, pero se movió un poco en su silla.

Jamie: Haz tu trabajo de Mercantil y veremos.

Theo levantó la cabeza de golpe y dijo:
—¿Qué eres, algún tipo de superhéroe, o qué? Me acabo de ofrecer a chupártela.
Jamie se inclinó hacia atrás en su silla.
—Mira quién ha sido el primero en romper el silencio.
Eso calló a Theo durante unos instantes hasta que reconoció:
—Punto para ti, Jamie.
—Pero lo decía en serio: el trabajo primero.
—Pues claro que lo decías en serio.

FUE MALA SUERTE QUE EL TRABAJO DE THEO FUERA UN horror y que necesitara tres días trabajando contrarreloj para terminarlo. A pesar de la enorme cantidad de indirectas, Jamie se mantuvo firme.

Theo estaba empezando a pensar que a Jamie le divertía el jueguecito.

Pero a este juego podían jugar dos.

El día que Theo terminó su trabajo, volvió a una casa bañada en delicioso olor a *pizza* de salami. Leone estaba sentada en la mesa de comedor y Theo le dio un abrazo rápido desde atrás. Después se dirigió hacia Jamie, que estaba cortando la *pizza*.

Era casera. Incluso la masa. Muy propio de Jamie hacer una *pizza* partiendo de cero.

Theo saltó en la encimera justo al lado de la tabla de cortar.

Intentó coger una porción y Jamie le dio un golpe en la mano con la espátula.

—¿La has hecho para mí?

—La he hecho para todos.

—Ya, pero la has hecho para mí.

Jamie ignoró la enorme sonrisa de Theo y llevó la *pizza* a la mesa, pero sus siguientes palabras sonaron más suaves, puede que incluso roncas.

—¿Has terminado el trabajo?

Theo siguió la ardiente delicia hasta la mesa —y a la *pizza* que este portaba— y, reprimiendo una sonrisa, se centró en servirse una porción de *pizza* mientras contestaba:

—Ha sido muy duro, ¿sabes? He trabajado en ello una y otra vez; llegué a pensar que nunca acabaría.

Jamie hizo una pausa, su porción de *pizza* ya casi rozando esos labios que intentaban no sonreír. Le dio un mordisco.

Theo continuó:

—Quizá quieras echarle un ojo y obrar tu magia. Estaré feliz de devolverte el favor, claro. De hecho, insisto.

Leone asintió y añadió:

—A mí siempre me estás ayudando. Theo y yo podríamos trabajar en ello juntos para darte distintos puntos de vista.

Theo se atragantó y Jamie le dedicó una miradita y negó con la cabeza. Para evitar la risa, Theo se llenó la boca de *pizza*.

Devoraron la cena acompañándola de una jarra agua helada. Theo se echó para atrás en su silla y subió los pies al regazo de Jamie.

Una vez más, su extutor pareció no inmutarse, pero hizo una mueca mientras le aprisionaba los pies entre los muslos.

—¿Qué planes tienes para hoy, Leone? —preguntó Theo arrastrando el dedo gordo del pie por la costura de los vaqueros de Jamie. Sonrió encantado al notar como a Jamie se le ponía dura.

—Poca cosa. Probablemente escuche algún audiolibro y me acueste pronto.

—¿Y tú? —preguntó Theo a Jamie.

—Ayudarte. Sube a mi habitación cuando acabes de fregar y nos ponemos con ello.

«Te tengo justo donde te quiero».

—¿Y si te mando el trabajo por *email*? Tengo que ir a un sitio.

Eso le costó un buen pellizco en el dedo del pie.

—¿Y puede saberse qué sitio es ese?

LA PISTA DE BÁDMINTON CON BEN Y KYLE.

Ahí es donde fue una vez acabó de fregar. Incluso había tenido la cara de pedirle a Jamie el coche alegando que tenía que ir a la biblioteca. Jamie había accedido, pero lo había hecho con el mismo asentimiento frío que le había dedicado toda la semana.

Eso le hacía sentirse ligero y lleno de mariposas; notaba la risa burbujeando en su interior. Y le cargaba las pilas para poder seguir jugando.

Jamie seguía sin tener ni idea de que Theo quedaba con Ben y Kyle de forma más o menos regular para sudar un poco en la pista. Tras tres sesiones, estaba claramente mejorando.

Kyle le había estado enseñando lo básico sobre cómo golpear la pluma en el lugar exacto para conferirle fuerza al golpe y cómo machacar en los golpes altos. Que es conveniente jugar de puntillas y hacerlo además en el centro del campo. A este leo se le había acabado lo de vaguear.

Ben también jugaba y servía como ejemplo, pero Kyle jugaba mejor.

—¿Tienes pensado unirte a algún club para jugar? —le preguntó Ben mientras recogían.

Theo guardó la raqueta que Kyle le había prestado y subió un pie a la grada para atarse los cordones.

—¿Apuntarme a un club? Pues no lo había pensado. —La

verdad era que, una vez que le cogías el truco, el bádminton estaba bien—. Puede ser.

—Pero entonces —dijo Kyle mientras cogía su bolsa y la de Ben y se echaba ambas al hombro—, ¿para qué quieres aprender a jugar?

—Para tocar los huevos a Jamie.

El nombre de Jamie había surgido alguna vez mientras entrenaban. Cosas sin importancia, como que Jamie decía no ser fan de los juegos de móvil porque los consideraba una pérdida de tiempo, pero que cada vez que Theo empezaba a jugar a algo, Jamie encontraba una excusa para ponerse tras él y mirar por encima de su hombro. O aquel día que Jamie creyó estar solo en casa y Theo le pilló escuchando uno de los audiolibros de Leone; cómo sonreía y le gritaba al protagonista de la historia que era imbécil.

—¿Jamie? —preguntó Ben, sonriendo a Kyle—. Debí haberlo imaginado.

—Tiene la mala costumbre de ser bueno en todo. Y yo, la mala costumbre de que odio perder.

—Tengo ganas de conocer a este Jamie —dijo Kyle—. Con propiedad, esta vez. Aunque me dio muy buena impresión el día que vino a salvar vuestros culos alcoholizados.

—¿Quieres conocerlo? —preguntó Theo.

—¿No crees que tus amigos deberían conocerse entre sí?

A Theo se le formó un nudo en la garganta. Claro que había esperado que las cosas con Ben y Kyle progresaran de este modo, pero oírselo decir a Kyle le hacía querer bailar de felicidad.

La vida era mucho mejor cuando tenías gente con quien compartirla.

Y esta vez, Sam no podría quitárselo.

Aunque eso no era justo, ¿no? Sam no se los había quitado. Había sido culpa de Theo. Había sido él quien había dejado que el rencor se impusiera a las cosas buenas. Se había dicho a sí mismo una y otra vez que cuando Ben lo saludaba en clase lo hacía por pena y se había tragado su propia mentira para poder seguir regodeándose en su miseria.

La próxima vez que hubiera opción de perder a un amigo, lucharía más por él.

—Vamos a esperar a los exámenes finales. Cuando terminemos, lo atraeré hasta la pista y podréis ver cómo le dejo sin palabras.

～

THEO APARCÓ EL COCHE DE JAMIE Y LE DIO UN REPASO PARA asegurarse de que no había dejado restos del chocolate —ni del envoltorio— que le había robado de la guantera. Satisfecho, empezó a andar por el oscuro camino hacia casa. No había luces dadas, ni siquiera las del piso de arriba.

Pero si no eran ni las once.

Jamie debería de seguir levantado.

Quizá fuera más fácil así, porque Theo no tenía claro que fuera a ser bueno chupándola y el manto oscuro de la noche podría cubrir su falta de experiencia. Además, las cosas siempre parecían mejores en la oscuridad.

Entró en la habitación de Jamie haciendo un poco de ruido, lo justo para que lo oyera, pero intentando no asustarlo: la puerta cerrándose, el sonido de sus calcetines sobre la alfombra, su ropa cayendo al suelo. Jamie se movió.

—¿Ya en la cama? —le amonestó Theo—. No pararás en tu lucha por sobrevivirme, ¿verdad?

La respuesta de Jamie sonó demasiado fuerte en la oscuridad de la habitación.

—Resulta que estaba cansado.

Theo levantó las mantas y se metió entre las piernas desnudas de Jamie, paseando sus manos por su suave vello. Jamie ya estaba empalmado.

—¿Y sigues cansado? —dijo Theo tironeando de la polla de Jamie. Estaba determinado a hacerlo bien. Consideró que hacía demasiado calor bajo las mantas así que las apartó a un lado, exponiendo el cuerpo relajado y desnudo de Jamie. Uno podría pensar que había estado esperando que esto pasara.

—Eres libre de darme instrucciones. Puede que no sea bueno en esto.

—Créeme, no puedes…

Theo enroscó la lengua alrededor de la cabeza de la polla de Jamie, que olvidó lo que estaba diciendo y terminó su frase con un siseo lleno de placer. Con una mano sujetaba la cabeza de Theo y con la otra se agarraba a las sábanas. Theo frotaba su erección contra la pierna de Jamie y hacía esfuerzos para no embestir. Este era su turno para complacerle.

Se la sacó de la boca con un ¡plop! y le sonrió.

—Me acabo de dar cuenta que una vez dije que esto no pasaría jamás. Lo retiro, no me importa estar de rodillas, alabándote.

La risa de Jamie se convirtió en gemido cuando Theo se la volvió a meter en la boca, sujetando la base. A él le gustaba este tipo de fricción, fuerte y húmeda y lo dio todo intentando hacerlo bien. La mano de Jamie en su pelo le ayudaba a marcar el paso: sin presionar, pero señalando cómo lo quería. A Theo le gustaba esta honestidad en la cama, hacía que la experiencia fuera más excitante y liberadora.

Cuando relajó los músculos de la garganta, Jamie bombeó en su boca e hizo que tuviera una arcada. ¿Garganta profunda?, ¿él? Un poquito ambicioso, ¿no?

Jamie dejó salir un gemido gutural que atravesó el cuerpo de Theo y lo puso tan cachondo, que, tras dos sacudidas contra la pierna de Jamie, él también se corrió. Durante 0,01 segundos pensó en apartarse, pero terminó tragándose cada gota de su liberación.

Mientras Jamie se reponía, él usó unos pañuelos para limpiar el desastre.

—Voy a necesitar repetir esto —dijo Theo mientras tiraba los clínex a la papelera—. La próxima vez, quiero un sobresaliente.

Jamie arrastró a Theo hacia arriba, haciéndolo girar hacia su lado de la cama.

—Ha sido la hostia.

Se quedó mirando los labios de Theo, pero, al final, se apartó y apoyó la cabeza en la almohada.

Disfrutaron de esa dicha que sigue al sexo durante unos minutos, tras los cuales Jamie habló con su voz de profesor.

—La provocación de esta semana ha sido una excusa. No es que no haya sido divertido, pero era una excusa.

—¿Una excusa?

—Joder, casi cedo a tus encantos cuando me dijiste lo del superhéroe. —Jamie iba acariciando el brazo de Theo desde arriba, hasta la punta de su dedo corazón—. Pero quería darte la opción de cambiar de opinión y quería ver si las cosas se ponían raras.

—¿Por lo que te pasó con tu antiguo compañero de piso?

—Eso no significó nada. Contigo arriesgo mucho más. Contigo no necesito el sexo, pero sí todo lo demás.

A Theo le dio un vuelco el corazón.

—Ya, pero es que ahora que he probado el sexo, yo sí lo necesito.

Jamie le arrojó una almohada, pero no consiguió que Theo dejara de reírse y, además, él también estaba sonriendo.

—Está bien. Podemos mantener el sexo.

Theo se puso la almohada bajo el codo y bajó la mirada hacia Jamie.

—También puedes follarme, que lo sepas. No me importaría.

—Shh, Theo. Tomémonoslo con calma.

—Solo digo que no pasaría nada.

—Ya. Pues para mí, sí pasaría.

Theo se pasó una mano por la nuca.

—Creí que…

¿Qué había creído? ¿Que a Jamie le apetecería darle por culo? ¿Que sería divertido probar? ¿Que no era más que echar un polvo?

Jamie le acarició la mejilla, su pulgar rozando la parte superior de sus labios.

—Duerme. Es pasada la medianoche y nos levantamos en seis horas.

—¿Estás loco? Yo no me levanto hasta las siete.

—Tu verás, —Jamie le dio una palmada en el culo—, pero no te quejes cuando no haya tiempo para algo de diversión matutina.

—Seis horas está bien. ¿Y sabes qué? Que también me vale con cinco y media.

SEIS HORAS MÁS TARDE, JAMIE LIBERABA A THEO DE SU caliente y duro peso, tras una sesión de frotamientos muevecabeceros.

—Y ahí está ese Theo recién levantado con el que he fantaseado tanto.

Theo estaba saciado. Quería acurrucarse y quedarse con Jamie en la cama todo el día. Pero los restos de sus orgasmos se estaban quedando fríos en su abdomen y empezando a escurrirse por los lados. Y, por desgracia, tenía clase.

Abajo podía oírse a Leone abriendo y cerrando armarios en la cocina. Theo no estaba seguro de si le gustaría lo que tenía con Jamie y su opinión significaba muchísimo para él. Mejor mantenerlo en secreto. Al fin y al cabo, era solo sexo. Leone no necesitaba saber cómo su amigo y él se aliviaban mutuamente.

Jamie lo limpió con cuidado, con una sonrisa satisfecha.

—¿Puedo ducharme en tu baño? —dijo Theo negando con la cabeza y sonriendo a la vez.

Sus miradas se encontraron y Jamie se inclinó como para besarlo, pero se retiró.

—Pero después de mí. Tengo que preparar nuestros almuerzos.

Mientras esperaba, Theo se estiró en la cama y observó la habitación de Jamie.

Se estaba bien aquí, entre colores llamativos y libros. Mirara donde mirara, Theo quería reír o suspirar. O ambos. Ahí estaba el escritorio donde Jamie había llevado lo de estudiar a otro nivel; la butaca verde oliva donde tantas veces Theo se había echo un ovillo con sus apuntes, intentando llamar la atención de Jamie. Las láminas enmarcadas que le había regalado y que habían traqueteado en su pasión mañanera; la hoja de papel arrugada, colgada en una pequeña pizarra de corcho con las palabras de Theo: «Eres el tío más sólido del mundo»; y esta cama blandita que olía a oscura vainilla y a sexo.

La habitación era muy Jamie.

Pero también y, cada vez más, era muy Theo.

—La ducha está libre.

Theo se incorporó cuando una toalla le dio en la cara.

—Deberíamos de habernos duchado juntos para ahorrar tiempo.

—No sé por qué crees que eso nos hubiera ahorrado tiempo. —Jamie abrió uno de los cajones y sacó la ropa interior. Tiró la toalla antes de ponérsela y alegró a Theo la vista con su culo firme y marcado—. Pero me gusta la idea.

Theo se duchó rápido. Normalmente, le encantaba entretenerse bajo el vapor y el agua caliente, pero estaba demasiado nervioso. Necesitaba ponerse en marcha. Necesitaba… algo.

Cogió la toalla y, frotándose con ella el pelo húmedo, volvió a la habitación. Jamie llevaba unos vaqueros negros y una camiseta gris, y estaba guardando su portátil en la cartera.

—No eres nada tímido, ¿eh?

—Y ahora todavía menos —dijo Theo echando un vistazo a la cama deshecha. Dejó caer la toalla en la butaca y se puso los vaqueros del día anterior, sin ropa interior.

—El autocontrol que uno necesita… deberían darme una medalla.

Theo abrió uno de los cajones donde sabía que Jamie guardaba, bien ordenadas, sus camisetas. Por encima del hombro vio como Jamie lo miraba con curiosidad.

—No te importa, ¿no?

—Tu habitación está bajando las escaleras.

—¿Has visto lo lleno que está mi cesto de la ropa sucia?

Jamie negó con la cabeza, pero lo hizo sonriendo.

Theo barajó varias opciones, pero fue la camiseta roja al fondo del todo, la que llamó su atención. La reconoció de aquel día en Wisconsin en casa de Jamie. Se la había traído a Pittsburgh… ¿Por qué? La cogió y la desdobló, sujetándola por la parte superior del cuello. Tres letras en negrita en la zona del pecho: «JMA». Joven Macho Americano.

Jamie se quedó como congelado con la mano en la correa de su cartera antes de, por fin, pasársela por el hombro.

—¿No es muy ajustada para ti? —preguntó Theo.

Un montón de emociones pasaron por la cara de Jamie, pero todo fue tan rápido, que Theo no pudo analizarlas.

—La devolveré al cajón…

—Póntela. —Enlazaron sus miradas. La voz de Jamie sonó áspera al decir—: Me gustaría que te la pusieras.

Theo se acercó el suave material a su pecho.

—Me gusta.

Jamie tragó con dificultad.

—Te veo abajo.

Theo salió de su ensimismamiento, se puso la camiseta y se escabulló escaleras abajo, mientras Jamie daba conversación a Leone. Su voz sonaba diferente, sonaba… más. O algo así. Parecía estar lleno de la misma energía nerviosa que él.

Theo sonrió.

Era el sexo.

Tenía que ser eso.

«Aquí huele a hombre, ¿podríamos abrir alguna ventana?».

Leone llegando a casa, justo después de que Jamie y Theo tuvieran una sesión de *sofádiversión*.

Capítulo Dieciocho

Su «amigos con derecho a roce» continuó; y además fue lo único digno de mención de las últimas dos semanas. Los exámenes finales estaban a la vuelta de la esquina y Theo dividía su tiempo entre estudiar para sacar las mejores notas, terminar algunos de sus diseños web y darle vueltas a si podría permitirse hacer un máster o debería empezar a trabajar.

Por la noche, cansado, estresado y sin haber tomado aún ninguna decisión vital, acababa en los brazos de Jamie, escuchando su respiración entrecortada, sus cuerpos desnudos empujando hacia una liberación demoledora.

Solo se besaban durante el sexo. Ahí, era aceptable; más que aceptable, a Theo le encantaba sentir la lengua de Jamie serpenteando con la suya. Pero había una especie de acuerdo tácito que decía que, fuera de esos instantes, besarse cruzaría alguna línea.

El sexo entre ellos era mera diversión.

Cuando les quedaba algo de energía, ponían el portátil entre ambos y veían capítulos antiguos de *Community*, o trabajaban uno al lado del otro emulando los dibujos de Aries y Leo que se encontraban sobre ellos. Si estaban demasiado cansados, Theo se quedaba a dormir con él; era demasiado vago para arrastrarse hasta su habitación.

La mayoría de las mañanas se despertaba en la cama de Jamie.

A veces, tenían tiempo de chupársela el uno al otro, buscando una rápida liberación, pero, por regla general, Theo bajaba mientras Jamie estaba en la ducha y le dejaba la cita del día en la almohada.

Aparte de las noches, el camino en coche al campus y su cita semanal para tomar café, prácticamente ni se veían. Incluso las cenas conjuntas se habían convertido en algo esporádico. Theo solía comer algo de camino a la biblioteca o cuando salía de ella.

A Leone la veía un poco más. A veces iba con ellos al campus y luego Theo la acompañaba al departamento de Historia y se quedaba con ella en su oficina, charlando o estudiando hasta que se tenía que ir a clase. Además, casi siempre comían juntos y, cuando no llovía, cogían sus sándwiches y se iban al parque a relajarse un rato.

Como hoy.

Cielos azules y una cálida brisa primaveral bañaban el parque en el que estaban y en el que no era raro ver ardillas jugueteando. Theo estaba recostado en un banco, empapándose de los nuevos olores en el aire.

Su teléfono vibró y se lo sacó de los pantalones como si le ardiera; Jamie le había dicho que le escribiría si no podía acudir a su cita del café.

Theo leyó el mensaje, soltó la respiración que había estado conteniendo y contestó.

Kyle: ¿Vamos a quedar esta noche para entrenar?

Theo: Claro. Te veo a las siete.

—¿Quién te ha puesto tan ansioso? —dijo Leone mientras sacaba uno de los sándwiches de Jamie de su envase.

Theo se rio.

—Para estar ciega, ves demasiado.

—No sabes tú cuánto. A ver, ¿quién?

—Era Kyle para quedar para jugar al bádminton esta tarde.

Leone sonrió.

—¿Cuándo se lo vas a decir a Jamie? Creo que sospecha algo.

—¿Por qué lo dices?

—¿Por tu súbito interés en la biblioteca, quizás?

—¡Siempre he ido a la biblioteca!

—Sí, pero no tanto.

—Los finales son la semana que viene.

—¿Y cómo los llevas? —preguntó Leone mientras masticaba su sándwich de atún.

Theo titubeó.

—Para los finales estoy preparado, pero no para lo que viene después.

—¿No has decidido aún lo del máster? Tienes todo el verano.

—No estoy seguro de que pueda permitírmelo. Varias *start-ups* con sede en Pittsburg me han ofrecido contratarme como autónomo, pero no sería suficiente para cubrir un año entero y no quiero pedir otro préstamo al banco.

Se dio cuenta de su error en cuanto lo dijo. No había tenido intención de meter a Leone en sus problemas financieros.

—¿Has pedido un préstamo? —dijo Leone, tensa.

—A mí no me dieron una beca como a ti, hermanita.

Leone le dio un puñetazo en el brazo. Fuerte. Theo se enderezó de golpe, frotándose la zona dolorida. Tenía un buen derechazo.

—¿Por qué me das?

—¿Lo sabe mamá?

—Tuvo que firmar algunos de los documentos.

Leone se puso rígida y apretó la mandíbula.

—¿Por qué no me lo dijiste a mí? ¿Y cómo ha conseguido mamá callárselo? Pero ¡si chismorrea sobre absolutamente todo!

—Le pedí que no lo hiciera. No quería preocuparte ni hacerte sentir culpable.

—Te daría otro puñetazo.

Y, acto seguido, lo hizo.

Theo le agarró el puño antes de que le diera una tercera vez.

—Lo siento. No era mi intención hacerte sentir mal.

—¿Cuánto necesitas para el máster?

—Puedo conseguir casi todo. ¿Unos dos mil, más o menos?

—Joder, Theo. A veces te odio. Te quiero y me duele que no me pidieras ayuda a mí. Te puedo dejar dinero.

—¿Y qué pasará cuando se te acabe la beca? Sé que te encantaría hacer un doctorado.

Leone se subió las gafas que se le resbalaban por la nariz.

—Me han ofrecido ayudar en un trabajo de investigación este verano, así que coge el puñetero dinero.

Pero según los cálculos de Theo, eso les pondría en un aprieto económico. No importaba lo mucho que Leone le ayudara. No sería suficiente.

—No será suficiente.

—Encontraremos una solución. Prométemelo.

Theo se masajeó la nuca y se puso en el lugar de su hermana. Si Leone necesitara el dinero y no se lo pidiera a él, se cabrearía muchísimo. De alguna forma, habría encontrado la manera de ayudar. Suspiró.

—Ok, lo resolveremos.

CUANDO SE ENCONTRÓ CON JAMIE PARA SU CAFÉ DE LOS jueves, Theo seguía sintiéndose como una mierda por haber metido a Leone en su tema financiero.

Se sentaron fuera, en su mesa habitual. Hacía incluso más calor aquí que en el parque, así que Theo se quitó la chaqueta de cuero y la puso en el respaldo de la silla. Jamie, como siempre, tenía la cabeza apoyada contra la pared y se quedó mirándolo, reparando en su camiseta roja de JMA.

De forma tácita, parecían haber acordado que Theo podía usarla cuando quisiera. La mezcla de bambú y algodón la convertían en la camiseta más cómoda y suave del mundo. Además, le gustaba cómo le quedaba el rojo.

Y también le gustaba cómo le miraba Jamie cuando se la ponía.

Como ahora, que lo miraba con las comisuras de los labios ligeramente levantadas.

Este agradable —aunque momentáneo— tiempo muerto, casi hace que Theo se olvide de la tensa comida con Leone. Casi.

Le dio un trago al *latte* al que Jamie le había invitado, agradecido de que hubiera pagado por los cafés de ambos. Lo hacía la mayoría de los días, pero hoy le tocaba una fibra sensible en su orgullo. Jamie siempre lo cuidaba. Así, sin más.

Incluso el día que les había estropeado a él y a Sean su noche en el bar gay, Jamie le había invitado; Theo ni siquiera había pensado en ello.

Él también quería comprarle algo.

—Estás más callado de lo habitual —dijo Jamie cerrando los ojos.

—Tengo mil cosas en la cabeza. Los finales… —Mis finanzas—. Tú también has estado ocupado.

Jamie había estado preparando sus clases para un curso de Economía que iba a impartir este verano. Había estado revisando sus apuntes sobre Economía keynesiana y trabajado en los ejemplos que los alumnos no pillaban. Theo le había estado echando un vistazo anoche, tras revolcarse desnudos en la cama.

—¿Crees que merece un KISS? —le había preguntado Jamie.

Y Theo sabía que el significado real de esas palabras era: «¿Encuentras mis ejemplos tan enrevesados como para gritarme en medio de la clase un *Keep it Simple, Stupid*?», pero la pregunta había salido como un susurro, cargada de doble sentido y eso lo había inquietado.

—¿Theodore?

Theo se giró al oír su nombre.

Sam se acercaba toda sonriente, con unos vaqueros verde azulados, sandalias de tiras y una camiseta blanca y negra bajo un chaquetón azul marino. Tenía un café para llevar en la mano izquierda, resaltando la piedra que brillaba en su dedo.

Theo le devolvió la sonrisa. No sentía nada por ella. Nada.

—Hola, Sam.

Ella paró al llegar a su mesa y buscó una silla con la mirada.

Theo se alegró de que no hubiera ninguna libre.

—¿Cómo te va? —preguntó ella, girando su capuchino (siempre pedía capuchino)—. ¿Preparado para los exámenes?

—Las cosas no han cambiado tanto, Sam.

Pues claro que estaba preparado para los finales, ¿es que acaso no lo conocía?

Se acordó de cómo se olvidó de advertirle de lo de las barcas, así que cabía la posibilidad de que no lo conociera en absoluto.

Theo se percató de que Jamie se movía en su silla, alerta, con los ojos fijos en Sam, apretando con fuerza su café.

—Sam, Jamie. Jamie, Sam.

Sam le dedicó una leve sonrisa y lo saludo con un movimiento de la mano con la que sujetaba su café.

—Creo que te he visto antes —le dijo a Jamie—. En el departamento de Economía, ¿puede ser?

A Jamie le llevó unos segundos encontrar su voz. Cuando lo hizo, esta sonó más profunda de lo normal, un poco borde.

—El departamento de Economía es mi segunda casa. Mi casa de verdad es la de Theo.

Theo se atragantó con el café.

—¿Eres su nuevo compañero de piso? —preguntó Sam.

Jamie sonrió. Puede que de forma un poco demasiado tensa.

—No tan nuevo.

Sam se puso un mechón de pelo detrás de la oreja y le dedicó una leve sonrisa.

—Espero que no te esté volviendo loco. Es difícil vivir

con él.

Theo soltó una risa, a pesar de no hacerle ninguna gracia, pero, antes de que pudiera defenderse con algún chiste, Jamie habló:

—Theo es tranquilo, tiene buen humor y donde las da, las toma. En la cocina está lejos de ser Gordon Ramsay, pero siempre friega y sabe cómo sacarle una carcajada a cualquiera que se le acerca. Es, de lejos, la mejor persona con la que he vivido.

El rostro de Sam se vio invadido por la sorpresa para, acto seguido, ponerse roja de vergüenza. Aunque no era nada comparado con el calor subiendo por las mejillas de Theo. Le había sorprendido el estallido de sinceridad y, sobre todo, lo cargado de celos que había sonado.

Sentía mariposas aleteando en su interior.

Sam se rio, descolocada; dio un trago a su café y miró a Theo, buscando un poco de apoyo. Pero Theo se había quedado ahí, sonriendo, observando la mirada carente de emoción que Jamie le dedicaba mientras se echaba hacia delante en su silla, como listo para saltar entre ellos y gritar: «¡Este leo es mío!».

Jamie vio la sonrisa cada vez más grande de Theo y sus hombros se relajaron, suavizando también el agarre que tenía sobre su café.

—Eso es verdad —dijo Sam—, siempre hacía reír a nuestros amigos. —Relajó los hombros y miró de nuevo a Theo—. Echo mucho de menos eso.

La sonrisa de Theo se suavizó. Que hubiera dicho «nuestros» amigos, en vez de «mis» amigos era importante para él.

Ambos habían madurado desde su ruptura y parecía que había resurgido algo entre ellos. Nada romántico, por Dios, no. Pero, quizás, algún día pudieran ser amigos.

—Deberíamos quedar un día para ponernos al día —dijo Theo.

—Eso me gustaría.

El sonido que hizo Jamie decía que a él no le gustaría nada.

Theo estiró las piernas bajo la mesa y acarició el pie de

Jamie con el suyo.

—Pues nada —dijo Sam retrocediendo—. Ha estado bien que nos encontráramos, Theodore. Jamie, ha sido... No sé... ¿Quizá podríamos intentarlo alguna otra vez?

—Sí que podréis —dijo Theo—. Vendrá conmigo a tu boda.

—¿Él?

—¿Yo?

Theo miró entre Sam, que parecía confusa, y Jamie, cuya confusión parecía estar batallando con su orgullo.

Theo le frunció el ceño.

—Ya lo sabías.

—Creí que habías cambiado de opinión al descubrir que yo no era la mejor opción para Leone.

—Pero sí eres mi mejor opción. ¿Sigues queriendo venir? —y a Sam le dijo—: No hay problema, ¿no?

—No..., claro que no. Trae a quien quieras. —Sam volvió a sonreír—. Entonces, puede que podamos charlar en la boda, ¿Jamie?

Dejó la pregunta en el aire, dio media vuelta y desapareció por entre las mesas.

Jamie seguía mirándolo.

—¿Qué? —preguntó Theo.

Jamie se tomó su tiempo y, después, aprisionó el pie de Theo entre los suyos.

—¿Qué veías en ella?

—Intereses comunes. Ambos estudiamos carreras de Empresariales, nos gustaba salir a correr y aguantaba bebiendo mucho más que yo. Lo que, supongo, no es tan difícil. Era mona y hacía esa cosa con la nariz cuando hablaba.... —Jamie derramó su café sobre la mesa y empezó a gotear por el borde hasta caer en los pantalones de Theo—. Patina como si fuera profesional...

Jamie cogió las servilletas y las puso encima del charco en la mesa. Estaba claro que necesitaban más. Se levantó, fue hacia la cafetería y Theo le oyó murmurar: «cualquiera puede patinar».

«Tengo un trocito de algo que parece madera en el talón»
«¿Una astilla?».

Theo y Jamie antes de que Jamie lo empezara a _operar_ con unas pinzas.

Capítulo Diecinueve

Theo casi ni recordaba cómo llegó a casa aquella tarde. Hubo un autobús, algo de caminata y una parada en el súper, pero estaba tan absorto en sus pensamientos que se sorprendió cuando se descubrió a sí mismo abriendo la puerta principal. Guardó los zapatos en el mueblecito de la entrada, soltó la mochila —que estaba hasta arriba de libros— en el sofá y dejó la compra en la isla de la cocina, en el sitio favorito de Jamie.

Llamó a voces a Leone, pero no hubo respuesta. Estaba solo, lo que no era mala cosa en ese preciso momento. La cabeza seguía dándole vueltas. Le habían gustado los nada discretos celos de Jamie y, antes de irse, Theo le había hecho saber que se sentía profundamente halagado.

Todo eso era verdad, pero había otras cosas que se agitaban bajo la superficie. La inquietud y frustración que le habían estado acechando durante semanas parecían estar cobrando voz tras su encuentro con Sam.

Sacó dos cosas de la bolsa de papel.

Un tarro de mantequilla de cacahuete *sin* trozos y un paquete de pasas recubiertas de yogur.

Cogió el tarro de la mantequilla y pasó el pulgar por el borde de la tapa. Un golpe de entusiasmo se abrió camino por su remolino de confusión mientras escribía la cita del día, la pegaba en el tarro y lo guardaba en el armario, donde Jamie pudiera verlo.

Se sentó en la encimera y empezó a lanzar arriba y abajo el paquete de pasas, pensando qué cojones era lo que le hacía sentir como si alguien estuviera tirando de él en distintas direcciones.

Pero es que…

Ya había experimentado dos veces lo que el amor podía joder. Una, en el buen sentido de la palabra y, otra, en el malísimo. Cuando Sam lo dejó, fue como si Theo lo hubiera perdido todo: alguien con quien contar, a quien creyó sus amigos, el futuro que había esperado tener. Y esa era la razón por la que no había mostrado interés en tener citas durante tanto tiempo y el motivo por el que no había funcionado con el camaleón.

Poner límites estaba bien, lo hacían sentir a salvo, como decía la letra de la canción de Capital Cities, *Save and Sound*. Sano y salvo, así, literal.

Theo lanzó las pasas hacia el techo y las cogió al vuelo con ambas manos.

Se oyó la puerta abriéndose, el sonido de risas y pasos apresurados. Theo se bajó de la encimera y se giró para ver a Sean llevando a su hermana de espaldas hacia el salón y empujarla con suavidad contra la columna donde Leone solía hacer yoga. Las manos de Sean sostenían la cabeza de su hermana mientras se pegaba a ella y la besaba.

Theo apretó las pasas contra su pecho, la sorpresa lo había dejado como congelado en el sitio.

Los brazos de Leone rodeaban el cuello de Sean y tenía una pierna enlazada alrededor de su cadera. Cuando la oyó decir «Sean» en tono sugerente, Theo se aclaró la garganta. Ambos se pusieron rígidos y lo miraron. Sean se separó un poco de Leone, pero no la soltó.

—¿Desde cuándo está pasando esto? —dijo Theo en tono de broma, porque ya lo había visto venir.

Leone se levantó las gafas de sol.

—Creí que habías quedado para ir a la biblioteca.

—En breve.

Theo dejó el paquete de pasas en la encimera y miró a Sean. Tenía una sonrisa tonta y enorme mientras le daba un pequeño beso a Leone en la sien.

—¿Podría ese «en breve» ser «ya mismo»?

Sean miró a Theo y sus ojos se deslizaron hasta su pecho. Su sonrisa desapareció de repente, poniéndose rojo de rabia. Dejó a Leone y se acercó a la cocina, agarrándolo por su camiseta JMA y acercándolo a él.

—¿Por qué llevas puesto esto?

—Jamie me deja. —Theo le pellizcó los dedos—. ¿Me sueltas?

Sean retrocedió, dejando caer el brazo.

—Yo le regalé esa camiseta —dijo Sean. Y, luego, en un tono más bajo y apretando la mandíbula, añadió—: si alguna vez le haces daño, te patearé el culo.

—¿Qué pasa? —preguntó Leone.

—Eso es lo que a mí me gustaría saber —dijo Theo devolviéndole la mirada a Sean, que en esos momentos se pasaba una mano por el pelo.

—Nada, da igual —masculló Sean, mientras se sacaba el móvil del bolsillo—. Necesito hablar con el bombón.

THEO NO QUISO ALARGARSE MUCHO EN SU ENTRENAMIENTO DE bádminton. Debería haberlo anulado, dado que estaba demasiado ido como para prestar atención, pero no había querido dejar colgado a Kyle. Quería saber de dónde había salido esa agresividad supermachote de Sean y lo quería saber ya mismo.

Cuando llegó a casa, pasó casi sin saludar a Sean y a Leone —que estaban acurrucados en el sofá— y subió a la habitación de Jamie a toda prisa.

Jamie debió de sentirlo —o él hizo demasiado ruido al subir— porque hizo girar su silla justo cuando Theo entraba por la puerta.

—¿Entiendo que ya has hablado con Sean?

—Sí. —Jamie se levantó, cogió el jersey que tenía en el respaldo de la silla y se lo puso, acercándose a él. Le quito con cuidado la bolsa que llevaba colgada al hombro y la lanzó a la cama—. ¿Damos una vuelta en coche?

—Espero que «vuelta en coche» sea el nombre en clave para «déjame que te explique qué está pasando».

Sean, que seguía en el sofá, giró la cabeza y los observó mientras bajaban las escaleras. Parecía estar teniendo una conversación silenciosa con Jamie, y a Theo le hubiera encantado formar parte de ella.

Jamie le dirigió hacia la puerta principal con una mano en la parte baja de su espalda. Theo no se había quitado los zapatos y Jamie necesitó menos de diez segundos para ponerse sus botas y coger su chaqueta de cuero.

En el coche no hablaron mucho. Jamie parecía perdido en sus pensamientos y Theo mantuvo la boca cerrada, sus nervios tan a flor de piel como la pasada noche.

Aparcaron en el centro, en una calle pequeña iluminada por varias farolas y atestada de edificios de ladrillo con tuberías metálicas sobresaliendo de ellos.

Jamie se echó para atrás en su asiento apoyándose en el reposacabezas. Agarraba con fuerza el volante y miraba al frente, hacia donde la ciudad se abría ante el serpenteante río, plateado bajo la luz de la luna.

Theo se centró en Jamie y trató de encontrar algo gracioso que decir para aligerar el ambiente, porque así era como ellos funcionaban. Jamie y él no tenían conversaciones serias.

—Jamie, me estás asustando, ¿qué pasa?

Jamie cogió aire como para hablar, pero al segundo se desinfló. Se quitó el cinturón y salió del coche.

Theo hizo lo mismo.

Jamie empezó a andar por la acera a un paso que hizo que Theo casi corriera para alcanzarlo.

Al llegar a él, lo agarró del codo y le dio un apretón. Jamie disminuyó la marcha.

—Sean... —Jamie apretó los labios y no volvió a hablar hasta que giraron en una calle que daba al río. Theo se estremeció, pero no estaba seguro si era por la tan esperada conversación o por el fluir del agua—. Sabe que hay algo entre nosotros.

—¿Cómo se ha enterado?

—Ayer subió a contarme qué tal le va con Leone y nos vio juntos en la cama.

Theo jugó con el dobladillo de su camiseta roja, bajo el jersey.

—Ah. Y verme con tu camiseta lo desencadenó. Pensó que éramos novios, que lo manteníamos en secreto y tenía que darme la charla de «haz daño a mi amigo y yo te lo haré a ti».

—Probablemente estaba cabreado porque Jamie no se lo hubiera contado todavía—. Pero se lo explicaste, ¿no? Que era solo sexo y que por eso no se lo habías contado. Por lo mismo que yo no se lo he dicho a Leone. No puede estar demasiado enfadado, ¿no?

Jamie apartó la mirada y la fijó en el brillante río. Se aclaró la garganta.

—Así es. Sí. Le he contado nuestro acuerdo.

—Entonces sabrá que no voy a hacerte daño ni tú puedes hacérmelo a mí.

Jamie disminuyó el paso, su ceño frunciéndose al mirar a Theo.

—¿Sigues satisfecho con esto?

El énfasis puesto en «esto» ponía de manifiesto que se estaba refiriendo a su acuerdo del amigos con derecho a roce. Theo asintió rápidamente. Demasiado rápidamente, quizás. Todavía no se le había asentado el estómago. Tras un escalofrío se acercó más a Jamie.

—Estar tan cerca del río me está acojonando —dijo Theo —. Me siento raro, enfermo, como si fuera tan ligero que pudiera ser arrastrado por la brisa y arrojado al río como si de una piedra se tratara.

—¿Quieres que te abrace?

Sí, sí, quería el fuerte brazo de Jamie alrededor de su cintura, agarrándolo y poniéndolo a salvo.

—Bueno…, no quisiera salir volando y ahogarme.

Jamie pasó un brazo a su alrededor, y su olor a madera y vainilla y toda esa calidez lo envolvieron.

—¿Mejor? —preguntó Jamie.

Theo suspiró.

—Creo que así podría incluso llegar a la mitad del puente.

Jamie lo agarró más fuerte y empezaron a caminar hacia el río. Theo estaba un poco ansioso, pero, cuando Jamie giró la cara hacia él y le preguntó al oído si deberían dar media vuelta, Theo se apretó más contra él.

—Terminaré los finales el viernes que viene.

—Estoy seguro de que lo harás bien.

—He pensado que podríamos reservar una pista de bádminton para esa noche e intentar jugar otra vez.

Theo sintió la risa de Jamie pasar a través de sus cuerpos.

—¿Estás seguro? No pareció gustarte la otra vez.

—¿Es por eso por lo que no has vuelto a invitarme?

—Sí. —Se detuvo—. ¿Por qué creías que no te invitaba a venir, si no?

—Porque jugaba de pena.

—Es que juegas de pena.

Theo le pellizcó el muslo.

Jamie no se apartó, sino que se acercó más.

—Pero esa no era la razón.

—¿El próximo viernes, entonces? —dijo Theo—. ¿Qué te parece? Te prometo que lo pasaremos bien.

—Tú y tu pasarlo bien.

Jamie se detuvo de nuevo y Theo miró a su alrededor. Estaban en medio del puente Andy Warhol y solo una colorida barandilla les separaba de la oscura y ondeante agua.

—¿Estás bien? Parece que estás conteniendo la respiración.

Theo giró y Jamie hizo lo mismo hasta que estuvieron cara a cara, con el brazo de Jamie aún a su alrededor.

—Cuéntame otra vez lo bien que nadas.

—Estás a salvo, Theo.

Theo, temblando, se separó de Jamie y fue hacia la barandilla. Le daba la sensación de que el estómago se le iba a caer a los pies, pero a estas alturas ya estaba familiarizado con la sensación, teniendo en cuenta la de veces que le pasaba alrededor de Jamie.

Theo agarró el acero y miró hacia el agua centrándose en cómo su superficie reflejaba las luces.

Tomó aliento y miró por encima del hombro a Jamie, que se acercó a él por detrás, le pasó ambos brazos por la cintura y lo abrazó. Fuerte, sólido, seguro.

—Cuéntame la historia otra vez —dijo Theo en voz baja —, esa en la que estamos en tu barca.

«Estaba teniendo un día de mierda hasta que tú llegaste a casa».

Theo recostado en la cama de Jamie. Desnudo.

Capítulo Veinte

Las horas previas a cada examen final parecían alargarse mientras Theo repasaba y obligaba a Jamie o a Leone a preguntarle. Cuando los exámenes empezaron, el tiempo pasó mucho más rápido de lo que Theo hubiera querido e intentaba, cada vez que terminaba uno, no pensar demasiado en qué podría haber hecho mejor.

Economía Aplicada fue su último examen y se había pasado la tarde anterior paseando arriba y abajo por la habitación de Jamie mientras lo obligaba a que le hiciera preguntas desde todos los ángulos posibles.

Cuando Jamie dejó de examinarle, lo empujó a la cama y ahí también se dedicaron a experimentar todo tipo de posibles ángulos.

Y respondió a todos correctamente, arqueándose cuando Jamie le metió un dedo y le acarició la próstata. Sus gemidos, profundos y hambrientos, parecían alimentar la lujuria de Jamie. Las manos de Theo dejaban marcas en el culo de Jamie mientras se movían como si estuvieran follando. Porque follar seguía siendo un límite para Jamie y Theo respetaba esa frontera que se habían marcado, a pesar de que estuviera al borde de la locura de lo mucho que lo necesitaba dentro de él.

Cuando, al acabar, Theo se levantó para estudiar más,

Jamie le aprisionó la muñeca y tiró de él de nuevo hacia la cama.

—Si a estas alturas no te lo sabes, ya no hay nada que hacer —le dijo cogiendo un mechón de pelo que Theo tenía pegado a la mejilla—. Pero te aseguro que lo llevas bien.

Theo sonrió.

—¿Qué nota me pondría, señor Jamie Cooper?

—Necesitas que te infle un poco más el ego, ¿no?

—*Sip*.

Jamie se rio. Se quedaron dormidos enseguida y se despertaron un poco antes de que sonara la alarma, calentitos y a gusto en los brazos del otro. Theo se deleitaba en la sensación del cuerpo de Jamie envolviéndolo y no quería levantarse de la cama.

—¿Quién hubiera imaginado que abrazarse desnudos podría ser tan increíble? —dijo Theo mientras Jamie se estiraba.

—Cualquier hombre con sangre en las venas —contestó Jamie arrastrando las palabras.

—¿Quién hubiera imaginado que abrazarse desnudos sin estar buscando sexo podría ser tan increíble?

Jamie abrió un ojo. Tenía esa voz ronca de cuando uno se despierta.

—¿No quieres sexo?

Negó con la cabeza.

—Aunque me encanta hacer que pongas los ojos en blanco y te estremezcas, creo que cinco minutos de esto es lo único que necesito esta mañana.

Con los nervios del examen revolviéndole el estómago, estar pegado a Jamie le resultaba más estabilizador que el sexo.

Jamie, con una mano en el cuello de Theo, estudió su cara detenidamente mientras con su pulgar daba golpecitos en su sien como si quisiera poder leer sus pensamientos.

Una hora más tarde, de camino a su examen, Theo seguía pensando en cómo la mirada de Jamie parecía atravesarlo y desestabilizarlo.

Se enfrentó a su último examen creyendo —esperando—

235

que Jamie estuviera orgulloso de sus respuestas. Nada más entregarlo, lo único que quería era encontrarse con él y contárselo todo. Compró unos cafés y se dirigió al departamento de Economía que es donde se encontraba Jamie organizando las clases y tutorías estivales.

La sonrisa que le dedicó al verlo, hizo que ese hormigueo que sentía estallara. La sensación había ido creciendo poco a poco, esa reacción que tenía cada vez que lo veía y, en esa ocasión, se le fue extendiendo desde la cabeza hasta los pies. Acercarse a él era casi inaguantable.

Solo tenían unos minutos para estar juntos antes de la reunión de Jamie con su director de máster y Theo tuvo que tragarse su decepción. Aunque no era como si no fueran a verse en siglos; habían quedado esa noche para jugar al bádminton.

Pero ¿qué cojones le pasaba?

Cuando salió de la oficina, Theo se chocó con la chica que había coqueteado con él la primera vez que vino al departamento de Economía buscando a Jamie. Parecía que habían pasado eones, no solo cuatro meses. El pensar en todo lo que habían cambiado las cosas en esos cuatro meses casi le hacía reír. ¿Quién hubiera pensado que su extutor se convertiría en su mejor amigo y en el tío con el que se acostaba cada noche?

Paseó la mirada por la chica justo como había hecho ese primer día. Seguía siendo guapa, con su flequillo y su pelo ondulado, pero esta vez no hubo deseo. Ni una pizca.

—Lo siento —dijo Theo, soltándole el brazo que le había agarrado para evitar que se cayera—, estaba distraído.

Ella le dedicó una sonrisa dulce.

—Vienes un montón por aquí —le dijo, mirando por encima del hombro de Theo hacia el despacho de Jamie.

Qué curioso que él nunca se hubiera percatado de la presencia de la chica salvo hoy y aquella primera vez.

—Es que es la segunda casa de Jamie... —Theo se encogió de hombros.

—Ha estado muy distinto este año —dijo ella.

—¿A qué te refieres?

—Siempre ha sido un chico con las cosas claras, directo al grano y con un sentido del humor discreto, ¿sabes a qué me refiero? Como si encontrara ciertas cosas graciosas, pero no quisiera compartir la gracia. Pero, últimamente, lo hemos descubierto mirando por la ventana con una sonrisa en la cara. Se ríe más y también habla más. —Se acercó un poco más a él y añadió en voz baja—: Casi todo el departamento cree que tiene novio.

Theo, que llevaba su cartera cruzada a la altura del pecho, agarró con fuerza la correa notando lo rápido que le iba el corazón.

—Y... —continuó la chica—, la gran mayoría cree que eres tú.

Theo negó con la cabeza e intentó no tartamudear.

—Solo somos amigos.

Theo se fue, abandonando el edificio como alma que lleva el diablo y se dirigió al departamento de Historia. Las náuseas que sintió en el río, volvieron con fuerza. Encontró a Leone y la arrastró al parque donde solían comer.

Su hermana se ajustó las gafas de sol y esperó a que Theo le explicara el motivo del secuestro.

Theo iba de un lado a otro frente al banco donde Leone estaba sentada, pisando la gravilla que se había salido del camino y había acabado en el césped.

—Me estoy acostando con Jamie.

Leone se mordió el labio inferior, pero no pareció tan sorprendida como Theo esperaba.

—¿Te lo había contado Sean? —le preguntó.

—No —dijo su hermana despacio—, pero...

—Es solo sexo —soltó Theo metiéndose las manos en los bolsillos mientras seguía paseándose—. Somos amigos con derecho a roce.

—¿Estás seguro?

—¿Qué se supone que significa eso?

—Mera curiosidad, Theo. —El aire le alborotó el pelo y se lo apartó de la cara—. Pero ¿qué diferencia hay entre ser amigos que tienen sexo y ser novios?, ¿sales con otros?, ¿lo hace Jamie?

—Él no haría algo así. Si estuviera interesado en alguien más, al menos me lo diría.

—A ver si lo he entendido —dijo ella con una sonrisa cargada de ironía—, sois amigos que tienen sexo el uno con el otro de forma exclusiva.

—Sé por dónde vas, pero no es eso, ¿vale?

—Pues cuéntame cómo es.

—El sexo con Jamie es divertido. —E intenso, sensual, desenfadado, puro. Era la guinda del pastel. Pero no dudaría en cortar ese pastel en mil pedazos por mantener la amistad que tenían—. Tener algo más que sexo sería complicar la cosas.

—A mí ya me parecen lo bastante complicadas, la verdad.

Theo negó con la cabeza. Su amistad con Jamie era más profunda que nada que hubiera tenido antes, tan profunda que parecía una parte esencial de él.

—Con lo que tenemos no corremos riesgos.

Su hermana permaneció callada un rato y, cuando habló, lo hizo citando algo que él ya había oído.

—No tengas miedo al rechazo, Leo.

Theo se rio.

—¡No lo dices en serio! Los horóscopos son para echarte unas risas, no un manual de cómo vivir tu vida.

—Pero hay algo de verdad ahí y, si yo no me lo hubiera tomado en serio, no me habría abierto a la posibilidad de Sean.

Theo cogió un poco de gravilla con la punta del zapato y la lanzó hacia el césped.

—Tengo otra duda —dijo ella—, ¿cómo te sentirás cuando Jamie encuentre un novio de verdad?

Las náuseas no iban a desaparecer ¿o qué?

—Pues me alegraré por él. Porque es mi amigo. Lo del sexo es algo provisional y no es nada serio.

Leone se levantó y le hizo un gesto para qué se acercara.

Cuando estuvo agarrada a su hombro le dijo que deberían volver al departamento de Historia.

Theo la acompañó, insatisfecho y aún inquieto. Más que inquieto. Mucho más.

Era como si se estuviera asfixiando por dentro, como si fuera a ahogarse. La garganta se le cerraba y eso hacía que necesitara encontrar a Jamie. Porque Jamie era un gran nadador y no dejaría que nada le pasara.

Abrazó a Leone y le dijo que Sean y ella deberían pasarse por la pista de bádminton esa noche.

Cuando se iba, Leone le dijo con ternura:

—Si no es nada serio, ¿por qué esta urgencia en hablar conmigo? De hecho, ¿para que siquiera contármelo?

Theo no contestó, pero esa pregunta lo persiguió durante el resto del día.

BEN Y KYLE, SEAN Y LEONE, JAMIE Y ÉL. TODOS HABÍAN acudido a la pista de bádminton. Ben y Leone se sentaron en las gradas de uno de los laterales mientras el resto empezaba su partido de dobles. Kyle y Theo contra Sean y Jamie, al mejor de tres juegos de veintiún puntos.

Jamie había sugerido que Theo fuera con Sean o con él «para equilibrar un poco las cosas», pero de eso nada. Theo había venido a demostrar algo.

Y a anotar un tanto, costara lo que costara.

Theo sacó primero y lo hizo tan bien que casi pilla a Jamie por sorpresa, pero este devolvió el golpe y Kyle lo respondió. La pluma volaba con fuerza sobre la red mientras Theo se movía rápido por la pista; y eso sí que cogió a Jamie por sorpresa.

La pluma pasó rozando su cara de asombro y, a pesar del movimiento acrobático de Sean para llegar a ella, no lo consiguió.

«Bien hecho, Theo».

Kyle le chocó los cinco con su raqueta. Ben los vitoreó y

Leone frunció el ceño, creyendo que Ben se había equivocado al decirle que Theo había hecho el tanto posible.

—¿Theo? ¿Mi Theo?

Theo sonrió y, subiendo y bajando las cejas sugerentemente, dijo:

—Démelo todo, señor Jamie Cooper.

Y Jamie se lo dio todo, cambiando la sorpresa inicial por la más pura determinación.

Aunque Theo había mejorado mucho, seguía sin ser rival para Jamie y Sean. Pero se había propuesto conseguir un tanto más para su equipo y volver a ver el asombro brillando en la cara y en los ojos de Jamie. Golpeó, despejó, la pluma sobrevoló la red y…

¡Zas!

Cayó con un fuerte golpe a los pies de Jamie, que negó con la cabeza sin poder creerlo. Sean levantó la pluma con su raqueta y se la devolvió a Kyle.

—Tiempo —anunció Jamie, saliendo de la pista.

En lugar de ir directamente a coger el agua que tenía en su bolsa de deporte, rodeó la red y cogió a Theo por el brazo.

Theo se dejó arrastrar, a pesar de la suavidad en el agarre y Jamie lo condujo hasta donde tenían las bolsas, un poco más allá de donde se encontraban Ben y Leone. Tenían toda la privacidad que podía tenerse en un campo abierto.

Jamie sacó dos botellas de agua y le pasó una a Theo. Mientras bebían Theo fue incapaz de esconder su sonrisa de suficiencia, a la vez que contaba el tiempo que le llevaba a Jamie decir algo: diez segundos.

—¿Hay algo que quieras decirme, Theo?

Theo dejó crecer la tensión antes de hablar, asegurándose de marcar esos hoyuelos que tanto le gustaban a Jamie. Se encogió de hombros y, como quien no quiere la cosa, dijo:

—Ya te dije que cualquiera podía jugar al bádminton.

Cuando Jamie recogió su raqueta, Theo creyó sentir que le rozaba ligeramente el culo con ella.

Una risa se abrió paso a través de la frustración que le

había tenido sintiéndose raro todo el día… Todo el mes, quizá. Puso el tapón a su botella de agua y añadió:

— Kyle ha estado dándome clases.

—¿Cuándo…? Las noches en la biblioteca, ¿no? Ya sabía yo que ese afán por estudiar era demasiado bueno para ser verdad.

Antes de que Theo pudiera siquiera coger su raqueta para darle el mismo golpe en el culo que él había recibido, Jamie ya caminaba hacia donde estaba Sean, mirándolos sin perder detalle.

—Hagamos que esto sea más interesante —dijo Theo—. El próximo que marque…

—Hace la colada durante un mes.

—¿La colada? ¿De verdad eso es lo mejor que se te ocurre? Jamie alzó una ceja.

—Es que no se me ocurre otra forma de conseguir que metas mano a ese cubo rebosante de ropa sucia.

—Crees que vas a ganar.

—Será divertido verte doblar mis camisetas y emparejar mis calcetines.

Jamie parecía feliz solo de pensar en semejante tortura.

—Trato hecho.

Se colocaron cara a cara en la pista, sus raquetas listas, en tensión por la necesidad de marcar el siguiente punto.

—LO HAS IMPRESIONADO —LE DIJO BEN A THEO MIENTRAS estaban en la barra pidiendo una ronda para todos.

El bar lo habían elegido Ben y Kyle. Posiblemente, porque vivían a la vuelta de la esquina y no tenían que preocuparse de cómo volver a casa después. Y, tras el guiño que Kyle había dirigido a su novio, Theo se preguntaba si no sería este el bar en el que se habían conocido.

Era un sitio moderno, con paredes de ladrillo expuesto y muebles rústicos. Las distintas zonas, con forma de L, estaban iluminadas por luces tenues de color púrpura. A Theo le gustaba porque no era el bar al que solía ir Jamie.

El suelo vibraba por la música, más alta en la barra que en la mesa que habían cogido, teniendo que acercarse el uno al otro para poder oírse.

—Pero no lo suficiente.

Theo había perdido la apuesta tras un largo y duro tanto. Él se lo había buscado y ahora tenía que aguantarse y hacer la colada, pero eso no quería decir que no fuera a intentar librarse por todos los medios posibles.

—Bah —dijo Ben—, pero si no te ha quitado los ojos de encima durante todo el partido. Y después tampoco.

Se habían duchado y cambiado de ropa en los vestuarios y Ben había tenido que volver a entrar para recoger una toalla que se le había olvidado a Kyle.

Por la forma en la que miraba a Theo y a Jamie desde entonces, posiblemente los hubiera pillado juntos, y ahora creía que había algo entre ellos.

Y había algo, pero... no eso.

Aparcó esos pensamientos y cogió la primera de las bandejas que les pasó el camarero. Ben se hizo cargo de la segunda y, entre ambos, llevaron la cerveza, los cócteles y el refresco hacia la mesa que habían cogido en un rincón del bar. Era una de esas cabinas con sillones en tres de sus cuatro lados.

Una vez que repartieron las bebidas, Ben no dudó en trepar sobre Jamie para llegar a su novio.

Leone y Sean estaban hablando sobre los beneficios de ser ciego y Kyle parecía encontrar las ocurrencias de Leone graciosísimas. Jamie dio un trago a su cerveza, divertido. Theo se puso el jersey que había dejado en uno de los sillones de piel y cogió su refresco. Esta noche de verdad que no iba a beber y sería él quien condujera. No lo iba a estropear como la vez anterior.

El brazo de Theo rozó el de Jamie y el tacto frío de la correa de su reloj le puso la piel de gallina. Ambos levantaron la vista a la vez y Theo se estremeció de pies a cabeza.

Theo juntó los brazos, agarrando su refresco como excusa y, en un susurro, dijo:

—¿Hay alguna manera de que consiga librarme de hacer la colada?

—Ja. No.

Theo lo miró mal, pero siguió intentándolo. Apoyó la mano en el muslo de Jamie, bajo la mesa, y la fue subiendo.

—¿Estás seguro?

—Eres increíble.

—Lo sé.

Jamie paró el toqueteo de Theo con su propia mano, y entrelazó sus dedos juntos. Era lo más cerca que habían estado de darse la mano en público desde que adquirieran su estatus de «amigos con beneficios» y, de repente, la mano de Theo empezó a sudar y a temblar. Esperaba no dejar su huella dactilar dibujada en los vaqueros de Jamie. Joder, qué mal.

—No voy a cambiar de opinión. Una apuesta es una apuesta.

—¿Doble o nada? Podría ser tu esclavo de plancha durante dos meses. Qué coño, subamóslo a todo el verano.

Jamie pareció interesado y, dándole unos golpecitos con el dedo en el meñique, dijo:

—Tentador. Pensaré en ello.

Tras darle un apretón en el muslo, Theo liberó su mano y rodeó el vaso con ella para ver si la condensación se la enfriaba un poco.

—... No hacer cola en el aeropuerto también está bien, pero lo mejor... —estaba diciendo Leone—, es el poder evitar los quehaceres de otros. «¿Necesitas ayuda con la mudanza? Ay, cómo lo siento, pero es que soy ciega».

Sean se rio.

—He visto lo bien que te apañas, no vas a librarte de ayudarme cuando me vuelva a mudar.

—¿Mudarte otra vez, tan pronto? —preguntó ella.

—Mi compañero de piso canturrea durante tres horas cada noche. No había dormido una noche del tirón hasta que empecé a quedarme en tu casa, preciosa.

—Si a eso lo llamas dormir…

Sean se rio y la cortó con un beso, ahorrando a Theo los detalles, gracias a Dios.

Ben estaba acurrucado contra Kyle, a gusto. Relajado.

—¿Y cómo lleváis lo de la boda? —Theo gimió ante el recordatorio. Solo quedaban dos semanas—. ¿Ya tienes vestido, Leone?

—Esa es otra ventaja —contestó ella—. Puedo llevar lo que me salga de las narices. ¿Quién sería tan imbécil de decirme que voy fatal vestida?

—Bueno… —empezó Sean, ganándose un puñetazo en el hombro. Un poco más arriba y Leone le hubiera dado un derechazo en la mandíbula—. ¿Y esta es otra ventaja de ser ciega? «Huy, lo siento, no pretendía darte una patada en los huevos».

El toma y daca continuó como si los ahí sentados fueran amigos de toda la vida. Kyle y Jamie hablaban sobre las mejores raquetas de bádminton y sobre si deberían unirse a algún club deportivo y Ben y Sean estaban comentando un juego del que Theo jamás había oído hablar.

Mientras el resto charlaba de forma distendida Leone le dijo a su hermano que fuera un caballero y la llevara al baño.

Cuando Theo y Leone volvieron de los aseos lo hicieron a una mesa casi vacía. Solo estaba allí Kyle, repantigado en uno de los sillones, con los brazos estirados sobre el respaldo, echando una ojeada alrededor del bar.

Miró a Theo y le dijo:

—Jamie y tú estáis liados.

Theo no se molestó en negarlo.

Leone escupió el enorme trago que estaba dando a su Jack Daniel's con Coca Cola.

—¿Cómo lo has sabido? —preguntó Leone.

Kyle se encogió de hombros.

—Intuición. La enorme cantidad de feromonas sexuales que ambos emanaban en la pista de bádminton. O que les acabo de pillar toqueteándose por debajo de la mesa.

—¡Theo! —dijo Leone, sorprendida.

Theo sonrió a Kyle, pero habló para Leone:

—Oye, que es *mi* aries. Supercompatibles sexualmente y todo eso.

Leone soltó una carcajada.

—Mamá estará encantada.

—¿Vais en serio? —preguntó Kyle.

La sonrisa de Theo desapareció.

—No.

—Amigos con derecho a roce —dijo Leone—, ¿verdad, Theo?

Theo tragó con dificultad.

—Verdad.

Ben volvió a la mesa y Theo lo dejó pasar. Sean y Jamie venían detrás con patatas fritas y salsas. Sean, de hecho, empezó a comérselas sin ni siquiera sentarse y, cuando una nueva canción empezó a sonar, cogió a Leone de la mano y se la llevó a la pista de baile.

Theo enganchó un dedo en una de las presillas de los vaqueros de Jamie y tiró de él para que se sentara, pero no se movió. Tenía la mirada fija en algún lugar al otro lado de la sala y el cuello en tensión.

Theo siguió la dirección de su mirada.

—¿Qué pasa?

El suspiro de Jamie pareció congelar las venas de Theo.

—Charlie.

¿Habían evitado el bar al que solía ir Jamie y resulta que su exnovio estaba en *ese* bar? Pero ¿qué mierda era esta? ¿El universo les estaba soltando un «que os jodan», o algo así?

—Oh —dijo Theo casi sin voz.

—Me voy a acercar a saludar.

A Theo no le parecía bien.

—¿Crees que es buena idea?

Jamie le dedicó una pequeña y (casi) tranquilizadora sonrisa.

—Me diste una lección el otro día con tu ex. Ya es hora de que yo también deje atrás el pasado. Quizá nosotros también podamos ser amigos.

No, a Theo no le parecía nada bien.

Buscó algo que pudiera decir para que Jamie no fuera para allá, pero solo le salió un suspiro tembloroso.

—Claro, vete.

Se agarró al borde de la mesa hasta que le dolieron los dedos y observó cómo Jamie se acercaba a un chico guapo de pelo cobrizo, con ropa un tanto pija y un grupo de amigos alrededor a los que parecía tener obnubilados. ¿Por qué tenía los ojos tan brillantes? Seguro que se drogaba.

Ben se acercó a él y echó un vistazo a Charlie.

—Muy mono. ¿Qué hace tu hombre con él? ¿Es parte de vuestro acuerdo?

Theo cerró los ojos un momento, esperando que cuando volviera a abrirlos, Jamie hubiera dejado ya de hablar con Charlie.

No hubo suerte.

Como no le entraban las patatas, se bebió lo que le quedaba de refresco y las burbujas le quemaron la garganta.

Theo estrechó la mirada al ver que Jamie y Charlie se daban un abrazo. Jamie hizo un gesto hacia la barra y Charlie le indicó una mesa libre a la que sus amigos se estaban dirigiendo. Jamie iba a pedir algo para que pudieran seguir hablando.

Theo rodeó la pista de baile y fue hacia Jamie, pero decidió cambiar el curso de sus pasos y, en su lugar, se dirigió a Charlie y compañía. Quería verle de cerca y oír su voz. Quería ver a la persona de la que Jamie creyó estar enamorado.

Ojalá se hubiera traído consigo su bebida. Haría que acechar la mesa no fuera tan raro. Por suerte, detrás de donde estaban había un tablón lleno que había ido dejando la gente en mayor o menor estado de embriaguez y, junto a él, una columna en la que apoyarse. Theo podía fingir interés en las citas etílicas mientras miraba disimuladamente a Charlie.

De cerca no era tan mono. Tenía la nariz demasiado respingona, las orejas un poco de soplillo y... ¿A quién quería engañar? Charlie estaba muy bien y, por la forma en que acaparaba la atención de sus amigos, estaba claro que lo sabía.

Theo estaba fingiendo leer una frase especialmente larga cuando uno de los amigos de Charlie habló.

—¿Quién es ese chico?

—Mi ex.

—Está bueno.

—Sí, pero aparte de su físico, no tenía nada más que me retuviera a su lado.

Theo dejó de fingir que estaba leyendo y se giró, viendo como Charlie se retiraba el pelo de los ojos.

—¿Fuiste tú quien rompió?

Charlie se encogió de hombros

—Es que era muy aburrido.

Theo vio por el rabillo del ojo una camiseta verde que conocía bien y miró en esa dirección para ver a Jamie ahí parado, con dos cervezas en la mano. Se había quedado a unos pasos de la mesa de Charlie y, a juzgar por la rigidez en su postura, había oído lo que este había dicho. A Theo le dolió verlo. El brillo en sus ojos pareció oscurecerse y, tras mirar durante unos segundos las cervezas que llevaba, dio media vuelta y, alejándose, se dirigió a su mesa.

Gracias a la columna, Theo parecía haberse librado de que Jamie lo pillara, pero no sabía si sentirse aliviado o no. Había querido cotillear, pero no había esperado enterarse de lo dolorosa que había sido la ruptura.

Theo sentía la garganta en carne viva y tenía las manos apretadas en puños. ¿Cómo se atrevía Charlie a decir eso sobre Jamie? ¿Cómo cojones se atrevía?

Charlie seguía hablando:

—Era todo comer sano, limpiar y estudiar. Lo único interesante que tenía es que le entraban los mil males cada vez que íbamos a una tienda y había maniquís. Supongo que como amigo está bien, pero no como amante.

Theo echaba humo. Una ira cegadora se revolvía dentro de él. Salió de detrás de la columna, directamente frente a la mesa y fulminó con la mirada al gilipollas de pelo cobrizo y ojos centelleantes.

—¿Estás hablando de Jamie Cooper?

Charlie lo miró de arriba abajo un poco perplejo, y dijo:

—¿Y a ti qué te importa?

—Pues mira, sí, me importa. Ese del que hablas es mi mejor amigo y me toca los huevos que sueltes esa mierda sobre él.

—Ya. Pues a mí me toca los huevos que te metas en conversaciones privadas.

—Estás en un bar, nada es privado. —Theo, envuelto en una nube roja, se acercó a Charlie y tuvo que agarrarse a la mesa para evitar darle un puñetazo y quitarle esa mueca de indiferencia de la cara—. Déjame que te deje una cosa clara.

Uno de los chicos se rio y eso hizo que Theo detestara todavía más a Charlie.

—Jamie es el tío más cariñoso, protector, determinado, auténtico y, en general, el tío más impresionante que jamás haya conocido. Haría lo que fuera por los suyos y el hecho de que quiera que comamos bien, que nos cuidemos y que alcancemos el máximo que podamos dar, le convierte en la mejor persona que uno podría tener a su lado —lo defendió Theo con entusiasmo.

—Bonito soneto, vete a cantárselo a él.

Theo tuvo que contener las enormes ganas que tenía de atizar la cara de gilipollas de Charlie.

Puede que nadie se hubiera dado cuenta, pero él conocía a Jamie y ese leve oscurecimiento en sus ojos revelaba que estaba afectado.

Charlie tenía que retirar lo dicho, joder.

—Me da mucha rabia que Jamie desperdiciara su tiempo contigo. No le mereces.

Charlie se levantó y empujó a Theo, haciéndole retroceder medio paso. Le pareció oír su nombre a lo lejos, pero mantuvo su mirada fija en Charlie.

—Por qué no te largas con Don Deprimente, ¿eh?

Theo echó hacia atrás el brazo dispuesto a golpear al tipo en su nariz de imbécil, pero alguien lo agarró por el codo y empezó a llevárselo de ahí.

—Basta, Theodory, cálmate.

Sean lo agarró por ambos codos, separándolo de Charlie y llevándoselo a rastras por la pista de baile cubierta de purpurina.

—¡Mierda!

Theo se soltó de Sean y cerró los ojos, intentando que su lado racional retomara el control.

Captó un olorcillo como a madera y decadente vainilla, y todo el vello del cuello y los brazos se le erizó.

Jamie le puso la mano en la parte baja de su espalda y fue sorteando a la muchedumbre que entraba, hasta salir del sitio.

Theo tenía las llaves del coche en el bolsillo, pero se dirigió hacia una callejuela que había en el lateral del bar, se apoyó contra la pared de ladrillo y dejó caer la cabeza contra ella.

—¿En qué estabas pensando? —le dijo Jamie, tenso.

Theo sintió que los ojos le ardían.

—Te insultó.

Jamie se quedó mirándolo fijamente. ¿Estaba cabreado con él? Al final, cerró los ojos y se los frotó.

—Vamos, Sean está acompañando a Leone al coche.

—Lo escuchaste —dijo Theo con voz ronca. Y es que eso era lo peor de todo.

—Sí.

—Ojalá no lo hubieras hecho —dijo Theo.

—Eso debería decirlo yo.

Theo se le acercó, agarró su camiseta y tiró de ella hasta poner a Jamie contra él, muy cerca de él, hasta que sintió su respiración rozándole la barbilla.

—Ese tío no merece que te mortifiques por él.

Jamie ladeó la cabeza.

—¿Quién ha dicho que me esté mortificando?

—¿No lo estás?

—¿Por Charlie? No.

—Sigo queriendo pegarle.

—¿Qué te parece si nos vamos a casa y me sigues contando cómo pretendes conseguir ese doble o nada? O, mejor aún: nos vamos y, al llegar, pones una lavadora.

~

CUANDO LLEGARON A CASA, LEONE PUSO LA TETERA Y LE pidió a Sean que cogiera las galletas que tenían al fondo del armario. Jamie se entretuvo colocando las cosas de bádminton en el armario de la entrada.

A Theo no le entraba nada de comer e hizo un gesto con la mano, rechazando las galletas que le ofrecían. Se sentó en el sofá y se quedó mirando a Jamie que se acercaba con una sonrisa que no le llegaba a los ojos. A Theo le sentó fatal. Esa sonrisa era mentira; podía sentir el dolor de Jamie como si fuera el suyo propio.

Sean se dejó caer en el sofá, al lado de Theo y, agarrándolo del cuello, le frotó la cabeza con los nudillos.

—He decidido que me caes bien, tío.

Theo se quitó esos nudillos huesudos de encima y contestó:

—Pues yo sigo indeciso con respecto a ti.

Sean se rio y Jamie, que estaba ayudando a Leone con las bolsas de té, les dirigió una mirada de soslayo. Theo sabía lo que le estaba costando a Jamie comportarse de forma normal y le encantaría que parara con la puta actuación.

—La verdad es que, durante un segundo, dudé si apartarte o no —dijo Sean—. Quería que pegaras a ese cabrón.

Leone se metió:

—Pues yo me alegro de que nadie haya presentado cargos contra nadie. Theo, ¿por qué lo has hecho?

Theo se quedó callado. Se negaba a repetir las palabras de Charlie. Por la forma en la que Jamie tenía la mirada perdida en sus tazas vacías, el recuerdo estaba demasiado cerca de la superficie.

—Estoy reventado —dijo Jamie y dio un apretón en el hombro a Leone—. Buenas noches a todos. Sean, mañana te toca hacer el desayuno.

Y, entonces, dirigiéndoles apenas una mirada, subió a su cuarto arrastrando los pies.

Sean plantó una taza caliente en la mano de Theo. Pero, tras varios minutos sin hacer amago de probarlo, Sean chasqueó los dedos frente a él, llamando su atención y obligándolo a despegar la mirada del balcón y de la puerta cerrada de Jamie.

—Así que has estado practicando bádminton en secreto. Cuéntame.

—¿Sabéis qué? Yo también estoy cansado.

Theo se levantó, tiró el té que no había probado por el fregadero y se dirigió a las escaleras.

—Tu cuarto está en la otra dirección —bromeó Sean.

Theo le enseñó el dedo corazón y subió al dormitorio de Jamie.

Cerró con cuidado la puerta tras él. La luz de leer que Jamie tenía en su lado de la cama estaba encendida, iluminando suavemente la habitación, pero Jamie no estaba leyendo. Estaba tumbado en la cama, con un brazo cubriéndole la parte superior de la cara, que tenía inclinada hacia el techo. Se había olvidado de quitarse el reloj, pero la ropa doblada en la butaca, le decía que sí se había desnudado.

Jamie movió el brazo como para mirarlo, pero pareció cambiar de opinión. Theo hizo rechinar los dientes, deseando haber pegado a Charlie. Puede que Jamie fuera bueno fingiendo que todo estaba bien y, joder, lo entendía, pero no era suficiente para Theo. Theo necesitaba llevarse ese dolor. Necesitaba que Jamie supiera que lo que había oído no era verdad.

Necesitaba hacerle saber que era el tío más increíble que había conocido en su vida.

Theo agarró el dobladillo de su camiseta y se la sacó por la cabeza. La lanzó al respaldo de la butaca e hizo lo mismo con los pantalones. También se quitó la ropa interior.

Se metió entre las frías sábanas y se puso de lado.

Ninguno de los dos habló.

Con cuidado, desabrochó el enganche de la correa del reloj de Jamie, se lo quitó y lo dejó en la mesilla de noche.

Jamie seguía sin quitarse el brazo de la cara, pero los dedos le temblaron.

Theo apoyó la cabeza en su hombro, la mano en su pecho y empezó a acariciar su suave vello.

Jamie lo apretó más contra él, la palma de su mano subiendo y bajando por la espalda y cadera de Theo, provocando que su polla creciera por la excitación. Pero Theo la ignoró. Tenía los labios rozando la piel de Jamie y los presionó contra su calidez, sintiendo el pulso de su corazón y la forma en que contuvo el aliento de golpe.

Por fin, Jamie bajó el brazo y agarró a Theo por la nuca. Sus ojos se encontraron, los segundos volando y enredándose hasta que Theo quedó atrapado y no pudo apartar la mirada. No es que quisiera.

Presionó un pie contra el de Jamie y levantó una pierna hacia su cintura, impulsándose sobre él. Se colocó encima y sus erecciones se presionaron juntas, ardiendo en deseo. Se contuvo. No embistió. Pasó los dedos por el pelo de Jamie y colocó la mano a un lado de su cuello. Con el pulgar, le levantó la barbilla y le ladeó la cabeza.

Fue un beso tierno, sin prisas.

Cuando se separaron, Theo tenía la respiración entrecortada. Volvió a besarlo, deleitándose en la forma en la que Jamie se aferraba a él y cómo se arqueaba contra su cuerpo. Se estremeció de pies a cabeza cuando sus lenguas se tocaron.

Sintiendo la necesidad de Jamie, Theo envolvió sus pollas con la mano y las acarició lentamente, extrayendo cada gruñido, cada gemido y cada estremecimiento posible. Y cada vez que Jamie se dejaba ir, Theo lo absorbía.

Iba besando su cuello, hacia abajo, hacia ese punto en el hombro que hacía que Jamie arqueara las caderas y rugiera de placer. Y Theo le devolvió cada rugido, cada gemido y cada bocanada de aire hasta que ya no supo de quién era cada uno.

Theo sintió aumentar el placer de Jamie y, con él, el suyo propio. Dejó caer otro beso y luego otro y otro… y, aun así, no era suficiente.

Jamie estaba cerca, Theo lo sentía en las rápidas y cortas respiraciones contra sus labios. Sus miradas se entrelazaron y, antes de que ambos se sumergieran en el orgasmo, un

252

momento de conexión —una toma de conciencia apabullante — ocurrió entre ellos. Se quedaron quietos, gimiendo, mientras su semilla caliente se extendía por sus pieles.

Sin fuerza alguna, Theo colapsó sobre Jamie mientras trataban de recobrar el aliento con sus liberaciones mezclándose entre sus cuerpos. Jamie se movió bajo él, cambiando de posición para llegar a los pañuelos de papel.

Theo se incorporó con una tímida sonrisa y se hizo cargo, limpiando a ambos. Al acercarse a la lámpara se fijó en lo sonrojado que estaba Jamie. Él había puesto ese rubor ahí.

Trepó de nuevo a la cama y Jamie apagó la luz poniendo a Theo contra él sin dudarlo ni un segundo.

Jamie cerró los ojos y suspiró. Theo empezó a sentirlo en su mano, la que tenía apoyada en el abdomen de Jamie. Esa sensación de estar mareándose lo llenó por completo, de forma violenta, obligándolo a aceptar lo evidente.

Oh.

Mierda.

«Y, por cierto, leos, no os olvidéis de sonreír».

Crystal dándole a Theo y Leone su horóscopo del día.

Capítulo Veintiuno

En esa ocasión, las cosas sí se pusieron raras.
De repente, Theo era superconsciente de todo lo que pasaba a su alrededor. Tan consciente que cada cosa que hacía parecía poco natural. Lo único que importaba era hacer reír a Jamie, tener alguna discusión divertida con Jamie, tener... lo que fuera con Jamie.

Y aun eso, parecía que la estaba cagando, porque a lo largo de la siguiente semana Jamie se distanció de él.

Y si Theo no creyera que era imposible, hubiera dicho que lo estaba evitando.

Jamie seguía estando ahí, pero tenía una especie de burbuja a su alrededor. Cuando Theo se tiraba en el sofá a su lado, se levantaba a hacer té. Cuando le tocaba el brazo, Jamie lo apartaba para comprobar la hora. Cuando subía a su habitación por la noche, no se acostaba hasta que Theo se quedaba dormido y, por las mañanas, se levantaba antes que él.

Cuando Theo enmascaró su preocupación y le dijo de broma a Jamie: «es que ya no te pongo cachondo», Jamie se quedó callado, tragando con dificultad, para terminar contestando que tenía demasiadas cosas en la cabeza. Los cursos de verano empezaban en una semana y tenía mucho que organizar. Para ser sincero, cada vez que Theo miraba la pantalla del ordenador de Jamie, este estaba trabajando en alguna presentación de Economía.

Resulta que, al final, Theo sí contemplaba la posibilidad de estar con un hombre.

Salió a correr, sorteando los charcos e intentando poner en orden las complicaciones de su nueva situación, pero no llegó demasiado lejos. Las náuseas atacaron de nuevo, como una avispa malvada aguijoneándole una y otra vez, hasta el punto que tuvo que pararse un par de veces en la cuneta, creyendo que iba a vomitar.

En lo único en lo que podía pensar era en el horrible vacío que le consumiría si perdía a su amigo.

EL MOMENTO DE LAS NOTAS HABÍA LLEGADO.

Theo las estaba comprobando *online* mientras su hermana se probaba un vestido.

—Ten en mente que no puedo ir demasiado corta ni enseñar demasiado.

Leone dio un tirón a la cortina del probador y Theo dejó de mirar la pantalla para ayudarla. Llevaba un vestido azul marino, sin mangas y con una abertura hasta la parte superior del muslo.

—Es elegante.

—¿Te gusta más este o el de las ondas? ¿Qué escote me favorece más?

—¿No debería estar aquí tu novio para decirte ese tipo de cosas?

—Quiero sorprenderle. Y deberíamos darnos prisa porque me acaba de sonar la alarma, así que estará aquí en cualquier momento.

—Vale. El que llevas ahora, que te cubre más.

—Me quedo con el otro, entonces.

Theo soltó una carcajada y la acompañó a la caja a pagar. Cuando salieron al sol de la tarde, Leone le dio la bolsa.

—¿Te lo llevas a casa y lo dejas dentro de mi armario? Y

ya, de paso, intenta solucionar lo que sea que te tiene así de inquieto.

—No estoy inquieto.

Sí que lo estaba.

Sean silbó para hacerles saber que había llegado. Le pasó un brazo a Leone por los hombros y la acercó a él para darle un beso.

—Y esa es mi señal para que me largue —dijo Theo—. Disfrutad de la cena.

Theo siguió comprobando sus notas en la parada de autobús y casi lo pierde cuando vio el sobresaliente alto en Economía Aplicada.

Levantó el puño al aire en señal de victoria y cogió al vuelo el bus. No podía esperar para contárselo a Jamie. Daba igual lo raras que estuvieran las cosas entre ellos, Jamie estaría feliz. Y orgulloso. No era para menos. Sin él jamás lo hubiera conseguido.

Su coche estaba aparcado en la calle, así que entró en casa demasiado eufórico para acordarse de quitarse los zapatos o la cartera que llevaba al hombro. Fue al armario de Leone a dejar el vestido y, después, subió las escaleras brincando y llamando a Jamie.

Al oír la ducha se sentó frente al escritorio poniendo la cartera encima de la mesa. Por un momento, se planteó desnudarse y unirse a Jamie, pero decidió que era mejor no hacerlo.

Buscó por la mesa algún papel en el que escribir la cita del día; Abrió un cajón y sacó unas hojas de papel arrugadas.

Theo parpadeó. Echó un vistazo a la segunda de las hojas y, luego, a la tercera. Tragó con dificultad, dejando los papeles en el escritorio, bajo la poca luz que aún entraba por la ventana.

Oyó que el agua de la ducha dejaba de correr y los pasos de Jamie acercándose.

Tenía la garganta seca y los ojos le ardían. Se agarró al borde de la mesa para que le diera un poco de estabilidad.

No se la dio.

Notó algo moverse tras él.

—Theo —dijo Jamie. Un cajón abriéndose y cerrándose. El sonido de una toalla húmeda aterrizando sobre la parte superior de la puerta—, creí que esta noche habías quedado con Ben y Kyle.

—Ha surgido algo —contestó Theo con frialdad—, así que me he venido a casa. —Fue girando poco a poco en la silla, dando tiempo a su estómago para que lo siguiera—. ¿Estás buscando piso?

Jamie, que tenía ya una pierna dentro de los pantalones, se quedó congelado. Lo miró y, luego, a los papeles que había sobre el escritorio. Los anuncios de «se busca compañero de piso» que había ido cogiendo. Se subió lentamente los pantalones y se los abrochó.

—Me lo estaba planteando. Solo por si acaso.

Theo balbuceó su asentimiento.

—Te lo estabas planteando —repitió, a través de un nuevo ramalazo de dolor—. Planteándote largarte y dejarnos.

Jamie dejó a un lado su camiseta y se sentó en la cama, cara a cara con Theo. Intentó cogerle la mano, pero Theo se apartó.

—No es lo que piensas, es solo que…

—Quieres dejarnos.

—No. Sí. Podría ser lo mejor, pero…

Theo se quedó sin aliento cuando oyó ese «sí». Empujó la silla y cogió su cartera.

—¿Podría ser lo mejor?

Jamie se levantó, intentando agarrarle, pero Theo se alejó de él.

—No me toques.

—Tienes que calmarte para que podamos hablarlo bien.

—¿Quieres hablarlo? ¿Quieres que seamos maduros respecto a esto? Pues te diré lo que pienso: pienso que estás equivocado. Tú, Jamie, que siempre tienes razón, ahora estás tremendamente equivocado.

Jamie se mantenía bajo control, tranquilo, esperando el momento en el que poder decir algo. No le iba a dar ese momento.

—Que le jodan, señor Jamie Cooper. Que le jodan. —Pero su voz le traicionó al decirlo.

Theo salió de la habitación sin mirar atrás. No podría soportar ver cómo Jamie se daba cuenta de lo que pasaba y lo rechazaba de la forma más educada posible.

Con el corazón latiéndole desorbitado, bajó las escaleras de tres en tres.

—Te mentí —gritó Jamie desde el balcón, pero las palabras no calaron en Theo. Estaba demasiado angustiado, triste y avergonzado. No podía con nada más—. Te engañé desde el principio. Con lo de la camiseta, te mentí.

Theo cerró la puerta principal de un portazo y echó a correr.

∼

Jamie: Por favor, vuelve para que podamos arreglarlo.

Theo: ¡Deja de ser tan razonable!

Jamie: ¿Por favor?

Theo: ¿Te importaría dejar que mi Leo interior se tranquilice un poco?

Jamie: ¿Eso significa que vendrás en algún momento?, ¿o voy a tener que sobornarte prometiéndote hacerte la colada durante todo el verano?

Theo: Pero cuando llegué el verano no estarás.

Jamie: Es complicado. Tengamos esta conversación en persona.

Theo: Sé que hablarlo sería lo correcto, pero me gustaría lamer mis heridas en privado.

Jamie: Nunca quise hacerte daño. Es lo último que hubiera querido. ¿Puedo, al menos, ayudar a lamerte las heridas?

Theo: Para.

Jamie: ¿Que pare qué?

Theo: Para de hacerme reír. Está claro que, ahora mismo, tendría que estar maldiciéndote.

Jamie: Puedes maldecirme a la cara, no te pararé. Lo preferiría.

Theo: Voy a apagar el teléfono, Jamie. Luego te escribo.

ANTES DE APAGAR EL MÓVIL, MANDÓ OTROS DOS MENSAJES. Uno a Sean y otro a Leone. Cogió un autobús que le llevó a la pizzería en la que cenó aquella vez con Cam y que estaba al lado de donde Leone y Sean estaban cenando.

Se tomó una porción de *pizza* de peperoni mientras observaba el *parking* por la ventana. Cada vez que llegaba un coche, Theo sentía mariposas en el estómago y revivía el momento en el que Jamie había aparecido durante su cita. La sensación de euforia que había sentido.

La *pizza* resultó ser demasiado pesada y grasienta. Quizá era por eso que en estos casos la gente optaba por tomar helado. El frío ayudaría a calmar sus nervios, su frustración y esas náuseas.

Solo de pensar que Jamie había estado buscando piso…

Tiró la servilleta a la basura y empujó la puerta con el hombro, saliendo del restaurante.

Ya estaba listo para que su bajón pasara a la siguiente fase.

Alex, el de la pista de patinaje, no trabajaba esa noche y a Theo le dolió tener que pagar por el alquiler del equipo. Familias y grupos de amigos patinaban y se reían al ritmo de la música.

Mientras rodaba sobre el pulido suelo, la canción de

Capital Cities, *Safe and Sound* revolucionó las mariposas en su estómago y recordó la primera clase de Economía de Jamie y el día de la entrevista, cuando vino a ver la habitación.

Fue sorteando patinadores, dando vueltas rápidas, decidido a liberar la tensión acumulada. Pero, cuanto más patinaba, más se imaginaba a Jamie allí: cómo se había tropezado y caído; cómo esa desconcertante determinación suya lo había llevado a seguir practicando y mejorar; cómo Theo le había provocado y cómo habían llegado a lo de «verdad o reto».

Theo giró y paró de golpe en el lugar en el que Jamie había gritado su nombre, sorprendiéndolo y haciéndole caer. Había sido tan importante que Jamie no se levantara hasta que Theo lo viera sonreír.

Esa había sido también la primera vez que se había excitado con Jamie. ¡Y le había echado la culpa al roce!

«Joder, Theo, eres imbécil, eso merece un suspenso en "vivir la vida"».

—¡Theo!

Sean y Leone lo saludaron desde fuera de la pista.

Dando gracias a su suerte, Theo patinó hacia ellos y les hizo señas para que se dirigieran a un banco libre en la parte de atrás. Sean dirigió a Leone por el estrecho pasillo y se sentaron junto a él. Leone tenía el ceño fruncido, Sean parecía expectante.

—Entonces, ¿para qué nos necesitas? —dijo Sean, jugueteando con un mechón que se había soltado del pelo de Leone.

Theo puso el casco en el banco, entre él y Leone. Se echó para atrás, se apoyó contra la pared, y dijo:

—Cuéntame lo de la camiseta roja.

Sean soltó el pelo de su hermana.

—Quizá sea él quien deba decírtelo.

—No. Dijiste que se la habías regalado tú, ¿por qué? Cuéntamelo todo.

Leone apoyó la cabeza contra el hombro de Sean. Theo le había contado que se había quedado con la camiseta y que, cada vez que se la ponía, todo el mundo lo miraba como si fuera un fanático religioso. Su hermana sabía lo mucho que le gustaba y, por lo visto, sabía más que eso.

—Deberías decírselo, Sean.

Sean se mordió el labio inferior.

—Le dije a Jamie que te lo contara. Me dijo que lo haría.

—¿La noche que me amenazaste con patearme el culo?

—Sí.

—Me dijo que te habías enterado de que nos estábamos acostando juntos.

—Eso no es todo y él lo sabe.

—Pues cuéntamelo. —Tenía carne de gallina y respiraba de forma nerviosa—. JMA no significa «Joven Macho Americano», ¿no? —se le trabó la voz—. Y tampoco «Jesús me ama».

Y de repente se dio cuenta, de golpe, como si le dieran con un bate en el estómago dejándolo sin aire que respirar.

Oh, joder.

«¡Jamie!», gritó para sus adentros.

Las lágrimas se agolparon en sus ojos a la vez que una enorme sonrisa lo iluminaba y lo calentaba por dentro.

Sean titubeó y lo miró con detenimiento antes de empezar a hablar:

—Era el último año de instituto y yo creía estar enamorado de una chica que se llamaba Rebecca. No tenía ni idea de qué hacer con todos esos nervios y esa energía. Quería hacerle ver cómo me sentía, pero estaba bastante perdido sobre cómo hacerlo.

»Así que, un día, en medio del lago, tras hacer una carrera con nuestras barcas hasta casa de Jamie (para cenar, claro está) le pregunté qué debería de hacer. Resultó que Jamie estaba todavía más perdido que yo. «Cómprale una camiseta o algo, ¿no?», sugirió. Me reí tanto que casi me caigo al agua. Me parecía el gesto menos romántico del mundo y se lo dije.

»Esas navidades le compré la camiseta roja con las letras JMA. En plan de broma, le hice prometerme que se la daría al tío del que se enamorara.

A través de sus ojos llorosos Theo miró hacia la pista de

patinaje, concentrándose en la imagen de ellos allí juntos, mirándose, la mano de Theo en los labios de Jamie. Estaba tan concentrado en el recuerdo que casi podía sentir el cálido peso de Jamie sobre él y el fantasma de una sonrisa rozándole los labios.

Sean continuó:

—Jamie la tuvo en un cajón muchísimo tiempo. Me dijo que se la iba a dar a Charlie. La tenía en la cartera la noche en que Charlie rompió con él.

—Puto Charlie —dijo Theo en voz baja, agarrando el banco con fuerza.

—¿Entiendes ahora por qué casi dejo que le pegues?

—Si le vuelvo a ver, lo haré.

Sean negó con la cabeza.

—No, no lo harás, porque Charlie no llegó a conseguir la camiseta.

En eso tenía razón.

—Por eso me volví loco cuando te vi con ella puesta. Os había visto en la cama, pero no supe lo que significaba hasta que vi el JMA en tu pecho.

«Jamie me ama».

—Ya llevas tiempo poniéndotela —dijo Leone.

—Sí —se las arregló para decir, aunque sonó más como un hipo.

—Jamie me prometió que te diría cómo se siente.

Theo se frotó la cara. Los anuncios de «se busca compañero de piso». El «me lo estaba planteando. Solo por si acaso». Lo de «es complicado».

¿Cuántas veces Theo le había dicho que solo eran amigos con derecho a roce? No le extrañaba que Jamie tuviera un plan B.

«Jamie me ama».

¿Qué le había gritado antes desde el balcón? Que le había mentido desde el principio. Desde el primer beso, desde ese despreocupado «Nadie ha dicho nada de enamorarse».

Theo no podía contenerse. Cogió el teléfono, lo encendió y escribió un mensaje.

Theo: Sé lo de la camiseta.

Jamie: Preferiría no hablar de esto por mensaje.

Jamie tenía razón. Lo que tenía que decirle no podía llegarle a través de unas tristes palabras flotando de un teléfono a otro.

—Tiene que ser memorable —se dijo Theo a sí mismo—. Tengo que hacer que sea memorable.

—¿Qué quieres decir? —le preguntó Leone.

Tenía una suave sonrisa de alivio, como si hubiera estado esperando este momento durante mucho tiempo.

—Tú ya lo sabías, ¿no?

Leone ladeó la cabeza.

—Me lo imaginaba.

—¿Por qué no dijiste nada?

—Es que yo no tenía que decir nada. Teníais que ser vosotros quienes os dierais cuenta por vosotros mismos.

—He estado tan ciego…

—El más ciego de todos nosotros —dijo su hermana—. ¿A qué te refieres con «memorable»?

Theo se pasó una mano por el pelo, que el casco le había dejado aplastado.

—Para lo que quiero hacer, no puedo ser el típico Leo vago.

Las cejas de Leone se alzaron a la vez que las de Sean se juntaban, frunciendo el ceño.

Esa ligera sensación de náuseas que se retorcía en su interior parecía estar bajándole a los pies. Estaba seguro de que si intentaba levantarse se caería, pero, al mismo tiempo, le estaban entrando ganas de reír.

—Le voy a dar dos días.

—¿Dos días? —preguntó Sean.

—Antes de hablar con él.

—A eso se le llama tortura.

—No.

Theo cogió el móvil con ambas manos, sus dedos entrelazados, mientras urdía y les contaba el plan. A Leone le encantó. Sean estaba un poco receloso, pero terminó asintiendo y diciéndole que le gustaba la idea.

—Esta es mi versión de regalar una camiseta roja.

∼

Theo: ¿Confías en mí?

Jamie: Sí.

Theo: Bien.

Jamie: ¿Por qué?

Theo: Dame dos días y cumple estas dos normas: no me puedes tocar ni me puedes hablar.

Jamie: ¿Solo escuchar?

Theo: Y observar.

«¿Te acuerdas de tu buen amigo Darwin, Theo?».

Jamie después de que Theo hiciera otra de sus idioteces.

Capítulo Veintidós

Theo: Me despierto y pienso que ojalá estuvieras aquí, a mi lado.

THEO ESTABA DOBLANDO LA ROPA DE JAMIE SOBRE LA MESA DE la cocina. Ya llevaba cuatro montoncitos de ropa limpia cuando Jamie salió de su habitación. Vestido de negro y gris, lo miró desde el balcón e hizo que Theo se estremeciera hasta el punto de dejar caer la camisa que tenía en las manos, pero la rescató antes de que llegara al suelo.

Theo miró fatal a Jamie en las dos ocasiones en que vio su pecho hinchándose como si fuera a hablar. Y esa mirada de acero hizo que Jamie desistiera y que, con los brazos apoyados en la barandilla, se limitara a observar.

Theo sacó plancha y tabla de planchar y ahí es cuando las cosas se complicaron. Theo no solía planchar. Sabía cómo se hacía. La teoría. Pero no podía recordar la última vez que lo había hecho. Bueno, tampoco podía ser tan difícil.

El vapor creó una especie de nube que hizo que *lloviera* sobre la camisa de Jamie, la que había mencionado que quería ponerse para el primer día de clase del curso de verano.

—¡Mierda! —gritó Theo levantando un dedo para evitar

267

que Jamie bajara corriendo las escaleras y lo salvara. Esperaba que pasando la plancha por encima de las gotas se solucionara el problema.

Pero no importaba lo que se esforzara, seguía habiendo arrugas y, además, había hecho un pliegue en la parte de atrás de la camisa. Mierda.

El teléfono de Theo vibró en su bolsillo. Theo miró hacia Jamie, que tenía el móvil en la mano y cara de confusión.

Dejó la plancha, comprobó el mensaje.

Jamie: No tocar. No hablar. ¿Reírme puedo?

Theo lo miró mal, pero asintió, y una suave risa le llegó desde el balcón. Cuando hubo acabado, cogió la ropa limpia de Jamie y subió las escaleras hacia su habitación.

Jamie dudó, pero terminó apartándose del camino y deján-dole poner cada cosa en su sitio.

Le llevó un esfuerzo sobrehumano no tirar la ropa y lanzarse a los brazos de Jamie, pero lo consiguió. Theo tenía algo que decir y esta era su forma de decirlo.

Theo: Haces que quiera ser mejor persona, una de esas que come verdura voluntariamente.

THEO SE FUE A LA COMPRA MIENTRAS LEONE Y SEAN se llevaban a Jamie a pasar la tarde al parque. Ahora estaba de vuelta en casa, con tropecientas verduras frescas ante él.

—Señora Cooper —dijo Theo, al teléfono— soy Theo, el…

—Sé quién eres —contestó la señora Cooper con una risa —. Y llámame Penny, por favor.

—Estoy perdido, Penny.

—¿Metafórica o literalmente?

—Estoy en la cocina.

—¡Ay, Dios mío! —se rio ella—. ¿Dónde está mi hijo?

Theo oyó movimiento en la puerta, el sonido de unas llaves en la cerradura, y a Leone, Sean y Jamie hablando en voz baja.

—Acaba de llegar a casa.

—¿Y no puede ayudarte él?

—Lo que pasa, Penny... —dijo Theo cuando Jamie entraba solo en casa, gracias a que Leone y Sean habían huido. Cuando sus miradas se encontraron, Theo tuvo que reprimir la necesidad de saltar la isla de la cocina y hacerle un placaje contra el sofá—, es que un día Jamie me enseñó a hacer lasaña de verduras, pero no de esa que metes en el microondas y ya está, no, de la de verdad.

Jamie alzó las cejas mientras se ponía cómodo en el sofá.

—Y por lo que parece —continuó Theo—, no le presté demasiada atención.

Jamie negó con la cabeza con un leve fruncimiento de labios.

—Esperaba que tú pudieras guiarme.

—Dime por dónde vas —dijo Penny.

Theo se quedó mirando lo que tenía en la encimera frente a él.

—Tengo verduras.

La señora Cooper suspiró, pero era evidente que estaba sonriendo.

—¿Qué tipo de verduras, Theo?

Theo siguió meticulosamente las instrucciones que Penny le iba dando a través del teléfono, que tenía en manos libres para poder ir charlando con ella mientras cocinaba. En una ocasión, Jamie intentó hablar con su madre, pero Theo lo amenazó con una cuchara de madera haciéndolo retroceder y alzar las manos en rendición; y todo esto lo hizo con una mirada divertida y llena de afecto.

Mientras la señora Cooper lo guiaba, Theo le iba preguntando cómo estaba, qué tal le había ido desde que estuvieron allí de visita y cuáles eran sus planes para el verano.

—Leone y yo nos iremos a Minneapolis a finales de julio.

No sé qué planes tendrá Jamie, pero quizá un día me coja un autobús y pase una noche allí, ¿qué te parece? Podrías hacer esas deliciosas galletitas; y yo podría comérmelas.

Ella se rio, jovial y alegre, y dijo:

—¿Entiendo, entonces, que ya habéis arreglado las cosas?

Theo sentía la mirada de Jamie fija en él. Cuando se giró a mirarlo, lo vio muy quieto y, probablemente, conteniendo el aliento.

—Digamos que estoy contento de que no te quedaras con la cigüeña en su lugar.

∼

Theo: Quiero poder protegerte siempre de los gilipollas que te insulten.

∼

THEO SE PASÓ LA TARDE DEL DOMINGO ENCERRADO EN SU habitación, tirado en la cama. Terminó una de las llamadas que tenía que hacer e hizo la siguiente. Podía oír cómo crujían las tablas del suelo del piso de arriba y se imaginaba a Jamie yendo y viniendo de su escritorio al balcón.

Sonrió. Al otro lado de la línea, sus palabras fueron recibidas con silencio. Metió la mano en un paquete abierto de pasas cubiertas de yogur, sacó las dos últimas y las saboreó, disfrutando su dulzor.

Tras unos minutos, se despidió y colgó. Dejó escapar una suave risa mientras giraba en la cama para tirar el paquete de pasas ya vacío. Se puso de espaldas, con un brazo estirado hacia la mesilla de noche y con sus talones desnudos deslizándose por la colcha, imitando el movimiento que haría al dibujar con su cuerpo un ángel en la nieve.

Metió la mano bajo la almohada y sacó el sobre que había metido allí. Se lo había encontrado pegado en la puerta de su cuarto cuando había vuelto del supermercado esa tarde. Un sobre azul con su nombre escrito en él y, según parecía, era la letra de Sean.

Pero lo que había dentro era cosa de Leone. Theo puso los ojos en blanco al sacar de nuevo la hoja que contenía.

Ahí, devolviéndole la mirada, estaba un trocito del horóscopo anual que su madre les había mandado a principios de año:

«No tengas miedo al rechazo, Leo. Levanta la cabeza, sé tú mismo, saca a tu yo resplandeciente y apasionado, y las personas correctas gravitarán a tu alrededor; puede que incluso, tu alma gemela».

Theo lo leyó una y otra vez. Esta era la parte que más temía. Su amistad con Jamie era lo que más le importaba y no quería perderla. Esos pensamientos fugaces de «y si...» le ponían nervioso, pero Leone tenía razón. Arriesgarse era lo más excitante, aterrador y (esperaba) lo más gratificante que fuera a hacer en su vida.

Theo apagó la lámpara, se puso una mano temblorosa bajo la cabeza y sonrió mirando hacia arriba, hacia esos tablones que no paraban de crujir.

Theo: No solo eres la mejor parte del día, es que haces que el día sea perfecto.

Esta era la segunda vez que Theo asistía a una clase de Economía keynesiana, y la segunda vez que lo hacía con ambos pies firmemente plantados en el suelo. Aunque su pie izquierdo golpeteaba de forma nerviosa contra la desgastada moqueta y no paraba de frotarse las palmas de las manos contra los muslos.

El hecho de estar en la última fila del aula ayudaba, porque creía que Jamie todavía no lo había visto.

Lo que no ayudaba era que Jamie estuviera ahí, tan impre-

271

sionante, enfrentando a una clase llena de estudiantes de verano. Llevaba unos pantalones de vestir y la camisa que Theo le había planchado con el botón del cuello desabrochado. Informal y seguro de sí mismo. Era cautivador y sabía crear expectación. El aula estaba a rebosar de energía y es que nunca una clase de Economía había resultado tan divertida.

La exposición de Jamie fluía con naturalidad. Irradiaba pasión y sabía escuchar a sus alumnos cuando estos respondían a las preguntas que les hacía, ayudándoles a entender los conceptos más complicados.

—Esta teoría puede adaptarse a distintas facetas de la vida —dijo Jamie y, como en aquella primera clase, dio varios ejemplos, interactuando con los alumnos para hacer la clase más dinámica.

Y ahí era donde entraba él.

Theo levantó la mano para captar la atención de Jamie quien, al verlo, se puso rígido, parpadeando varias veces antes de quedarse mirándolo fijamente. Sus labios se entreabrieron y, entonces, de forma espontánea, soltó una carcajada que hizo que toda la clase se girara para mirar a Theo.

Jamie estaba mirando embobado la camiseta JMA que se vislumbraba bajo la cazadora de cuero que Theo llevaba puesta y su cara pareció resplandecer cuando dijo:

—¿Sí, *YTA*?

El subidón que le dio el escuchar las letras de su camiseta leídas en primera persona —«Yo te amo»—, casi lo deja sin palabras, pero, al final, consiguió decir:

—Se me ocurre otro campo al que aplicar el efecto multiplicador.

La sonrisa de Jamie era enorme.

—Por favor, ilumíneme.

Theo se echó para atrás en su asiento y respiró profundamente. Después le dedicó a Jamie esos hoyuelos suyos.

—Al amor.

—Al amor. ¿Lo desarrolla usted un poco más, por favor?

El tono de ese «por favor» tenía cierto puntito de desesperación y dejaba entrever las ganas que tenía de escuchar su teoría.

—Imagínese que una persona invierte muchísimo en una relación; por ejemplo: cocina, limpia y ayuda a la otra persona a estudiar, mostrando así su cariño y ayudando al otro a dar lo máximo de sí mismo, enseñándole así lo que se supone que es el verdadero significado de la palabra amor. Esa persona inspirará confianza en el otro y conseguirá que quiera hacer su colada, cocinar para él y hacerle sonreír.

—¿Está usted sugiriendo que un acercamiento Keynesiano podría funcionar? —preguntó Jamie.

Empezó a caminar por el pasillo y aunque lo que decía llegaba a toda la clase, Theo sintió cada matiz de su voz sobre él.

Y se sintió ligero, como si sus palabras le hubieran quitado un peso de encima.

—¿Qué cree usted, señor Jamie Cooper?

Theo: Me acuerdo de nuestro momento KISS y quiero besarte. Quiero besarte delante de todo el mundo. Todo el rato.

CUANDO ACABÓ LA CLASE, LOS ALUMNOS INUNDARON LOS pasillos para dirigirse a Jamie e intentar hablar con él. Antes de escabullirse, Theo y Jamie se mantuvieron la mirada durante un largo e intenso instante.

Ahora había que confiar en que Sean y Leone le dieran a Jamie las instrucciones necesarias para llevar a cabo la última parte de su plan.

—Muchas gracias por esto, Alex —dijo Theo pasándole un USB con la música que él mismo había seleccionado.

Cogió sus patines y el resto de su equipación, y dejó ahí la de Jamie para que la recogiera cuando llegara.

—Pon la música en cuanto Jamie entre por esa puerta.

Con mariposas en el estómago, Theo entró en la pista de patinaje vacía y empezó a rodar sobre el pulido suelo que la luz de neón iba tiñendo en tonos azules y verdes. Dio una, dos, tres vueltas; cada vez más rápido debido a la nueva ligereza que se extendía por su cuerpo.

Con un giro chulesco, se paró en el centro de la pista; en el lugar exacto en el que se había caído con Jamie y justo en el momento en que este entraba por la puerta. Su pelo despeinado por el viento, las mejillas sonrojadas y esos ojos brillantes que lo miraban con intensidad.

Theo se quedó sin aliento, notando cómo las mariposas en su interior alzaban el vuelo.

Jamie se acercaba por el pasillo poniéndose el casco con los ojos fijos en él. A través de los altavoces empezó a sonar *You Are the One That I Want*, sumergiendo la estancia en su música y su letra.

Theo sacó a relucir sus hoyuelos sin pudor alguno, acompañando esa sonrisa con un movimiento de cejas.

Jamie frunció los labios y empezó a ponerse los patines. Se ató los cordones y se dirigió hacia Theo. Se movía bien y con seguridad e hizo que a Theo le recorriera un delicioso escalofrío.

Jamie patinó hacia él, deslizándose con firmeza y pulcritud, y cuando Theo se apartó, Jamie lo siguió con un giro que era todo precisión y control.

—Has estado practicando —dijo Theo.

La sonrisa de Jamie se ensanchó.

—Pensé que algún día me podría venir bien.

Una vez más, Jamie se lanzó a por él y Theo consiguió esquivarle.

—¿Por qué estamos aquí? —Los ojos de Jamie brillaban como si ya supiera la respuesta.

—Estoy emulando nuestra primera cita —dijo Theo patinando despacio hacia atrás, haciendo señas a Jamie para que lo siguiera.

—Esa cita fue con Cam.

—¿Tú crees? Porque yo creo que no. —Theo bajó la voz

—. Me pasé toda la tarde patinando contigo y no quería que acabara nunca.

Jamie tragó de forma perceptible y cogió velocidad.

Theo seguía patinando hacia atrás, tomando las curvas muy cerca del borde de la pista con Jamie a un suspiro de alcanzarlo.

—Pero esta vez... —Theo intentó calmar las mariposas que intentaban escaparse y le trepaban por la garganta—. Esta vez quiero que quede claro: como dice la canción: *You're the One That I Want*. Es a ti a quien quiero.

Jamie se lanzó a por él y, por un momento, casi se deja atrapar. Casi. El gruñido que emitió Jamie fue directo a su polla y se tensó, empezando a patinar más despacio. La canción *One Way or Another* empezó a sonar entonces y, sonriendo de forma maquiavélica, Jamie dijo:

—Voy a atraparte antes de que acabe esta canción, que lo sepas.

Theo se mordió el labio inferior.

—¿Es una promesa?

Los ojos de Jamie se detuvieron en su boca.

—Lo es. Y cuando te coja nos vamos pitando de aquí.

Theo negó con la cabeza y se rio.

—Pero tengo una hora entera de canciones para ti. Canciones que te dirán cada detalle de cómo me siento. Lo ciego que he estado y...

—No necesito escucharlas —dijo Jamie—. Igual que tú no necesitaste hacerme tu repertorio de preguntas de primeras citas. Sé cómo te sientes.

Jamie empezó a patinar más rápido, como si se hubiera estado conteniendo a propósito. Eso le dio cierta ventaja sobre Theo porque le cogió desprevenido y, aunque podría haberle esquivado sin problema, lo que Jamie dijo a continuación hizo que se rindiera.

—Solo quiero abrazarte. Abrazarte y besarte. Y luego quiero llevarte a casa y...

Jamie lo alcanzó, agarrándolo de los brazos y, juntos, hicieron un rápido giro hasta detenerse de forma abrupta.

Jamie metió una pierna entre las de Theo, rozándose contra su endurecida ingle. Iba recorriéndole el pecho con las manos por encima de la camiseta de JMA y, como no se había puesto las muñequeras, Theo podía sentir su calidez a través del fino material. Sus cascos chocaron cuando Theo ladeó la cabeza y la mirada de Jamie deslizándose por su cara le hizo temblar de necesidad. De lo mucho que necesitaba que Jamie lo besara. De lo mucho que *él* necesitaba besarlo.

Sus labios se encontraron a mitad de camino en un beso violento y demandante cuyo eco Theo sintió por todas partes: en los dedos de las manos, en los de los pies, en las puntas de las orejas, en la parte baja de la espalda, en la polla (mucho, en su polla lo sintió mucho), en la forma en la que las rodillas parecían no responderle y en los tobillos, ahí donde sus patines se rozaban.

Theo respiraba con dificultad mientras se quitaba las muñequeras y las lanzaba fuera de su camino. Con las manos ya libres, recorrió los hombros de Jamie deslizándolas hasta su cuello, consiguiendo arrancarle un gemido. La erección de Jamie se presionaba contra el muslo de Theo, que ladeó las caderas para poder frotarse con él. El placer lo inundó y perdió el equilibrio, deslizándose hacia atrás. Jamie lo sujetó por los codos y Theo pudo sentir su sonrisa fundiéndose en el beso.

Se separaron unos centímetros, respirando trabajosamente.

—Vámonos a casa, Jamie, o terminaremos profanando la pista de patinaje.

～

Theo: Juntos podemos enfrentarlo todo e incluso tener un par de pequeñajos.

～

THEO HABÍA VENIDO EN EL COCHE DE SEAN, LO QUE significaba que Jamie y él tenían que volver a casa por sepa-

276

rado. Pareció pasar una eternidad hasta que Theo aparcó, con Jamie justo detrás de él.

Salió corriendo del coche y entró en su casa vacía unos pasos por delante de Jamie, empezando a desnudarse según subía las escaleras hacia su cuarto. Se quitó la cazadora de cuero, el calcetín derecho, el izquierdo y paró un momento para salir de sus vaqueros con un suave contoneo. Jamie iba tras él, riéndose y recogiendo el desastre que Theo iba dejando a su paso.

Theo abrió la puerta de la habitación y se lanzó sobre la cama, de espaldas, con los brazos abiertos y las piernas ligeramente separadas.

Jamie se quedó parado en la puerta, observándolo. Theo solo llevaba los calzoncillos blancos ajustados que se había puesto el día que Jamie vino a ver la casa por primera vez y la camiseta JMA. Se miraron. La tensión entre ellos era palpable, chispeante. Theo levantó una pierna y la dejó caer hacia un lado haciendo que su erección fuera evidente bajo su ropa interior.

Jamie estaba demasiado vestido.

Debió de leerle el pensamiento porque entró en la habitación, dejó en el suelo la ropa que había ido recogiendo y cerró la puerta de una patada. Con calma, se quitó el reloj y lo dejó en la estantería. Se desabrochó los botones de la camisa y se la empezó a quitar.

—Cuatro —dijo con sus ojos grises fijos en Theo.

Se quitó la camisa y la dejó colgada del pomo de la puerta.

—¿Cuatro qué? —dijo Theo acariciándose su dolorida polla.

La camiseta interior de Jamie cayó sobre la butaca.

—Cuatro pequeñajos.

Los pantalones cayeron al suelo, a los pies de la cama, y Theo sonrió, hoyuelos y todo.

—Tres.

Jamie se deshizo del bóxer y se subió a la cama, dándose prisa en tumbarse, cuan largo era, sobre Theo.

—Perfecto —dijo Jamie, sus narices rozándose.

Theo se quedó admirando la gruesa polla de Jamie contra la suya y se arqueó para frotarse contra ella.

—Pero tengo entendido —dijo Theo elevando la barbilla —, que antes de lo de hacer niños hay que *ensayar* un poco.

Sus bocas se encontraron en un beso ardiente y desesperado que hizo que Theo se quedara en blanco, excepto por un pensamiento recurrente: más cerca. Quería estar más cerca. Coló una mano entre sus cuerpos y se bajó la ropa interior lo justo para liberar su polla, quedándose sin respiración cuando Jamie escupió en su palma y agarró ambas erecciones en su mano húmeda.

Consiguieron reducir un poco el ritmo frenético que llevaban, pero necesitaron una enorme fuerza de voluntad para hacerlo.

Se medio acurrucaron, aún empalmados y frotándose suavemente, pero con otro propósito.

Jamie fue el primero en hablar tras un ligero beso sobre la nariz de Theo.

—Lo más estúpido que he hecho en mi vida fue decirte que lo único que quería era acostarme contigo, que no estaba buscando el amor. Era mentira, Theo. Ya estaba enamorado de ti la primera vez que te besé y ahora lo estoy todavía más.

Theo absorbió esas palabras mientras rozaba su mejilla contra la de Jamie, notando la suave aspereza de su barba de dos días. Una ola de nervios lo inundó y, abrumado, recurrió al humor para salir del paso.

—Hay que ver cómo me gusta que me acaricies... el ego.

Y, por decir eso, se ganó un tirón en los huevos.

Theo movió las caderas y agarró a Jamie por la nuca. El suspiro que emanó de su boca pareció calentar a ambos.

—Supongo que, a mi manera, yo también estaba mintiendo. Me estaba mintiendo a mí mismo. Ya llevo tiempo sintiendo esto. —Theo pasó sus dedos por el pelo de Jamie observando su cara de felicidad—. Pero no lo entendí hasta esa noche... Cuando pasó lo de Charlie. No sabía qué hacer con esos sentimientos y entonces fue cuando encontré los anuncios de «se busca compañero de piso».

278

—Empecé a mirar pisos porque si el sentimiento no era recíproco me romperías el corazón. Hubiera tenido que irme.

Theo tragó con fuerza.

—La mera idea de que te fueras a ir aún me cabrea. —Theo apretó uno de sus puños y golpeó a Jamie en el omóplato.

Lo único que consiguió fue que Jamie sonriera.

—¿Cuándo supiste que te estabas enamorando de mí? —preguntó Theo.

—Pronto.

—¿Qué pasa?, ¿por qué sonríes?

—El primer jueves que quedamos para tomar café. Cuando se te acabó y seguiste dando sorbitos a la nada.

Theo notó cómo el rubor se le extendía por el cuello y las mejillas.

—No sé por qué lo hice. Supongo que, incluso entonces, me ponías nervioso. No sabía qué hacer. Si lo pienso ahora, con perspectiva, está claro que es porque me gustabas. Tenía tanto miedo a perder nuestra amistad que me cerré a ver esto. A nosotros. A nosotros como estamos ahora.

Se besaron de nuevo. Theo gimió y embistió contra Jamie queriendo sentir más. Tristeza, alegría, esperanza y deseo se arremolinaban contra sus cuerpos.

Theo miró hacia la mesita de noche, hacia las cosas que había comprado y dejado antes allí.

—Ahora necesito que me hagas el amor.

—Pensé que no creías en lo de hacer el amor.

—Contigo creo en cualquier cosa.

Un rodar de caderas, temblores de excitación y Jamie quitándole la ropa interior.

—La camiseta te la dejamos puesta.

Se la subió hasta la barbilla para besarle el pecho prestando atención a sus sensibles pezones y haciéndolo corcovear.

Lo siguiente que Theo sintió fue el lubricante y unos dedos fríos tanteando con suavidad su culo. Habían hecho esto antes, pero esta noche tendría a Jamie llenándolo y solo de pensarlo empezó a empalarse a sí mismo en sus dedos. Cuando Jamie

279

engulló su dura polla hasta la base, Theo tuvo que dar gracias al puñetero horóscopo.

Jamie siguió chupándolo mientras lo preparaba, pero, de forma tortuosa y para desgracia de Theo, se apartó de él y se acercó a darle un beso en los labios.

—Me gusta hacer que te retuerzas de placer.

—Lo mismo digo. Y ayer estuviste a punto de lanzarte sobre mí, ¿a que sí? —dijo Theo haciendo que ambos sonrieran al recordar la tensión sexual de los dos últimos días.

Jamie sacó un condón, se lo puso, se untó con abundante lubricante, cogió una de las piernas de Theo y se la levantó.

—Me he estado dando un montón de duchas frías.

Theo, con sus hoyuelos a la vista, subió la cabeza para conseguir otro beso.

—Pues ahora sí que puedes lanzarte sobre mí.

Jamie se posicionó, colocando su polla en la entrada de Theo, que, durante un segundo, se tensó, a pesar de las ganas que tenía de que por fin hubiera llegado el momento.

Jamie debió sentirlo, porque se detuvo y empezó a besarle la parte interior de la rodilla. Cuando parecía que iba a decir algo como: «podemos tomárnoslo con calma», Theo le cortó y empezó a acariciarse a sí mismo.

—Sigue —le instó.

Jamie le mantuvo la mirada mientras se iba deslizando en su interior. Su expresión concentrada e intensa, relajándose a medida que lo iba llenando.

Observar la cara de placer de Jamie compensaba la quemazón y la molestia que estaba sintiendo. Aceptaría cualquier dolor con tal de verlo gemir con ese abandono.

Jamie fue moviéndose despacio, sus huevos golpeando suavemente el culo de Theo, que por fin soltó el fuerte agarre que tenía sobre las sábanas y empezó a relajarse.

Hubo un cambio de ángulo y, cuando Jamie entró en él de nuevo, lo dejó sin aliento.

—Más de eso —dijo, encontrándose con Jamie en su siguiente embestida, desesperado por sentir esa maravillosa presión otra vez.

Cada vez que Jamie entraba en él, Theo parecía necesitar más, más fuerte, más rápido. Y así se lo hizo saber. Y Jamie se lo dio.

La presión fue creciendo y, cuando Jamie le agarró la polla y empezó a acariciarla al ritmo de sus embestidas, Theo gritó de placer. Su orgasmo le golpeó —fuerte y rápido— y gimió, corriéndose en la mano de Jamie.

Jamie bombeó un par de veces más, metiéndosela hasta la empuñadura, antes de tensarse y alcanzar su clímax. Su polla pulsante en el interior de Theo, lo hizo estremecer.

Jamie soltó un gemido ahogado y se dejó caer sobre él, juntando sus bocas. Theo recibió feliz tanto su cálido peso, como sus labios.

Cada parte de su cuerpo estaba hipersensible, e incluso el aliento de Jamie sobre su garganta le hacía temblar.

—No hay duda de que tenemos que hacer esto otra vez. Muchas veces.

Jamie se rio mientras salía de él, se encargaba del condón y cogía una toalla húmeda para limpiar los restos de su liberación.

Con los ojos medio cerrados y una sonrisa de satisfacción, se tumbó a su lado y le recolocó la camiseta.

—Es oficial: eres increíble en todos los aspectos. Aquí. —Tocó la cabeza de Theo—. Aquí. —Le tocó el corazón—. Y aquí —dijo, por último, dándole un azote en el culo—. Y cuenta conmigo para hacer esto otra vez. Muchas veces.

Jamie fue acariciándole el brazo, el hombro, hasta llegar a su barbilla. Sus labios se rozaron durante un breve instante y Theo cerró los ojos para poder saborear la sensación. La dulzura, el suave roce de la lengua de Jamie sobre su labio inferior, la energía irradiando de sus lenguas al tocarse.

Theo notaba el corazón martilleándole en el pecho y la respiración entrecortada. Le faltaba el aliento de solo pensar en lo que tenían, lo que estaba pasando entre ellos. Era una sensación que lo hacía estremecerse y reír al mismo tiempo.

Jamie se apartó un poco y lo miró divertido, y esa expresión en su cara hizo que Theo se prometiera a sí mismo que asumiría cualquier posible riesgo y rompería todas y cada una de las leyes existentes, con tal de ser capaz de provocar eso en él otra vez. Una y otra vez.

～

THEO SABÍA QUE JAMIE TENÍA QUE DAR UNA CLASE A LA mañana siguiente, pero fue el propio Jamie quien le quitó importancia. Si tuviera que funcionar durmiendo solo dos horas —o incluso menos— lo haría, siempre y cuando siguieran así un rato más.

Y Theo quería seguir un rato más.

—Le conté a mi madre lo nuestro. —Theo se pegó contra Jamie, feliz—. Y la dejé sin palabras, ¡a ella!

—Ojalá lo hubiera oído. O no oído, en este caso.

—Cuando volvió en sí, me dijo que se alegraba por nosotros y que había sido cosa del destino desde el principio. —Theo puso la mano en la áspera mejilla de Jamie—. Y me descojoné, porque tenía razón y la prueba está ahí, en la primera vez que chateamos y te dije...

—Dijiste que era el destino.

Theo tragó, tenía la garganta seca de repente.

—Sí —dijo pestañeando rápido y ruborizándose desde el cuello hasta las mejillas.

Volvió a besar a Jamie y luego se apartó.

—¡A Minneapolis en julio!

Jamie intentó dar sentido al comentario y lo convirtió en algo más coherente.

—¿Qué te parece si vamos primero a tu casa y luego bajamos a la mía juntos? —sugirió.

—A mi madre le encantaría. Y a mi padre. Joder, nos gustaría a todos.

Jamie entrelazó sus dedos con los de Theo.

—Y cuando volvamos, y tómate tu tiempo para pensar tanto en la parte emocional como en la económica, ¿qué te parece si compartimos habitación?

—¿Y alquilamos la otra?

—Esa sería la parte económica, sí. Podría ayudar a cubrir tu máster.

Theo le dio unos golpecitos en la sien.

—No eres solo una cara bonita. Hagámoslo.

Jamie le dio un azote en el culo y luego se acercó para besárselo.

—Piénsatelo durante el verano.

—Lo haré, pero con independencia de la parte económica, me gusta la idea.

«Estás como en casa, ¿eh?».

Jamie al encontrarse a Theo acurrucado en su cama.

Capítulo Veintitrés

El banquete se celebraba en una carpa al aire libre, con sus vigas, sus lámparas de araña y millones de lucecitas que se reflejaban en el lago que la bordeaba.

Lejos de ese borde, se encontraba Theo, sentado en una de las mesas de mantel azul más cercanas a la pista de baile. Con un codo apoyado en la mesa, mordía un bolígrafo que había cogido prestado del libro de firmas. Prestado. Iba a devolverlo enseguida.

Theo buscó a Jamie entre los cientos de invitados. Había sacado a Leone a bailar un vals mientras Sean iba a ver cuántos botes de remos había disponibles.

Kyle y Ben estaban lanzándose bombones de menta el uno al otro y limpiándose a besos los restos de chocolate.

—Está allí —le dijo Ben, señalando hacia el porche.

El estómago le dio un vuelco, como cada vez que lo veía. Estaba apoyado contra la barandilla, con ese traje que le quedaba tan perfecto. Estaba hablando con Leone con una mano apoyada en el hombro de ella. Su hermana le dijo algo que hizo que a Jamie se le iluminara la cara y buscara a Theo con la mirada.

—Estás coladísimo por él —le dijo Kyle—. Puedes seguir diciendo la mierda esa de los amigos con derecho a roce, pero no te lo crees ni tú.

285

Theo se acarició la mandíbula con el bolígrafo y, con mucho cuidado, apoyó la punta en un abanico de origami que tenía junto a él. Tras escribir la cita del día, le puso el capuchón, plegó de nuevo la parte del abanico en la que había escrito y se lo metió en el bolsillo de la camisa. Solo entonces, miró a Ben y Kyle.

—Es verdad —dijo sin dirigirse a ninguno de los dos en concreto—, no me lo creo ni yo.

—¡Lo sabía! —soltaron Ben y Kyle a la vez.

Ben se echó hacia delante y pasó los dedos a través del humo que salía de una de las velas.

—¿Cuándo supiste lo que sentías?

Unas cálidas manos apretaron sus hombros desde atrás y fue Jamie quien contestó.

—Siempre mantuve la esperanza, pero supe que mis sentimientos eran correspondidos el día que me lo encontré cocinando para mí por voluntad propia.

Todos se rieron, pero Theo sabía la verdad que escondían esas palabras.

Jamie le habló entonces al oído, haciéndole estremecer de pies a cabeza.

—¿Bailas conmigo?

Dejó que Jamie enlazara sus manos y lo levantara de la silla.

—¿Me llevas bailando hasta el libro de firmas? Tengo un bolígrafo que devolver.

Llegaron al estrecho pasillo donde se encontraba el libro y lo encontraron desierto.

Una vez que Theo dejó el boli en su sitio, Jamie lo acercó más contra su cuerpo. La música era lenta, íntima, y la brisa que entraba procedente del lago hizo que Theo temblara todavía más.

Extendió las manos bajo la chaqueta de Jamie, disfrutando de su calor y sonriendo cuando Jamie flexionó sus músculos, haciendo alarde de ellos.

Sean los sorprendió a ambos emergiendo desde la oscuridad.

Al verlos, simplemente les guiñó un ojo y les preguntó:

—¿Dónde está Leone?

—Felicitando a los novios.

Sean se enervó. No le gustaba la historia de Leone con el novio y se notaba en esa mirada de furia que era casi tan intensa como la de Jamie cuando Theo había sacado a la novia a bailar el vals. Había estado bien. La mirada, por descontado, pero había sido incluso mejor bailar con Sam y no sentir nada. Después había bailado con Leone y se habían reído a carcajadas porque, tal y como habían prometido a principios de año, habían conseguido pasar página.

Sean estrechó la mirada hacia la pista de baile, donde estaba Leone bailando con Derek.

—Hay barcas libres, bombón —le dijo a Jamie—, he reservado dos.

Jamie acarició el brazo de Theo en respuesta a lo fuerte que este se estaba agarrando a él.

Y la caricia le relajó, pero, antes de que Sean desapareciera en busca de su novia, Theo le dijo a Jamie:

—Hace tiempo me preguntaste si me molestaba que Sean te llamara «bombón». —Theo vio por el rabillo del ojo que Sean vacilaba y hacia una pausa en su camino, así que continuó—: La respuesta es la misma que aquel día: por supuesto que sí. —Se acercó a Jamie y le mordió la oreja, encantado de sentirlo temblar—. Eres *mi* Aries y eres *mi* bombón.

Sean se rio y se dirigió hacia donde estaba Leone.

—Os veo en el lago, *bombones.*

Jamie no perdió ni un segundo. Empujó a Theo contra una de las vigas hasta que estuvieron pegados el uno al otro. Su beso empezó posesivo, demandante y Theo atrajo a Jamie contra él todavía más fuerte, como si pudieran fundirse juntos. El gemido de Jamie contra sus labios los trajo de vuelta a la realidad.

—Creo que este nivel de pasión va a tener que esperar —dijo Jamie.

—Por lo menos hasta que la gente esté un poco más borracha —contestó Theo, todo hoyuelos.

Jamie se rio y se besaron de nuevo. Esta vez el beso fue tierno, lo que disparó el corazón de Theo, que sacó el abanico de origami, dispuesto a dárselo a Jamie, hasta que un estruendo de música jazz los interrumpió. Theo cogió a Jamie de la mano y salieron fuera de la carpa.

Había un sendero iluminado por lucecitas que se bifurcaba en dos. Uno de los caminos se dirigía a la parte trasera, al aparcamiento, y el otro, en el que Theo se adentró como un valiente, al lago. Y, ahí, atadas a un muelle, había un par de barquitas tambaleantes. El lago se cernía negro e imponente, pero salpicado por la luna y el reflejo de las luces del camino.

A Theo se le erizó el vello de la nuca y de los brazos, y estaba seguro de que Jamie podía ver cómo el corazón se le iba a salir del pecho. Al acercarse al lago se tensó y se pasó la lengua por los labios. El miedo al agua era solo una parte.

Entonces empujó el abanico de papel contra el pecho de Jamie.

Jamie lo cogió, arqueando una ceja.

—La cita de hoy —dijo Theo—, léela.

Jamie abrió el abanico y lo leyó. Con cuidado, se metió el papel en el bolsillo de la chaqueta y enganchó a Theo por las solapas de la suya, tirando de él. Sus frentes se encontraron y la mano libre de Jamie le agarró de la nuca, su pulgar acariciándole la mandíbula.

—Esa frase es mía.

—Y mía también. Te lo estoy diciendo ahora.

Conteniendo la respiración y aferrándose a la mano de Jamie, Theo puso un pie en una de las barcas. Jamie respiró hondo, lo siguió y se sentó, poniendo a Theo entre sus brazos, de espaldas a él.

El bote se movió ligeramente y Theo se echó hacia atrás, hacia el calor de los brazos de Jamie, cuyo agarre sobre su cuerpo tembloroso se hizo todavía más fuerte.

—Voy a necesitar oírtelo decir —le dijo Jamie.

Theo lo miró por encima del hombro y sonrió.

—Yo… estoy tan contento de que seas buen nadador.

Entonces Jamie lo besó, ahogando el resto de lo que fuera a decir.

—Deja los jueguecitos para luego.

Theo le devolvió el beso.

—Yo… estoy enamorado de usted, señor Jamie Cooper. Estoy muy enamorado.

~ Fin ~

ANYTA SUNDAY

LEO SOBRE ARIES

Leo sobre Aries es una historia erótica cortita que sucede después de Leo quiere a Aries (Signos de amor, #1).
Puede ser leída de forma independiente.

Tu cabezonería te va a complicar la semana, Leo, y hasta que no cedas, no podrás descansar. Céntrate en hacer concesiones y pon tu terquedad a dormir porque, si no lo haces, te esperan muchas noches en vela.

¿Era él el único al que le parecía que su horóscopo daba cada vez más en el clavo?

Theo cerró el mail que su madre le había mandado y tiró el teléfono sobre el edredón gris con el que había cubierto su cuerpo desnudo.

Se apoyó en el frío cabecero y observó la habitación en la que Jamie había crecido: esa alfombra que estaba deseando que le raspara manos y rodillas; el armario contra el que Theo se había imaginado empujando a Jamie mientras se arrodillaba frente a él; los pósteres enmarcados de LA COMA y EL APÓSTROFE que Theo quería hacer vibrar contra la pared…

Metió la mano bajo las mantas y acarició su erección. Llevaba tres días sin tener sexo con Jamie y estaba al borde del colapso.

¿Por qué se le ocurrió apostar que un Leo podía con un Aries?

Y, entonces, ese Aries entró en la habitación recién salido de la ducha, con una toalla sobre la parte baja de sus caderas.

No se había molestado en secarse, así que gotas de agua se deslizaban desde su pelo rubio hasta su pecho.

Jamie se estiró haciendo que los músculos de su estómago se contrajeran y su mano fue deslizándose hacia abajo a la vez que sus dedos jugueteaban con la fina línea de vello que se perdía bajo la toalla, muy cerca del pubis. Ahí Theo dejó de respirar.

Jamie habló en voz baja y controlada:

—¿Seguro que puedes con esto, Theo?

Theo, al que se le estaba cayendo la baba, cerró la boca de golpe y levantó la vista reparando en la expresión divertida de Jamie.

Fingiendo una sonrisa aburrida, se encogió de hombros y dijo:

—Será usted quien se rinda antes, Sr. Jamie Cooper.

—Ya veremos —contestó Jamie como si nada mientras se quitaba la toalla de la cintura y empezaba a secarse el pelo y el pecho con ella. Su endurecida polla apuntando en dirección a Theo.

La erección de Theo iba a atravesar el edredón, pero, haciendo un gran esfuerzo, la ignoró y enlazó los dedos tras la cabeza.

—Si me reconoces que yo gano, te dejo que me folles como te dé la gana.

El calor en la mirada de Jamie envió escalofríos por su pecho, poniéndole los pezones de punta y obligándole a enlazar los dedos más fuerte para evitar pellizcárselos.

Tirando la toalla al suelo, Jamie se subió a la cama y se puso sobre él, cubriéndole con su peso dulce y cálido. Acercándose, rozó su nariz con la de Theo y esa pícara mirada gris logró que todo su cuerpo se estremeciera.

Con un leve movimiento de caderas Theo hizo que sus erecciones se presionaran juntas. Se estarían tocando si no fuera por el maldito edredón. Theo reprimió un gemido y le sonrió.

Jamie curvó sus labios e hizo amago de besarle.

—Tentador, Leo, pero pocas cosas me apetecen más que ver cómo sales de esta.

Jamie se quitó de encima y se tumbó en su lado de la cama, dejando a Theo ardiendo, molesto y cachondísimo. ¿Poner su terquedad a dormir? ¿Con Jamie provocándole tan abiertamente? Nunca.

Theo dio un puñetazo a la almohada, apagó la lámpara de su mesilla y se movió inquieto bajo las sábanas. No llevaba ni cinco minutos con la mirada perdida en la oscuridad, cuando empezó a notar leves movimientos bajo la manta. El colchón tembló y escuchó cómo la respiración de Jamie salía estrangulada.

Joder. Este hombre iba a acabar con él.

Theo se acercó más a él, presionando la nariz contra su nuca y respirando ese olor a madera y decadente vainilla.

—¿Necesitas que te eche una mano?

Jamie gimió y el colchón se estremeció con más fuerza. Se puso bocarriba, acariciándose largo y lento primero y con toques cortos y rápidos después. Theo sintió su polla palpitar.

—Con mi mano me va bien, gracias. Pero tócame si quieres, si no puedes resistirte.

—Sí que puedo resistirme —fue la respuesta de Theo.

Apenas.

—Lo que veas.

Jamie aceleró el ritmo, gimiendo al descargar sobre la parte baja de su vientre. Se quedó ahí inmóvil durante unos segundos tratando de recobrar la respiración. Después guiñó un ojo a Theo y se fue al baño.

Casi inmediatamente Theo metió la mano bajo la manta y se agarró la polla.

Jamie volvió con una sonrisilla de «te pillé» en la cara, se tumbó a su lado y le dio un beso en el brazo que Theo tenía bajo la manta. Eso hizo que dejara de acariciarse.

—No pares, está claro que necesitas aliviarte.

Theo soltó su increíblemente dura polla y volvió a poner las manos detrás de la cabeza.

—Qué va, estoy bien.

Noooooooooooooo.

Jamie negó con la cabeza, a punto de reírse.

—Si cambias de opinión, ya sabes.

—Puedo con ello.

Que alguien le disparara ya.

Pues parecía que este Leo cabezota tenía una larga noche en vela por delante.

～

—Café —murmuró Theo a la madre de Jamie cuando entró arrastrándose en la cocina—. Por favor.

Dio un respingo cuando un Jamie de cara radiante apareció por detrás de la puerta abierta del frigorífico, riéndose.

—Buenos días, cielito.

Theo le miró mal. Todo este dolor y este agotamiento eran por culpa de Jamie. Maldito él por ser tan irresistible.

Jamie tarareaba la canción que sonaba en la radio mientras servía yogur natural en unos cuencos.

—Café —rogó Theo.

—Me temo que nos hemos quedado sin café —dijo la Sra. Cooper secándose las manos en el delantal—. Solo queda té.

Theo se frotó los ojos y apoyó la frente contra los armarios de la cocina. De reojo vio cómo Jamie cogía un plátano del frutero y empezaba a pelarlo, sonriendo.

Cerró los ojos.

—Pareces tenso, Theo —dijo la Sra. Cooper.

—¿Verdad? —comentó Jamie como quien no quiere la cosa—. Yo también le veo supertenso.

¡Pero qué cara! Theo se relajó y con la mayor de las calmas, abrió el armario para coger una taza. Solo por ese comentario esperaba tener a Jamie rogándole antes de que acabara el día.

—Me apetece mucho ese té.

El teléfono sonó y la Sra. Cooper abandonó la cocina para ir a cogerlo. Theo encendió la tetera y puso una bolsita de té en la taza que tenía en la encimera.

Frente a él, Jamie cortaba el plátano y lo añadía a los boles mientras deslizaba la mirada por el pelo de recién levantado de Theo y por su camiseta favorita, la roja con las letras JMA. También se dio cuenta de los vaqueros que Theo se había puesto.

—¿No encontrabas los tuyos?

Theo metió el pulgar en una de las presillas de los pantalones bajándoselos sutilmente para revelar lo poco que llevaba debajo. Con el plátano a medio cortar, Jamie se detuvo y, alzando la cabeza al techo a modo de súplica, murmuró algo. El gesto resaltó las suaves líneas de su cuello.

Theo quería saltar la isla de la cocina, empujarle contra la pared llena de fotos de familia y chupar ese cuello hasta arrancarle los gemidos más obscenos.

Cogió la tetera y echó agua en su taza.

—Esta mañana llamó Sean —dijo Jamie—, hemos quedado con él y con Leone hacia las diez.

—¿Y para qué hemos quedado?

En los ratitos que Theo había conseguido dormir la noche pasada se había imaginado pasando todo el día en la cama con Jamie.

—Para ir a coger cerezas.

—¿Todo el día? —Pero como no quería sonar como un quejica se encogió de hombros y añadió—: Guay.

Jamie terminó de cortar el plátano con un brillo astuto en los ojos.

—No te preocupes, Theo. Cuando mi madre se vaya, tendremos la casa para nosotros solos durante una hora. —Levantó las cejas—. ¿Hay algo en particular que quieras hacer?

Theo metió la bolsita de té en el agua. Jamie siguió el movimiento con la mirada y la forma en que deslizó la lengua por su labio inferior llevó a Theo a hacer una pausa.

Deslumbró a Jamie con sus hoyuelos y lentamente, más lento imposible, volvió a introducir la bolsita en el agua.

—Se me ocurre alguna cosa.

—¿Como qué?

—*Coger* el ordenador y *juguetear* un poco con unos trabajos de diseño web que tengo pendientes.

Aunque no podía estar del todo seguro, Theo creyó oír a Jamie gruñir. Un gruñido de verdad. Sus hoyuelos se marcaron todavía más mientras volvía a sumergir la bolsa de té.

Jamie se estiró para coger un par de melocotones del frutero y los hizo rodar en la palma de su mano con la mirada fija en la taza de Theo.

—Perfecto, porque yo también tengo que *meter mano* a unos trabajos.

Theo apretó la bolsita de té.

—Podríamos hacerlo juntos, entonces, ¿no?

—Los ojos grises de Jamie se oscurecieron. Apretó los melocotones con más fuerza, sus labios presionados en una fina línea.

Con una sonrisa triunfante, Theo se llevó la bolsita a la boca, succionando unas gotitas de té.

—Era tu hermana, Jamie, cariño —dijo la Sra. Cooper.

Theo intentó ocultar tras la mano la bolsita que estaba *mancillando*, pero al hacerlo tan de golpe, se le coló en la boca justo cuando la madre de Jamie entraba en la cocina. Notó su cuello arder y su lengua llenarse del amargor de los frutos que se habían filtrado.

—Llegará esta noche, ¿podríais Theo y tú hacer la cena mientras voy a por ella?

—Nos encantaría, ¿a que sí?

A Theo le lloraban los ojos, pero también podía deberse al mero hecho de pensar en hacer la cena.

Jamie negó con la cabeza y pareció apiadarse de Theo porque dejó los melocotones y rodeó disimuladamente la isla de la cocina.

—Mamá, han llamado a la puerta, ¿quieres ir a abrir?

—Ese timbre… casi ni se oye desde aquí.

La Sra. Cooper salió de nuevo de la cocina.

—Ay, Theo —dijo Jamie mientras tiraba de la etiqueta de papel que le sobresalía de la boca. Le sacó la bolsita, la puso sobre la piel del plátano y, agarrándole de la cadera por debajo

300

de la camiseta, le acercó más a él. Su respiración enviando una ola de calidez sobre la cara de Theo antes de lamer de sus labios los restos de té de arándanos—. No tienes ni idea.

—Ni idea, ¿de qué? —preguntó Theo—. ¿De las ganas que tienes de mí?

Los ojos grises de Jamie parecían estar en llamas y a Theo le dio un vuelco el corazón. Agarrándole de la camiseta, justo donde estaban las letras JMA, Jamie le empujó contra la encimera, sus estómagos y muslos presionados juntos. Theo agarró el culo de Jamie y sus dedos bailaron por el suave tejido de sus pantalones, deslizándose por las costuras. Los dos estaban igual de duros.

Theo sonrió.

Jamie le dio un fuerte apretón en la nuca y un beso suave como una pluma en los labios.

—Vamos a comer algo. —Cuando vio que Theo iba a convertir el «comer» en algo sexual, rectificó—: A desayunar.

Tirado en una butaca, con los pies en la mesita de café, Theo hacía como que trabajaba y, muy cerca de él, se sentaba Jamie tecleando a toda velocidad en la mesa del comedor.

Theo le admiraba. Nada podía distraer a Jamie cuando estaba así, tan concentrado en lo que hacía, tan en control, tan increíblemente maravilloso.

Theo abrió un nuevo chat y le dio un toque..

Theo: Por cierto, esa macedonia que has preparado estaba buenísima, sobre todo los melocotones.

Jamie: Ríndete, Leo, y te ayudo con lo que necesites.

Theo: ¿Rendirme? ¿Es que no me conoces?

Jamie: Pues ve a cascártela, entonces.

Theo: Puedo esperar hasta que seas tú el que sucumba.

Jamie: Ya veremos.

Theo cambió de posición el portátil y, al hacerlo, rozó con él su erección. Se le escapó un pequeño gemido, pero Jamie estaba tan centrado en lo que fuera que estuviera trabajando que no dirigió ni una mirada en su dirección.

Estaba sensible y cosas como esta escocían.

Para: Jamie Cooper

De: Theo Wallace

Asunto: Si te rindes podrás...

... montar mi cara y meter esa dura polla en mi caliente y húmeda boca. Hasta la garganta. Cuando estés a punto, podrías salirte y pasarme la punta por el hoyuelo derecho, mientras tus pelotas rozan mi garganta y sientes en ellas mi pulso acelerado.

Cuando gimas mi nombre, me retorceré de placer por ti, Jamie. Mi hoyuelo se hará más profundo y podrás follarme la sonrisa hasta que te corras sobre mi cara.

El teléfono de Jamie sonó cuando le entró el correo y Theo miró disimuladamente cómo su hombre dejaba de teclear y desbloqueaba el móvil.

Jamie echó un vistazo a la pantalla, parpadeó con las manos suspendidas sobre el teclado y volvió a teclear de nuevo.

¿Pero de qué estaba hecho este tío?

¿Theo estaba a punto de correrse en los pantalones y Jamie podía seguir trabajando sin problema?

Un nuevo *mail* apareció en su bandeja de entrada.

Para: Theo Wallace

De: Jamie Cooper

Asunto: Si te rindes podrás...

... tirarme del pelo cuando me arrodille ante ti. Te chuparé los huevos mientras te meto un dedo y hago que te tiemblen hasta las piernas. Después masajearé tu próstata y, cuando te la haya comido entera y te vacíes en mi boca, se te habrá olvidado hasta cómo te llamas.

¡Hostia puta! A Theo le había puesto supercachondo que Jamie se le resistiera, pero, ¿Jamie entrando al trapo? Ahora sabía el verdadero significado de la palabra «calentón».

¡*Ding*!

Jamie: ¿Qué piensas ahora sobre Aries, eh?

Theo: Pues que *sobre* Aries es donde quisiera yo estar.

Jamie no contestó a eso y su expresión no reveló nada.

Ojalá Theo pudiera meterse en el ciberespacio y recuperar ese mensaje. Porque... claro que se había preguntado cómo sería sumergirse en el cuerpo de Jamie y sentir lo apretado que estaba. O los sonidos que haría cuando Theo se hundiera en él una y otra vez. Pero Jamie le había dejado caer que él no era pasivo.

A Theo le encantaba cómo Jamie le abría y le follaba el culo. Le encantaba esa dulce y placentera quemazón y el efecto que tenía en su próstata. Le encantaba lo intensos que eran sus orgasmos.

Pero también quería enterrarse en Jamie lo más profundo que pudiera. Quería desarmarle a todos los niveles.

Theo se echó para atrás en la butaca y miró a Jamie justo a tiempo de ver cómo este retiraba la mirada.

Jamie: Estás muy guapo cuando te sonrojas.

Theo: Estoy seguro de que estoy más guapo cuando me corro.

Jamie: Eres, con diferencia, la persona más cabezota que conozco.

Theo: ¿Eso significa que te rindes, Aries?

Jamie cerró su portátil y atravesó la distancia que les separaba y fue el turno de Theo de mantener su mirada fija en la pantalla. Hasta consiguió bostezar.

Jamie se rio y rodeó la butaca, arrastrando las manos por los hombros de Theo. Apretó y acarició su pecho y siguió bajándolas por su estómago. A Theo se le puso la carne de gallina y necesitó todo su autocontrol para no gemir de placer. Giró la cabeza y miró a Jamie, que estaba conteniendo la risa.

Jamie se acercó, le dio un beso en la frente y pasó rozándole la boca hasta llegar a su oreja.

Theo sintió un escalofrío y su voz salió ronca cuando dijo:

—¿Hay algo que quieras decirme?

—Sí.

Theo lo sintió en sus pelotas.

Jamie se acercó y le cerró el ordenador.

—Ha llegado la hora de ir a por esas turgentes cerezas.

El cerezal estaba a veinte minutos en coche o a cinco minutos en barca por el lago. Hacía unos meses hubiera sido impensable que recorriera esa distancia en un bote de remos, pero tras unas clases de natación con Jamie, sabía que estaba en buenas manos. Aún así, una punzada de nervios le atravesó mientras agarraba la mano de Jamie y subía al barquito tambaleante.

Jamie le apretó contra su regazo, rodeándole.

—Te tengo, guapo.

El roce de unos dientes en su hombro despertó las mariposas en su estómago, que lucharon contra esa ola de nervios. Theo se acercó más a Jamie, deleitándose en el siseo que este emitió.

—Si lo que quería era distraerme, Sr. Jamie Cooper, está funcionando.

Jamie fue deslizando los labios por el cuello de Theo y le dio un beso bajo la oreja.

—Me alegro.

Theo sintió en su espalda cómo los músculos del estómago de Jamie se contraían al meter los remos en el agua y empezar a moverlos. Remar así, teniéndole a él entre las piernas, tenía que resultar algo incómodo y, además, seguro que les hacía ir más lento.

—¿Debería sentarme en el otro asiento? —preguntó Theo maldiciendo el temblor que pudo oír en su voz.

Jamie apretó más los muslos a su alrededor.

—Estás perfecto justo donde estás.

Theo le miró por encima del hombro y se encontró con la seguridad de esos ojos grises. Rodeado de su peor pesadilla, toda esa cantidad de agua meciéndose con el vaivén de las pequeñas olas, y Theo jamás se había sentido más seguro. La calidez que trajo consigo ese pensamiento casi le corta la respiración.

No podía rendirse antes que Jamie. No podía. No después del jaleo que había montado. Y, menos aún, después de que Jamie hubiera subido la apuesta inicial.

Theo le guiñó un ojo.

—Si te das placer frotando esa dura polla contra mi culo, cuenta como victoria para Leo.

Jamie se rio.

—Se te olvida que soy un experto en lo de tener paciencia a tu alrededor.

Theo escondió una sonrisa avergonzada y cambió de posición en el asiento.

Ese movimiento hizo que Jamie contuviera el aliento y perdiera el ritmo al remar. El remo izquierdo trastabilló por la superficie del agua, torciendo un poco la barca.

Theo aprovechó esta inesperada ventaja y dijo:

—¿Qué te parece si me inclino sobre ese asiento y dejo que me tomes en mitad del lago? Puedes bombear dentro de mí mientras yo me froto contra el suelo de tu barco.

—Harías cualquier cosa para ganar y quedar sobre mí en esto ¿eh?

—Estar *sobre* ti es una idea igual de buena, sí.

—Joder, Theo.

—Eso es precisamente de lo que estaba hablando.

Sintió cómo la risa de Jamie le atravesaba y los latidos de su corazón parecieron pararse unos segundos. Cómo necesitaba tocar. Y cuánto necesitaba ser tocado.

Remaron un par de minutos más y Jamie le ayudó a desembarcar. Una vez hubo atado el bote a un árbol, condujo a Theo hacia el cerezal y, haciéndose con un pequeño cubo, se aventuraron entre los árboles. Iban de la mano, caminando por la espesa hierba, entre viejos taburetes, cubos que la gente había dejado olvidados y cerezas echadas a perder.

Cuando llegaban al final de un estrecho pasillo de árboles, Jamie empujó a Theo contra uno de ellos, la espalda de este golpeando la superficie rugosa del tronco mientras Jamie se apretaba contra él, metiendo una pierna entre las suyas, contra su ingle. Theo separó sus manos aún enlazadas y las puso en las mejillas de Jamie, aceptando voraz ese beso que se cernía sobre sus labios.

Una ola de emoción invadió a Theo que, girando a ambos, empujó a Jamie contra el árbol y movió las caderas contra él, absorbiendo el suave gemido que salió de su boca.

Deslizó los dedos por dentro de la cinturilla de los pantalones de Jamie y se dejó caer de rodillas en el suelo, sobre una especie de alfombra hecha de cerezas. Apretó la nariz contra su erección y, exhalando fuerte contra el algodón, dijo:

—¿Vas a ceder?

Theo frotó la barbilla contra la polla de Jamie y vio cómo sus ojos grises se oscurecían, sus pupilas dilatándose por la lujuria.

Theo empezó a desabrocharle los botones del pantalón y…

—¡Hala! —dijo una voz de hombre tras ellos.

Sean, que llevaba a Leone de la mano, había girado hacia su pasillito de cerezos. Theo se puso rápidamente de pie mientras Jamie echaba la cabeza hacia atrás, apoyándola contra el tronco del árbol y recolocándose los pantalones.

Sean paseó la mirada entre ambos a medio camino entre la risa y la consternación. Dio un paso adelante como para evitar que Leone presenciara la escena, y en el último momento se retiró.

—Nunca me había alegrado tanto de que tu hermana fuera ciega.

Leone arqueó una ceja.

—Ay, por Dios, Sean, gracias por la imagen.

—¿Imagen? ¡Pero si no te he descrito nada! Y con razón.

—¿Y qué se supone que tengo que imaginarme con la voz de pito que te ha salido? Y más, sabiendo que tu mejor amigo y mi hermano están implicados.

Theo se metió las manos en los bolsillos y sonrió.

—Lo siento, hermanita —dijo—. Sean acaba de ver cómo Aries por fin sucumbía a Leo y se rendía a sus pies.

Jamie le dio un suave azote en el culo al pasar junto a él de camino al lado Leone.

—Pues a mí me ha parecido que era Leo quien estaba a los pies de Aries —dijo Sean, maldiciendo cuando las palabras abandonaron su boca.

Leone se rio y Jamie la abrazó, mirando por encima de su hombro a Theo con un brillo divertido en los ojos.

—Pongámonos en marcha, anda.

Tras horas cogiendo y comiendo cerezas, Sean y Leone se fueron a casa de Sean a preparar la cena de esa noche.

Theo y Jamie les encargaron que se llevaran con ellos las cerezas que habían ido recolectando mientras ellos daban un tranquilo paseo por el huerto. Iban cruzándose con familias y con otras parejas y, al intentar rodear un cerezo de ramas bajas, Theo casi se choca contra alguien.

—Lo siento…

Theo levantó la mirada y se quedó helado. Era como si le hubieran quitado todo el aire de golpe. ¿En serio? ¿De toda la gente con la que podían encontrarse tenía que chocarse con el ex de Jamie?

Ahí estaba él, el sol de media tarde reflejándose y resaltando su pelo cobrizo y el brillo de sus ojos. Sujetando entre sus brazos un pequeño cubo de cerezas, Charlie miró a Jamie de arriba abajo y sonrió.

A Theo le dio un calambre en el estómago.

Charlie echó un rápido vistazo a Theo y se volvió a centrar en Jamie.

—¿Has vuelto a casa a pasar el verano?

—Sí, hasta la semana que viene —contestó Jamie.

Theo dio un respingo cuando sintió el dedo de Jamie acariciarle la mano. Bajó la mirada y se sorprendió al ver lo fuerte que le estaba apretando los dedos a su Aries.

—Esta semana doy una fiesta, deberías venir. —Charlie miró a uno y a otro—. Podéis venir los dos, claro.

A Theo se le escapó un pequeño rugido y a Jamie le tembló el labio.

—No va a poder ser, Charlie, pero gracias.

¿Cómo era posible que Jamie se comportara como si nada con este gilipollas?

Jamie pegó más a Theo contra él y siguió haciendo esos movimientos tranquilizadores sobre su mano.

Los ojos de Charlie se fijaron en sus manos enlazadas y luego volvieron a Theo.

—Así que estabas colado por él, ¿no?

Capullo. Las ganas que tenía Theo de quitarle esa sonrisa a

golpes. Odiaba pensar que Jamie alguna vez se había reído con este tío. Lo odiaba. O que le había tenido abrazado contra él, puede que incluso le hubiera acariciado la mano para relajarle...

Cuando Theo no contestó, Charlie siguió hablando, pero esta vez se dirigió a Jamie.

—¿Os habéis subido sobre las ramas superiores a coger las cerezas más dulces?

A eso, Theo respondió rápido.

—Es que no hemos acabado todavía. —Sí que habían acabado—. Y yo soy muy de subirme sobre las cosas. Las cerezas más dulces son lo mío.

—Discúlpanos —dijo Jamie llevándose a Theo hacia donde habían dejado el bote.

Cuando ya habían cruzado la mitad del lago, Jamie suspiró sobre el pelo de Theo y dijo:

—¿Así que eres muy de subirte sobre las cosas y las cerezas más dulces son lo tuyo?

Theo se cubrió la cara con las manos y gimió.

Cuando llegaron a casa, la Sra. Cooper entretuvo a Jamie en la cocina y Theo se arrastró escaleras arriba.

Se tiró a la cama de Jamie de forma un tanto teatral y lanzó miradas asesinas al techo, imaginando ahí la cara de idiota de Charlie.

No había pasado ni un minuto cuando oyó los familiares andares de Jamie por el pasillo. Notó cómo la puerta se abría y un segundo después se cerraba. Jamie, apoyado en la cómoda, le miraba en silencio.

Gimiendo, Theo cogió una almohada y se la lanzó. Jamie parecía frustrado y divertido al mismo tiempo.

—Para ya.

Jamie esquivó el misil acolchado.

—Que pare, ¿qué?

—De mirarme como si hubiera algo que no entiendo.

—Es que parece que no lo entiendes.

Theo cogió la almohada que tenía bajo la cabeza y esa también se la lanzó.

Jamie la cogió al vuelo y se rio bajito.

—Siempre llevas escrito en la cara lo que estás pensando.

—¡Pues tú debes de llevarlo escrito bajo los *boxers*! —Ante el alzamiento de ceja de Jamie, Theo se palmeó la frente y explicó—: Ya sabes, debajo de todas esas capas de ropa, como si fueran las capas de una cebolla…, y eso.

—Entonces tendré que hacer algo para remediarlo —dijo Jamie quitándose el reloj y dejándolo sobre la cómoda.

Theo miraba embobado mientras Jamie se desnudaba. Se quitó los *boxers* dejando al descubierto su semierección y los dejó encima del resto de su ropa. Todo muy ordenado, por supuesto. Y se subió a la cama poniendo su cuerpo caliente y desnudo sobre Theo.

—Cuéntame —dijo Jamie volviendo a colocar la almohada bajo la cabeza de Theo—. Y yo te dejaré claro lo que pienso.

—Vale. No me gusta que todo lo que hacemos lo hayas hecho antes con Charlie. Me hace ponerme verde de envidia. Todos los tipos de verde que existen. Y son todos tonos muy feos.

Jamie puso un dedo bajo su barbilla para levantarle la cara, le miró con los ojos llenos de sinceridad y después le besó.

—Realmente no tienes ni idea.

Theo frunció el ceño.

—¿De qué no tengo ni idea?

Su siguiente beso fue muy similar al primero que se habían dado. Por sorpresa y muy apasionado, como si Jamie estuviera intentando dejar algo claro. Cuando este se retiró el eco de su respiración dejó a Theo con la carne de gallina.

—Oh.

A Jamie se le notó en los ojos cómo sonreía.

—Por fin.

Theo arremetió contra sus labios poniéndose encima de él, sintiéndolo caliente y sólido bajo su cuerpo. Su polla gritaba por ser liberada, pero se centró en Jamie y fue la polla de este la que agarró en su lugar, empezando a acariciarle lentamente.

—Dilo.

—No te enteras de nada.

—Eso no, lo otro.

—No vas a darte por vencido, ¿no? —dijo Jamie en un tono cariñoso. Respiró hondo, dispuesto a rendirse y claudicar.

Theo ya casi palpaba su triunfo, pero de repente, dejó que este se deslizara de entre sus manos, quedándose solo con un hilillo de inquietud.

—Aries… —empezó a decir Jamie.

Y, entonces, Theo le cubrió la boca, silenciándole con un profundo beso. Tan pronto como sus bocas se tocaron, ese desasosiego desapareció y montones de mariposas ocuparon su lugar. Se separó, se quitó la camiseta y volvió a la carga con otro beso, jugueteando con el labio inferior de Jamie entre sus dientes.

—Leo no puede esperar. —Sus pechos desnudos se encontraron con un golpe seco y ambos se entregaron a otro intenso beso, sus lenguas enredándose—. Leo ha estado al borde de ceder todo el día.

Un rugido de felicidad salió de Jamie y Theo lo sintió hasta en las puntas de los dedos de los pies.

—Te necesito tanto que duele, Aries.

Esta vez lo que se oyó fue más un gemido.

Theo se quitó de encima de Jamie y se deshizo de pantalones y calcetines, tirándolos al suelo.

—Aunque me follaras en este mismo instante, no sería lo suficientemente rápido.

Jamie se estiró hacia el cajón de la mesita de noche y sacó el lubricante y los condones.

—Quiero hacer de todo contigo.

¡Toma ya! Parecía que ese *email* había conseguido su propósito.

—¿Entonces, quieres follar mi sonrisa, como te dije?

—Ten por seguro que lo voy a hacer.

Jamie empujó más a Theo contra él, sus brazos alrededor

de su pecho y su polla entre los muslos de este, frotándose contra sus bolas. Theo echó la cabeza para atrás, rozando su mejilla contra la de Jamie.

Jamie le mordisqueó con suavidad el cuello mientras se movía despacio.

—Pero ahora mismo, quiero otra cosa.

Theo apretó más los muslos alrededor de la verga de Jamie.

—Lo que quieras.

La respuesta fue como una caricia en su oído.

—Te quiero dentro de mí.

Con la velocidad del rayo, Theo se giró en la cama, su polla rozando el frío edredón. Se levantó sobre los codos y sonrió.

—¿Está usted seguro, Sr. Jamie Cooper?

Jamie empezó a acariciarse.

—Llevo todo el día pensándolo.

—¿Y por qué no contestaste al *email*?

Jamie levantó la cabeza de la almohada y le dio un beso en la mejilla, lamiendo su hoyuelo.

—Si hubiéramos hablado más del tema, me hubiera inclinado sobre la mesa y te hubiera rogado que me la metieras.

—Pues qué buena cara de póquer tienes, joder.

—¿Y qué tal si te dejas de póquer y me repartes de lo tuyo? —dijo Jamie con ironía mientras se ponía sobre su estómago.

Theo se rio.

—Qué cosas más románticas me dices. —Se colocó sobre la cálida espalda de Jamie y apoyó la barbilla en su hombro. Inhaló su aroma y le pasó la lengua por la mandíbula. Sabía a cerezas—. Te quiero.

Las arruguitas de la risa de los ojos de Jamie se hicieron más profundas y sus pómulos se elevaron al igual que las comisuras de sus labios.

—Lo sé.

Theo le dio un mordisquito en el hombro y fue bajando por el brazo mientras se tumbaba más sobre él. Cuando deslizó la polla por la hendidura de Jamie ambos gimieron a la vez.

Colocado entre los muslos de este, Theo le masajeó la parte trasera de las rodillas y le mordió suavemente el culo.

Jamie iba elevando las nalgas para encontrarse con esos besos y Theo se estiró para coger las provisiones.

Se untó un dedo en lubricante y se lo metió suavemente a Jamie, obteniendo un gemido de placer.

—La forma en la que me siento cuando estás dentro de mí es impresionante. Quiero lo mismo para ti —le dijo Theo.

Entonces lamió uno de los hoyuelos de su culo, al tiempo que torcía el dedo en su interior, buscando ese botoncito que haría a su hombre temblar. Cuando este giró la cara en la almohada y gimió, Theo le chupó el otro hoyuelo y añadió un segundo dedo.

Jamie se retorcía de tal manera que Theo tuvo que apretarse las pelotas para no correrse. Después se puso más lubricante y siguió jugando.

—Tengo paciencia, Theo, pero no sé si tanta —dijo Jamie entre dientes.

Sonriendo, Theo se puso un preservativo y extendió sobre él más lubricante. Se posicionó y, poco a poco, fue entrando en Jamie, que siseó cuando la cabeza de la polla de Theo pasó ese primer anillo de músculos.

Theo hizo una pausa, lo que ya era un logro de proporciones épicas, dado que su cuerpo le gritaba que siguiera hundiéndose en Jamie. Pero él era leo. Podía con ello.

—Sigue —le dijo Jamie con el mismo tono que usaba en sus tutorías, solo que un poco menos seco y un poco más afectado.

Theo siguió presionando, pero se detuvo de nuevo dándole tiempo a Jamie para que se adaptara. Estaba prieto del carajo. Le llevó todo lo que tenía salir de él antes de volver a embestir. En esos momentos se acordó de algo y, acercándose a besar la espalda de Jamie, le dijo:

—Pues parece que al final sí me he llevado la más dulce de las cerezas.

Jamie se rio, relajándose bajo él.

Sonriendo con orgullo, Theo se movió con cuidado. El

firme agarre que tenía el culo de Jamie sobre su polla era casi abrumador.

—¿Cómo te sientes?

—Increíblemente lleno. Ahora, hazme el amor.

Theo gimió y aumentó sus estocadas mientras acariciaba la espalda de Jamie y le daba un apretón en la nuca. Jamie le sorprendió con un gemido y Theo se deleitó en esa sensación de triunfo mientras alcanzaba con su polla ese dulce punto dentro de su hombre.

Theo salió y puso a Jamie bocarriba. Este estaba sonrojado, sus ojos oscuros por la lujuria y Theo tenía muchísima prisa por entrar de nuevo en él. Sus miradas se enlazaron a la vez que Jamie se agarraba la polla y empezaba a acariciarse al ritmo de los envites de Theo.

Theo se inclinó y le besó, un suave gemido escapando de los labios de ambos cuando Theo empujó hasta el fondo dentro de Jamie. Estar dentro de él, así, era espectacular. Agarrándole por la parte trasera de las rodillas, aumentó la velocidad haciendo que el cabecero golpeara la pared y los marcos de los pósteres repiquetearan.

Jamie empezó a tocarse más rápido, gimiendo fuerte, entregado a la pasión. Verle así hizo que las bolas de Theo se apretaran. Jamie se arqueó sobre la cama, echando la cabeza hacia atrás, mostrando su garganta en tensión. Se corrió sobre el pecho de Theo, contrayéndose alrededor de su polla, que se introdujo una vez más antes de correrse de forma violenta.

Jamie se quedó saciado bajo él, sus ojos entornados y satisfechos, los labios húmedos de los besos que se habían dado, su pecho subiendo y bajando mientras su respiración se normalizaba.

Theo salió de él, deshaciéndose rápidamente del condón y dándole a Jamie otro beso de esos que quitan el aliento.

Jamie abrazó a Theo, fuerte, su risa enviando escalofríos a través de su sensibilizada piel.

—Ha sido increíble tenerte dentro de mí.

—Ha sido increíble sentirte a mi alrededor. —Theo se puso bocarriba—. Estoy muerto. Voy a dormir como un tronco.

—Ahora que has puesto «tu terquedad a dormir».

La risotada que siguió al comentario hizo que Theo se incorporara sobre un codo.

—¿Has leído el horóscopo que envió mi madre?

—Y mira que era acertado.

Theo resopló, jugando con la liberación de Jamie, que se escurría por sus costados.

—Si mi madre te va a mandar mi horóscopo, le voy a decir que me mande a mí el tuyo.

Jamie se levantó de la cama y salió de la habitación. Volvió con una toalla húmeda.

Con las manos tras la cabeza, Theo subió y bajó las cejas sugerentemente. Jamie le limpió y dejó la toalla en la mesita de noche. Una pequeña sonrisa bailando en sus labios.

—¿Y esa sonrisa? —preguntó Theo.

La sonrisa se hizo más grande.

—Sonrío porque de verdad que no te enteras de nada.

—Sí que me entero.

Realmente, no se enteraba de nada.

—No, no lo haces.

—¿Y de qué se supone que no me he enterado esta vez?

Jamie se volvió a tumbar y apretó a Theo contra él.

—Has aguantado cuatro días. Cuatro horribles días.

—Y tú tienes las bolas de acero para haber podido soportar semejante tortura.

Un sonoro beso aterrizó en la mejilla de Theo.

—Si te hubieras negado a darme un beso, hubiera cedido en diez segundos.

Theo giró la cabeza y centró su mirada en los ojos grises y profundos de Jamie.

—Te agradecería la ventaja, pero es que sin besos, hubiera claudicado en cinco.

Jamie pareció quedarse sin aliento.

—Joder, cómo te quiero.

Theo sacó hoyuelos. Tenía que tener la última palabra:

—Lo sé.

Agradecimientos

Como siempre, el primero al que he de dar las gracias es a mi
fantástico marido por apoyarme y no dudar en entretener a
nuestros dos niños cada vez que quería escribir una escena...,
o tres.
¡Gracias a Natasha Snow por la portada! De verdad, es como si
hubieras sacado a Theo directamente de mi cabeza. Has
sabido plasmar a la perfección tanto a Theo como el tono del
libro.
Los preciosos dibujos de Leo y Aries que aparecen al principio
de cada capítulo hay que agradecérselos a Maria Gandolfo.
Gracias Teresa Crawford por ayudarme a estructurar esta
historia, especialmente en las primeras fases de la misma.
Gracias HJS por las correcciones. Has estado brillante, como
siempre. ¡Muchísimas gracias!
Gracias a Vicki por leer y darme tu valiosa opinión; a Sunne
por leerlo estando de vacaciones y pillar esas inconsistencias. Y,
por último, gracias Wolfgang Eulenberg por hacer la revisión y
corregir los lapsus que quedaban.

Sobre la autora

Soy una grandísima fan de los romances que se cuecen a fuego lento y es que me encanta leer y escribir sobre personajes que se van enamorando poco a poco.

Algunos de mis temas favoritos son: historias cuyos protagonistas van de amigos —o enemigos— a amantes; chicos despistados que no se enteran de nada y en sus romances todo el mundo es consciente de lo que pasa menos ellos; libros con personajes bisexuales, pansexuales, demisexuales; romances a fuego lento y amores que no conocen fronteras.

Escribo historias de diversa índole, desde romance contemporáneo gay con los que se sufre un poquito, a romances totalmente desenfadados e, incluso, algunos con un toque de fantasía.

Mis libros se han traducido al alemán, italiano, francés, tailandés y español.

www.ingramcontent.com/pod-product-compliance
Lightning Source LLC
Chambersburg PA
CBHW032148190626
46814CB00005BA/1882